诗词里的文明

工科教授的中国诗词品读

梁波 —— 著

重庆大学出版社

图书在版编目（CIP）数据

诗词里的文明：工科教授的中国诗词品读 / 梁波著.
重庆：重庆大学出版社，2025.7. --ISBN 978-7-5689-
5251-4

Ⅰ. I207.2

中国国家版本馆CIP数据核字第2025M48Z63号

诗词里的文明：工科教授的中国诗词品读

梁 波 著

策划编辑：张慧梓

责任编辑：夏 宇　　版式设计：张慧梓
责任校对：谢 芳　　责任印制：张 策

＊

重庆大学出版社出版发行

社址：重庆市沙坪坝区大学城西路 21 号

邮编：401331

电话：（023）88617190　 88617185（中小学）

传真：（023）88617186　 88617166

网址：http://www.cqup.com.cn

邮箱：fxk@cqup.com.cn（营销中心）

全国新华书店经销

重庆亘鑫印务有限公司印刷

＊

开本：720mm×1020mm　 1/16　 印张：16.25　 字数：250千

2025年7月第1版　 2025年7月第1次印刷

ISBN 978-7-5689-5251-4　 定价：68.00元

·前 言·

一、本书的缘起

2020 年爆发的新冠疫情，尽管在历史长河中只是一瞬，但在人的生命历程中却是一段难以磨灭的记忆。其所带来的一系列社会现象和灵魂拷问，引发了世界范围对文化、文明、人性以及命运共同体的思考。2020 年初武汉封城、抗疫形势最紧张的时候，日本为中国抗疫捐赠了一批物资，捐赠物资上印了一些文字，包括"岂曰无衣，与子同裳"，"青山一道同云雨，明月何曾是两乡"，"山川异域，风月同天"等。究其出处，第一句话出自《诗经·秦风·无衣》；第二句话出自唐代大诗人王昌龄的七绝诗《送柴侍御》的后两句，前两句是"沅水通波接武冈，送君不觉有离伤"。第三句话是日本长屋亲王派僧侣渡海来中国求法，印在赠送大唐的千件袈裟上的文字，其来源于唐朝鉴真大师写下的遗偈中的头两句，全偈为"山川异域，风月同天。寄诸佛子，共结来缘"。鉴真大师以盲目历经数次海难东渡日本弘法，在 75 岁高龄时自知归乡无望留下此偈。

由于封闭在家加之年轻时的爱好和兴趣，因此就有更多时间去思考和回味当时新闻或文字作品中所引用的一些诗词。在大灾大难面前，包括中国人在内的全人类如何守望相助，如何共克时艰？中华文明的基因是否蕴含了三千年前先人已经告诉我们的"岂曰无衣，与子同裳"的理念？但还有多少人记得这些反映中国人人性大爱、大美的诗句呢？因此，2020年秋季学期，我申请开了一门讲给大学生的通识课，最初的名称为"讲给工科生的诗词：诗词中的中国"，这是本书的缘起之一。另一个缘起则是我从小喜欢地理，由地理引发了对历史演进的兴趣，进而开始购买和阅读中外历史尤其是反映中国历史的书籍。在亲身感受并参与中国改革开放的几十年的里，我不断加深对源远流长、博大厚重、兼容并包的中华文明的热爱。

黑头发、黄皮肤是我们中国人，也是东亚甚至部分东南亚人的外在基因显示，但如果缺乏了对民族和国家文明的认识、理解和传承，还能分辨出你是"龙的传人"吗？热爱自己的国家应该是骨子里与生俱来的情怀，但认识和传承自己国家和民族的文明更为重要，这是基因的内在体现。

二、以工科教授的视角写这本书

作为一个土木工程学科毕业的学生和高校教师，在校园里经常会听到"又土又木"的调侃，在社会上又能听到"现在的大学生有知识不一定有文化"的议论。究其说法，可能主要有两方面的原因：一是现在学科专业的细化使得广大学子既没有时间也没有精力穷尽所有知识领域。因为知识和文化的范畴已与过去大不相同，它们存在交集，只有交集的部分才被认可为有知识有文化。而在上千年的科举时代中，知识和文化基本上是一个范畴，就是通过"四书五经"的学习，培养一个"修齐治平"的君子或读书人。

二是我们对"科学无国界，科学家有祖国"这句话缺乏真正的理解和认识。如果我们没有对中国历史和文化的认识，缺乏对中华文明的自豪感和传承的使命感，如何能够更好地肩负起建设科技强国、实现中华民族伟大复兴的责任呢？

就我自身经历而言，因为从大学到博士的学业再到从事的教学科研职业，一直在土木工程的学科和方向领域打转，也经常感到作为工科教师和工科学子在文化方面的欠缺。虽然我喜欢文学，但过去对历史尤其是中国历史涉猎不多，年轻时对中华文明和文化的认识也曾停留在鲁迅所说的"奴性"文化和柏杨所称的"酱缸"文化的肤浅层面。直到不惑之年，直到我阅读了30余套（或册）反映中国历史和文化的国内外多种版本的图书，我才真正体会到伟大导师列宁所说的"忘记过去就意味着背叛"这句话的含义。只有有知识、有文化，眼界才会更高远、心胸才会更广阔、思想才会更包容，面对风云变幻也才会更客观。由于我在历史文学方面未受过专业的学术训练，因此本书的体例、格式及所选题材可能不一定符合规范和标准。我只是觉得作为一名教师，极有必要通过多种方式提升包括学生尤其是工科学子在内的读者对中华文明的认识、理解和认同，激发他们对中国文化进一步学习、认知的兴趣，从而强化文明传承的基因。

三、为什么选择诗词来呈现中华文明

要认识中国，就要从中华文明的起源、呈现和发展过程去探寻和理解。"中国"一词，最早见于西周青铜器何尊上的铭文"宅兹中国"，即周成王迁都被称为"成周"的洛邑。我们也许难以从浩瀚的史学、哲学、社会学及文学的典籍和著作中去寻找答案，但或许可以从小时候就会背诵的诗经、唐诗和宋词中去追寻中华文明的美好片段。

在我国五千年生生不息的历史长河中，通常认为《诗》《书》《礼》《易》《乐》《春秋》的六经体系是中华文明发展和传承的源头。所谓六经为六部古籍，亦称"六艺"，孔子本着"述而不作，信而好古"的原则，对这六部先秦古籍进行了整理并传授于弟子。通过六经来塑造中国文化价值理想，开启文明传承的范式。诗居六经之首，可见其重要的地位和作用。

几千年来，中国的文学体裁和经典作品汪洋恣意，从诗经的思无邪、楚辞的浪漫、汉乐府的叙事、三国的建安风骨、南北朝的民歌，到唐诗、宋词、元曲、明清小说，几千年来，"江山代有人才出，各领风骚数百年"，无数经典名篇，如璀璨瑰宝、星汉灿烂，承载着中国精神，弘扬着中国文化，传承着中华文明。

作为汉字文化圈特色之一的诗词，因为其严格的格律、凝练的语言、充沛的情感及丰富的意象，充分体现和反映了不同时代的社会生活和人们的精神世界，由此生发的唐诗宋词至今还在国民中口口传诵。

诗咏史，诗言志。让我们走进这些经典诗篇，从诗词中进一步回望中国历史、读懂中国文化、理解中华文明。从诗词中探索文明的底色、了解普遍精神、认识制度、发现地理、观察生活、领悟情感、感受情怀、弘扬人文精神……从而进一步理解中华文明的博大精深，更深沉地眷恋我们的文化理想，更好地传承中华文明。

四、本书的结构

本书在"第一讲　从《诗经》中的四首诗探寻中华文明的底色"中写道，"综合各家之言，或许文明可解读为：于国家社会而言是一种普遍精神和生活方式，于个人而言是一种举手投足的情怀和生活态度"。但作为国家社会和生活方式的国家文明而言，就包含历史、地理、思想、政治、经济、文化、军事、外交等范畴；于个人而言，举手投足的表现是其精神境界、情感世界的外在投射。

在习近平总书记提出的"四个自信"和"人类命运共同体"的当下，培养什么人、如何培养人是摆在我们教育界的一个重大课题。

作为一本针对包括学生在内的文化读本，由于本人学识所限，加之大家或多或少已有一定的诗词积累和中国历史文化知识，因此，本书的层次和结构有以下几个方面的考虑：

一是本书按照思想精神、国家文明的呈现方式以及个体文明的表现特征这一宏观、中观和微观的脉络进行编写，将中国人的精神家园、社会生活和个体情感有机地形成一个整体，以便更好地理解中华文明的立体镜像。

二是所选诗词内容不求大求全。比如大家相对熟悉的中国历史和不太熟悉的思想、政治、外交和军事方面都基本未涉及或涉及很少，即便是地理、经济、文化艺术和选人用人制度方面，也只是从我个人的理解程度、大家如何更好地理解以及我所掌握的资料角度，选取了部分经典的或具有代表性的诗词进行解读和探讨。

三是通过诗词帮助读者进一步认识和理解中华文明。结合所选中国不同历史文化进程中的诗词及粗浅的解读，梳理了中华文明的若干主题，比如生生不息的中华文明底色、反映中国人生活智慧观照的普遍精神、永远值得我们致敬的伟大的爱国主义情怀、"德智体美劳"全面素质的价值观及远隔千山万水但依然念兹在兹的情感等，通过这些诗词洗涤我们的心灵并加注前行的动力。

四是所选诗词体裁有限。中国传统文化侧重于文学、经史、政治（策论），且知识架构上千年一成不变，即在所谓的文科和社科领域打转，未能充分认识自然科学和知识在推动社会进步、改善人类生活中的重要作用。典籍中的诗词虽然伴随中华文明进程一路走来，但有关技术类、工程类方面的诗词几乎是凤毛麟角。本书所选诗词歌赋未包括楚辞、元曲和明话，以诗经、唐诗为主，以及部分宋词、汉乐府和南北朝民歌。

五、各部分的相互关系

第一讲至第二讲，主要从宏观角度探讨了文明构成的思想精神，其中，"第一讲　从《诗经》中的四首诗探寻中华文明的底色"，通过《诗经》中的四首诗探寻了中国"天人合一"的文明底色；并由此引出了"第二讲　从诗词里探寻中国人的普遍精神"，依循传统普遍精神这一路径，解读中国和中国人的共同理想或普遍道德自觉及智慧观照。第三讲至第六讲，主要反映了普遍精神下的国家治理和社会生活所呈现的文明，其中，"第三讲　从边塞诗词里探寻中国历史上的地理、人物和故事"，通过边塞诗词去领略大地的雄浑、地理空间和民族的历史演变，以及其中的英雄人物和英雄故事；"第四讲　从诗词里探寻选人用人制度及财税制度"，通过所选诗词探讨了其演进过程对保证国家治理和运转的作用，以及所带来的价值取向；"第五讲　从诗词里发现几种典型社会生活场景"，通过诗词进一步理解特定政治环境和文化习俗所呈现的社会生活，包括社会的繁荣富足、女子的形象、百姓生活的欢乐和悲伤；"第六讲　从诗词里发现音乐、舞蹈和绘画"，透过表现艺术的诗词来辨析文明的构成元素，盛唐气象下的中国文化自信和艺术家们不一样的人生。第七讲至第八讲，主要反映了个体文明的表现特征，其中，"第七讲　从诗词里发现不一样的情怀"，通过李白、岳飞等人的诗词，阐述传统历史上中国人"达则兼善天下"、伟大的爱国主义等一系列情怀，"第八讲　从诗词里发现爱情、乡愁和友情"，通过所选不同时代跨越千年的诗词，摘取历史长河中表达爱情、乡情、友情的美好片段。

梁　波

2024 年 12 月

目 录
CONTENTS

第一讲　从《诗经》中的四首诗探寻中华文明的底色

　　提要：文明如何定义？五千年生生不息、世界四大古文明唯一传承延续至今的中华文明，我们有着怎样的印象？其文明的底色或内核是什么？在塑造了中华文明范式和价值理想的六经（《诗》《书》《礼》《易》《乐》《春秋》）中，《诗经》通常居六经之首，在承载中国定义、弘扬中国文化、呈现并传承中华文明过程中有着怎样的地位和作用？"不学诗，无以言"是否是我们传承中华文明的一个基本素养？又蕴含着怎样的中华文明奥秘和底色？诗咏史，诗言志。且让我们走进这些经典诗篇，从所选诗中进一步回望和探寻中国历史、读懂中国文化、理解中华文明。

一、文明的定义和印象简析

　　什么是文明？亨廷顿在《文明的冲突》一书中对文明是这样定义的：文明的观点是由 18 世纪法国思想家相对于"野蛮状态"提出的。文化和文明都涉及了一个民族全面的生活方式，文明是放大了的文化[1]。此外，有关文明之间的关系，亨廷顿还说："文明之间最引人注目的和最重要的交往是来自一个文明的人战胜、消灭或征服来自另一个文明的人。"在我国，《易·文言传》有"天下文明"之说。孔颖达[2]对文明的注释是"有文章而光明也"，

---

[1]　塞缪尔·亨廷顿. 文明的冲突 [M]. 周琪，刘绯，张立平，等译. 北京：新华出版社，1998.

[2]　孔颖达（574—648 年），唐初经学家、秦王府十八学士之一，孔子第 32 世孙。

按现在的说法可解释为：文化和普遍精神指引社会的现在和未来。有关文明的普遍说法是：文明是人类文化和社会发展的一个新阶段。关于文明众说纷纭，但其核心应该是在特定空间地域条件下世界观、社会制度、文字、普遍精神和生活方式等的一个集合。在汉语的日常用语中，文明就是文化的总称。

中华文明一定是与中国独有的世界观和普遍精神、文化特征及社会制度相关联的。以儒家为主的，兼容道家、佛家的世界观和普遍精神、齐民编户的大一统政权格局和科举制度的文官治理方式都深刻地影响了日本、朝鲜、越南等东亚国家，并辐射到西域、中亚甚至南亚的锡兰（今斯里兰卡）等国家和地区，形成了以中华为中心的朝贡体系，同时也形成了文化价值观念上的自信和与之相应的文明呈现。许多历史学家都认为，中华文明以其强大的吸引力，招致所谓周边的"蛮夷"入侵。且从历史上来看，这些"蛮夷"一旦在中国坐上龙椅，便以中华文明的继承人自居，且以其政权为中国正朔，而不屑于其他蛮夷了。诺贝尔文学奖获得者、英国哲学家罗素在《中国人的性格》一文中写道："中国人既没有照抄日本，也没有驯从地屈从外国的统治。他们的思考速度单位不是十年，而是世纪。过去，他们曾被征服过，第一次为鞑靼人，然后又为满洲人，但两次他们都同化了他们的征服者。中国文明持续地被保留了下来，面貌依旧，几代人以后，侵略者比他们的臣民还要中国化。"[1]

一直对中国文化优劣的讨论感到困惑，一直对中华文明绵延不绝的原因感到好奇。这些年，随着国家经济实力和地缘实力的增长，让我们看到了中华民族再一次复兴的历史机遇。机遇可通过努力奋斗去把握，但我们首先要了解中华文明是如何发生发展的，同时通过一定方式记忆中华文明并传承发扬就显得尤为重要。

中华文明的起源是多元的，中国文化向来有"内诸夏而外夷狄"之说。中华文明应该是不同历史时期和不同地区文化的融合体，即多元一体的文明。中国作为世界四大文明古国之一，距今八千至五千年前，以多元分布、中原

---

[1] 罗素. 中国人的性格 [M] // 何兆武，柳卸林. 中国印象：世界名人论中国文化：下册. 桂林： 广西师范大学出版社，2001：105.

地区为中心的格局开始出现聚落组织进而形成国家，后历经多次民族交融和朝代更迭，直至形成多民族国家的大一统局面，是唯一生生不息、源远流长、文明和历史从未中断的国家。从神农教种、仓颉造字，到黄帝造车、大禹治水，再到尧舜禅让、文王演八卦、周礼封天下，到秦始皇一扫六合、统一天下，中国开始了从氏族、农耕、伦理向封国、农战结合、道德立国和朝贡制度建立的文明演进过程。20世纪初辛亥革命后，君主政体退出历史舞台，共和政体建立。1949年中华人民共和国成立后，建立了人民代表大会制度的民主政体。

中国疆域辽阔、民族众多，先秦时期的华夏一族在中原地区繁衍生息，到了汉代，文化交融使汉族正式成形，奠定了中国主体民族的基础。后又通过与周边民族的交融，逐步形成多民族的统一国家局面，人口也不断攀升，宋代中国人口突破1亿，清朝时期人口突破4亿，到2020年中国人口已达14亿。

中华文明源远流长、博大精深、绚烂多彩，曾是东亚文化圈的宗主国，在世界文化体系中占有重要地位。中国国内由于各地的地理位置、自然条件的差异，人文、经济和社会风俗等文明表现也各有千秋。中华文明在传统文化艺术形式方面的体现包括诗词、戏曲、书法、国画、雕塑、中医中药等，在文化习俗和传统节日方面的体现包括春节、元宵、清明、端午、中秋、重阳等，这些都体现了中华民族的整体生活方式和价值观。

前面已林林总总说到了文明的种种定义，那么文明到底是什么？综合各家之言，或许文明可解读为：于国家社会而言是一种普遍精神和生活方式，于个人而言是一种举手投足的情怀和生活态度。那么，如何认识和理解中华文明？让我们通过《诗经》中的几首诗对中华文明的底色做一些探寻。

二、何谓"不学诗，无以言"

（一）诗咏史，诗言志

在我国五千年生生不息的历史长河中，通常认为《诗》《书》《礼》《易》《乐》《春秋》的六经体系是中华文明发展和传承的源头。所谓六经即六部古籍，亦称"六艺"，孔子本着"述而不作，信而好古"的原则，对这六部先秦古籍进行了整理并传授于弟子。通过六经来塑造中华文明和价值理想，开启文明传承的范式。在历史记载和标注中，《诗经》通常居六经之首，可见其重要地位和作用。

诗词通常是指以古体诗、近体诗和格律词为代表的中国古代传统诗歌，亦是汉字文化圈的特色之一。诗词是阐述心灵的文学艺术，而诗人、词人则需要掌握成熟的艺术技巧，并按照严格的韵律要求，用凝练的语言、绵密的章法、充沛的情感以及丰富的意象来高度集中地表现社会生活和人类精神世界。中国诗起源于商周，鼎盛于唐代。中国词起源于隋唐，流行于宋代。中国诗词源自民间，其实是一种草根文学，也广泛流传于民间。诗词既描述或记载了不同历史时期国家、社会和生活的方方面面，是国家治理和生活方式的部分写照，又表达了不同群体普遍精神和个人忧时感事的家国情怀，是精神情感世界的部分回应，其特征和作用符合文明是人类文化和社会发展不同阶段的产物。

孔子曰："不学诗，无以言。"从诗经的思无邪、楚辞的浪漫、汉乐府的叙事、三国的建安风骨、南北朝的民歌，到唐诗、宋词、元曲、明清小说，几千年来，"江山代有人才出，各领风骚数百年"，无数经典名篇，如璀璨瑰宝、星汉灿烂，承载着中国的文化，弘扬着中国文化，传承着中华文明。

诗咏史，诗言志。让我们走进这些经典诗篇，从诗词里进一步回望中国历史、领略中国文化、理解中华文明。从诗词里探寻和发现中华文明的底色、认识制度、发现地理、观察生活、领悟情感、感受情怀、了解普遍精神……从而进一步理解中华文明的博大精深，更深沉地眷恋我们民族的普遍精神和文化理想，更好地传承中华文明。

（二）从《诗经》中学到什么

史载，公元前 484 年，孔子结束了 14 年的周游列国回到鲁国，这时他已是从心所欲不逾矩的近 70 岁高龄的老人。他开始总结人生，整理各种典籍以传承中华文明。大约在这一时期，他提出了自己理想中的"君子"之说，即具备"六艺"，修养途径则为"兴于诗，立于礼，成于乐"。其中，"诗"就是指的《诗经》。《诗经》是中国韵文的源头，是中国诗史的光辉起点。先秦时期称《诗》《诗三百》，汉代儒生始称《诗经》。现存的《诗经》是汉代毛亨所传下来的，所以又称《毛诗》。据说《诗经》中的诗，当时都是能演唱的歌词。太史公谓古诗三千余篇，孔子从有助于"施于礼仪"的"三百五篇"入手，精心整理核定，皆弦歌之，以求和"韶""武""雅""颂"之音。按所配乐曲的性质，可分为风、雅、颂三类。"风"包括周南、召南、邶（bèi）风、鄘风、卫风、王风、郑风、齐风、魏风、唐风、秦风、陈风、桧风、曹风、豳（bīn）风等15国风，大部分是黄河流域的民歌，小部分是贵族加工的作品，共160篇。"雅"包括小雅和大雅，共105篇。章太炎说："'雅'基本上是贵族的作品，只有小雅的一部分来自民间。'颂'包括周颂、鲁颂和商颂，共40篇。颂是宫廷用于祭祀的歌词。"[1]

《诗经》体裁丰富，包括史诗、讽刺诗、叙事诗、恋歌、战歌、颂歌、节令歌及劳动歌谣，样样都有。其内容丰富，对周代甚至商代社会生活的各个方面，如劳动与爱情、战争与徭役、压迫与反抗、风俗与婚姻、祭祖与宴会，甚至天象、地貌、动物、植物等各个方面都有所反映。可以说，《诗经》是商周时期社会的一面镜子，也是中国早期文明和文化的集中体现。

我们从《诗经》中可以学到什么呢？傅斯年在《〈诗经〉讲义稿》中写道："我们去研究《诗经》应当有三个态度，一、欣赏他的文辞；二、拿他当一堆极有价值的历史材料去整理；三、拿他当一部极有价值的古代言语学材料书。"[2]

的确，在相对缺乏历史记载和资料的春秋时代，如果我们想要了解当时的朝堂礼仪和各地的风土人情，《诗经》是我们最好的历史材料。如果我们循着子曰的"兴于诗，立于礼，成于乐"，即所说的文化理想、雅驯的风度、规范的礼仪、和谐的社会这一文明要素去学习研究，那我们或许可以去探寻

---

[1] 章太炎.章太炎讲国学 [M].北京：金城出版社，2008：109-111.

[2] 傅斯年.《诗经》讲义稿 [M].北京：民主与建设出版社，2015：14.

和发现中华文明的底色或印迹。

三、"天命靡常"之文明底色探寻

（一）《诗经》一首

大雅①·文王②

文王在上，於③昭于天。周虽旧邦④，其命⑤维新。有周⑥不⑦显，帝命不时。文王陟降⑧，在帝左右。

亹亹⑨文王，令闻⑩不已。陈⑪锡⑫哉周，侯⑬文王孙子。文王孙子，本支⑭百世。凡周之士⑮，不显亦世⑯。

世之不显，厥⑰犹⑱翼翼⑲。思⑳皇㉑多士，生此王国。王国克㉒生，维㉓周之桢㉔。济济㉕多士，文王以宁。

穆穆㉖文王，於缉熙㉗敬止。假㉘哉天命，有商孙子。商之孙子，其丽不亿㉙。上帝㉚既命，侯于周服㉛。

侯服于周，天命靡常㉜。殷士㉝肤敏㉞，裸㉟将㊱于京。厥作裸将，常服㊲黼㊳冔㊴。王之荩臣㊵，无念尔祖。

无念尔祖，聿㊶修厥德。永言配命㊷，自求多福。殷之未丧师㊸，克配上帝㊹。宜鉴㊺于殷，骏命㊻不易。

命之不易，无遏㊼尔躬。宣昭㊽义问㊾，有虞㊿殷㉛自天。上天之载㋒，无声无臭㋓。仪刑㋔文王，万邦作孚㋕。

【注释】

① 大雅：《诗经》中的"雅"，分为大雅和小雅，合称"二雅"。雅，雅乐，即正调，指当时西周都城镐（hào）京（今陕西西安长安区）地区的诗歌乐调。大雅部分今存31篇。

② 文王：姬姓，名昌，周王朝的缔造者。

③ 於（wū）：叹词，犹"呜""啊"。

④ 旧邦：周在氏族社会本是姬姓部落，后与姜姓联合为部落联盟，在西北发展。周立国从尧舜时代的后稷算起。邦，犹"国"。

⑤ 命：天命，即天帝的意旨。

⑥ 有周：这周王朝。

⑦ 不（pī）：同"丕"，大。

⑧ 陟降：上行曰陟，下行曰降。

⑨ 亹（wěi）亹：勤勉不倦貌。

⑩ 令闻：美好的名声。

⑪ 陈：犹"重""屡"。

⑫ 锡：赏赐。

⑬ 侯：使之为侯。

⑭ 本支：以树木的本枝比喻子孙繁衍。

⑮ 士：这里指统治周朝享受世禄的公侯卿士百官。

⑯ 亦世：犹"奕世"，即累世。

⑰ 厥：其。

⑱ 犹：同"猷"，谋划。

⑲ 翼翼：恭谨勤勉貌。

⑳ 思：语首助词。

㉑ 皇：美、盛。

㉒ 克：能。

㉓ 维：乃。

㉔ 桢（zhēn）：支柱、骨干。

㉕ 济济：有繁多、整齐美好、庄敬诸意。

㉖ 穆穆：庄重恭敬貌。

㉗ 缉熙：光明。

㉘ 假：大。

㉙ 其丽不亿：其数极多。丽，数；不，语助词；亿，周制十万为亿，这里只是概数，极言其多。

㉚ 上帝：天帝。

㉛ 侯于周服：臣服于周。侯，维；服，臣服，降服。

㉜ 靡常：无常。

㉝ 殷士：归降的殷商贵族。

㉞ 肤敏：即勤敏地陈序礼器。肤，《说文》曰：“肤，籀文胪。”有陈礼时陈序礼器之意。

㉟ 祼（guàn）：古代的一种祭礼，在神主前面铺白茅，把酒浇在茅上，像神在饮酒，也称“灌祭”。

㊱ 将：举行。

㊲ 常服：祭事规定的服装。

㊳ 黼（fǔ）：古代有白黑相间花纹的衣服。

㊴ 冔（xǔ）：殷冕。

㊵ 荩（jìn）臣：忠臣。

㊶ 聿：发语助词。

㊷ 配命：与天命相合。配，比配，相称。

㊸ 丧师：指丧失民心。丧，亡、失；师，众、众庶。

㊹ 克配上帝：可以与天帝之意相称。

㊺ 鉴：古代青铜制的形似大盆的器皿，盛水可用来照影，相当于后世的镜子。此处作动词，借鉴，引以为戒的意思。

㊻ 骏命：大命，即天命。骏，大。

㊼ 遏：止、绝。

㊽ 宣昭：宣明传布。

㊾ 义问：美好的名声。义，善；问，通“闻”。

㊿ 虞：审察，推度。

(51) 殷：“依”之借字。

(52) 载：行事。

(53) 臭（xiù）：味。

(54) 仪刑：效法。刑，同“型”，模范，仪法，模式。

㊺ 孚：信服。

（二）诗作背景和白话译文

1. 诗作背景

此诗是《诗经·大雅》的首篇，歌颂周王朝的奠基者文王姬昌。《毛诗序》云："《文王》，文王受命作周也。"朱熹《诗集传》据《吕氏春秋·古乐篇》为此诗解题曰："周人追述文王之德，明国家所以受命而代殷者，皆由于此，以戒成王。"进一步指明此诗创作在西周初年，作者是周公。后世说《诗》，多从此说。余培林在《诗经正诂》中说："观诗中文字，恳切叮咛，谆谆告戒……故其说是也。"

2. 白话译文

这首诗或许可翻译为以下白话：

文王神灵在天上，于天之上放明光。周国虽然是殷邦，天命要求其改良。周国并非是老大，上天意志不可挡。文王天命升与降，一切都操天帝掌。

凤夜在公周文王，大名鼎鼎传四方。天帝赏赐兴周邦，子孙后代尽为王。子孙繁衍枝叶茂，传宗接代百世昌。凡为周朝之贤士，累世显贵享辉煌。

累世显贵享辉煌，还需勤勉虑周详。贤士聚集英才多，三生有幸在周邦。国家能够大发展，贤士英才是栋梁。人才济济来相助，国泰民安文王享。

庄重恭敬周文王，光明磊落敬上苍。伟大天命降文王，殷商子孙归周邦。殷商后裔何其多，成千上万难计量。天帝已然改天命，殷商子孙服周邦。

殷商子孙服周邦，由见天命非恒常。殷人勤敏又知礼，灌祭行礼王廷上。灌祭行礼穿冕服，殷服依旧是正装。为臣尽忠是本分，莫把你祖记心上。

莫把你祖记心上，还需行德勤修养。顺应天命不违抗，自求多福才吉祥。殷商未失民心时，还有天命把国享。以殷为鉴需牢记，国运不改享永昌。

国运不改享永昌，不要断送你身上。传播宣扬好名声，国运当头自天上。苍天运行有恒道，大道无形难知详。效法文王是榜样，万国来朝皆敬仰。

（三）中国人没有给自己立一个神

《大雅·文王》第五至七章的诗句就明确表达为：上天只选择有德的人来统治天下，文王就是以德而代殷兴周的。所以要以殷为鉴，敬天施德，才能永保天命。这是一个公平的超越个人喜好的力量，既不独善周人，也不会偏袒商人，而是自有其规律，即"天命"。谁依循这一规律谁就获得"天命"，即获得治理天下的权力。故而提出了"天命靡常，惟德是亲"的天命理论，也为周取代商提供了法理依据。《诗经》中另一首诗《大雅·大明》第一章中的"天难忱斯，不易维王"、第四章的"天监在下，有命既集"和第六章的"有命自天，命此文王"也是从道统的角度进一步说明天命无常，德配天命，故周所以取代殷商。这一说法不仅在《诗经》中反复出现，在目前出土的周朝大量青铜器尤其是青铜鼎上的铭文中也多有体现。比如，出土于陕西眉县的国宝之一青铜大盂鼎，腹内有铭文 291 字，是一篇周康王二十三年（前 994 年）对器主南宫盂的训令，其中就体现了"天命靡常"的观念已深深地植根于周朝统治者的心中。

在三千多年前，周朝取代商朝就当时的形势而言无疑是一个奇迹。当古公亶（dǎn）父为部族首领时，其部落在水土丰美的岐下（今陕西岐山县）逐渐发展成商王国西方的一股强大力量。当姬昌做首领时，经过古公、文王几代人的艰苦奋斗，使僻处西北的一个农业小国，逐渐发展为与殷商王朝抗衡的新兴强国。周文王以"天命维新"为旗帜，以"上天好德"为口号，昭告商人尤其是纣王酗酒、荒淫、不恤民力、贪暴残忍等罪行，联合被统治的各部落，结成统一战线，成为反抗殷商王朝暴虐统治的政治联盟的领袖。他拜姜子牙为军师，组织军事力量和政治力量实现了对殷王朝的三面包围，同时也通过小规模的战斗消灭了纣王派来的军队或响应纣王前来讨伐的部落，完成了灭商的决战准备，从而奠定了新王朝的基础。他死后三年，其儿子武王姬发继承了他的遗志，建都镐京，运用父亲留下的资源（尤其是军队）进一步扩展势力，抬着他的木主作为师出有名的象征开始进军朝歌，一战成功，商纣王举火自焚，进而开启了"封建亲戚，以藩屏周"的中国分封制度。

文王是当之无愧的周王国国父，为自己民族、阶级、国家建立功业的英雄，尤其是深受民众敬仰崇拜的政治领袖，自然成为《诗经》中"雅""颂"的核心人物之一。

在周以前，商人相信的是已变成鬼神、高居天界的祖先，而"帝"（天帝或西方所称"上帝"）是鬼神世界的最高权威，下界的安康幸福、灾变危难都是由鬼神主宰的。因此需要通过青铜器、文字、问卜占卦来与先人沟通，甚至通过人祭求得保佑。周人由所封之地岐下一封建小国开始起家，国偏地狭，文化和文明程度与商难于项背，其青铜制作工艺和文字记载均采用商已有文明。但周人的世界观不像商人那样信奉高高在上的鬼神，而是具有普遍意义的"天"或称"天命"。许倬云在《万古江河：中国历史文化的转折与开展》中写道："周人提出的'天命'观念，可以引申为两点：第一，统治者的治国必须符合一定的道德标准；第二，超越的力量，亦即上天，对于人间秩序有监督与裁判的权力。这些观点，是中国历史上前所未有的突破。"[1]因此，中华民族的上天或上帝就与希伯来（犹太人）民族的神耶和华以及基督教所拜的全人类上帝不同，民族和社会的行为准则不再以神或上帝的喜怒哀乐为标准，而是以是否肩负起天命赋予的道德责任为标准。这就使中华民族走上了以人为中心、以人为本的文明前行之路。

四、祖先崇拜之文明底色探寻

（一）《诗经》一首

大雅·生民

厥初①生民，时维姜嫄②。生民如何？克③禋④克祀，以弗⑤无子。履⑥帝⑦武⑧敏⑨歆⑩，攸⑪介⑫攸止⑬。载震载夙⑭，载生载育，时维后稷。诞⑮弥⑯厥月，先生⑰如达⑱。不坼⑲不副⑳，无菑㉑无害，以赫厥灵。

[1]　许倬云. 万古江河：中国历史文化的转折与开展 [M]. 长沙：湖南人民出版社，2017：70.

上帝不宁^㉒，不康^㉓禋祀，居然生子。

诞寘^㉔之隘巷，牛羊腓^㉕字^㉖之。诞寘之平林^㉗，会^㉘伐平林。诞寘之寒冰，鸟覆翼之^㉙。鸟乃去矣，后稷呱^㉚矣。实^㉛覃^㉜实訏^㉝，厥声载^㉞路。

诞实匍匐，克岐^㉟克嶷^㊱，以就^㊲口食^㊳。蓺^㊴之荏菽^㊵，荏菽旆旆^㊶。禾役^㊷穟穟^㊸，麻麦幪幪^㊹，瓜瓞^㊺唪唪^㊻。

诞后稷之穑^㊼，有相之道^㊽。茀^㊾厥丰草，种之黄茂^㊿。实⁽⁵¹⁾方⁽⁵²⁾实苞⁽⁵³⁾，实种⁽⁵⁴⁾实襃⁽⁵⁵⁾。实发⁽⁵⁶⁾实秀，实坚⁽⁵⁷⁾实好。实颖⁽⁵⁸⁾实栗⁽⁵⁹⁾，即有邰⁽⁶⁰⁾家室。

诞降⁽⁶¹⁾嘉种，维秬⁽⁶²⁾维秠⁽⁶³⁾，维穈⁽⁶⁴⁾维芑⁽⁶⁵⁾。恒⁽⁶⁶⁾之秬秠，是获是亩⁽⁶⁷⁾。恒之穈芑，是任⁽⁶⁸⁾是负，以归肇⁽⁶⁹⁾祀⁽⁷⁰⁾。

诞我祀如何？或舂或揄⁽⁷¹⁾，或簸⁽⁷²⁾或蹂⁽⁷³⁾。释⁽⁷⁴⁾之叟叟⁽⁷⁵⁾，烝⁽⁷⁶⁾之浮浮⁽⁷⁷⁾。载谋载惟，取萧⁽⁷⁸⁾祭脂⁽⁷⁹⁾。取羝⁽⁸⁰⁾以軷⁽⁸¹⁾，载燔⁽⁸²⁾载烈⁽⁸³⁾，以兴嗣岁⁽⁸⁴⁾。

卬⁽⁸⁵⁾盛于豆⁽⁸⁶⁾，于豆于登⁽⁸⁷⁾，其香始升。上帝居歆⁽⁸⁸⁾，胡臭亶时⁽⁸⁹⁾。后稷肇祀，庶无罪悔，以迄于今。

【注释】

① 厥初：其初。

② 姜嫄（yuán）：传说中有邰氏之女，周始祖后稷之母。头两句是说那当初生育周民的，就是姜嫄。

③ 克：能。

④ 禋（yīn）：祭天的一种礼仪，先烧柴升烟，再加牲体及玉帛于柴上焚烧。

⑤ 弗："祓"的假借，除灾求福的祭祀，一种祭祀的典礼。一说"以弗无"是以避免没有之意。

⑥ 履：践踏。

⑦ 帝：上帝。

⑧ 武：足迹。

⑨ 敏：通"拇"，大拇趾。

⑩ 歆（xīn）：心有所感的样子。

⑪ 攸：语助词。

⑫ 介：通"祄"，神保佑。

⑬ 止：通"祉"，神降福。

⑭ 载震载夙（sù）：或震或肃，指十月怀胎。

⑮ 诞：迨，到了。

⑯ 弥：满。

⑰ 先生：头生，第一胎。

⑱ 达：滑利。

⑲ 坼（chè）：裂开。

⑳ 副（pì）：破裂。

㉑ 菑（zāi）：同"灾"。

㉒ 不宁：丕宁，大宁。不，丕。

㉓ 不康：丕康。丕，大。

㉔ 寘（zhì）：弃置。

㉕ 腓（féi）：庇护。

㉖ 字：哺育。

㉗ 平林：大林，森林。

㉘ 会：恰好。

㉙ 鸟覆翼之：大鸟张翼覆盖他。

㉚ 呱（gū）：小儿哭声。

㉛ 实：是。

㉜ 覃（tán）：长。

㉝ 讦（xū）：大。

㉞ 载：充满。

㉟ 岐：知意。

㊱ 嶷（nì）：识。

㊲ 就：趋往。

㊳ 口食：生活资料。

㊴ 蓺（yì）：同"艺"，种植。

㊵ 荏菽（rěn shū）：大豆。

㊶ 旆（pèi）旆：草木茂盛。
㊷ 役：通“颖”，禾苗之末。
㊸ 穟（suì）穟：禾穗丰盈下垂的样子。
㊹ 幪（béng）幪：茂密的样子。
㊺ 瓞（dié）：小瓜。
㊻ 唪（běng）唪：果实累累的样子。
㊼ 穑：耕种。
㊽ 有相之道：有相地之宜的方法。
㊾ 茀：拂，拔除。
㊿ 黄茂：嘉谷，指优良品种，即黍、稷。孔颖达疏：“谷之黄色者，惟黍、稷耳。黍、稷，谷之善者，故云嘉谷也。”
(51) 实：是。
(52) 方：同“放”。萌芽始出地面。
(53) 苞：苗丛生。
(54) 种：禾芽始出。
(55) 褎（yòu）：禾苗渐渐长高。
(56) 发：发茎。
(57) 坚：谷粒灌浆饱满。
(58) 颖：禾穗末梢下垂。
(59) 栗：栗栗，形容收获众多貌。
(60) 邰：当读作“颐”，养。谷物丰茂，足以养家室之意。
(61) 降：赐予。
(62) 秬（jù）：黑黍。
(63) 秠（pī）：黍的一种，一个黍壳中含有两粒黍米。
(64) 穈（mén）：赤苗，红米。
(65) 芑（qǐ）：白苗，白米。
(66) 恒（gèn）：通“亘”，遍。
(67) 亩：堆在田里。

(68) 任：挑起。

(69) 肇：开始。

(70) 祀：祭祀。

(71) 揄（yóu）：将舂好的米从臼中舀出。

(72) 簸：扬米去糠。

(73) 蹂：以手搓余剩的谷皮。

(74) 释：淘米。

(75) 叟叟：淘米的声音。

(76) 烝：同“蒸”。

(77) 浮浮：热气上升貌。

(78) 萧：香蒿。

(79) 脂：牛油。

(80) 羝（dī）：公羊。

(81) 軷（bá）：剥羊皮。

(82) 燔（fán）：将肉放在火里烧炙。

(83) 烈：将肉串起来架在火上烤。

(84) 嗣岁：来年。

(85) 卬：我。

(86) 豆：古代一种高脚容器。

(87) 登：瓦制容器。

(88) 居歆（xīn）：为歆，应该前来享受。

(89) 胡臭（xiù）亶时：为什么香气诚然如此好。臭，香气；亶，诚然，确实；时，善，好。

（二）诗作背景和白话译文

1. 诗作背景

《大雅·生民》出自《诗经》，是中华文明的史诗之始，其与《公刘》《绵》《文王有声》《大明》《皇矣》这几首《诗经·大雅》中的作品共同组成了中华民族和国家起源最早的一组史诗。

2. 白话译文

这首诗或许可翻译为以下白话：

当初先祖能出生，是因天命降姜嫄。先祖如何能降临？烧香祭拜告神灵，祈求周人有后嗣。突然踩着大脚印，原是天帝来感应，十月怀胎等生产。足月临盆来哺育，孩子降生是后稷。

足月临盆来生产，头胎分娩很顺利。顺生产道无破裂，母子平安皆康健，神奇过程灵光显。天帝应该很欣慰，之前祭祀享荣光，果然生出好儿郎。

先将孩童置村巷，牛羊排队将他养。再将孩童放林中，恰遇樵夫施救忙。又置孩童冰雪上，大鸟张翼暖身上。大鸟飞翔离他去，后稷开始大声唱。啼声悠长且洪亮，歌声嘹亮一路响。

后稷从小走四方，聪明机灵有担当，吃饱喝足功夫强。会种大豆农技高，成片大豆迎风扬。禾粟苗壮谷穗沉，麻麦茂密多兴旺，瓜果累累满园香。

后稷耕种农事忙，辨土相地本领强。拔除荒地之杂草，精挑嘉禾播种粮。春风吹拂新芽出，小禾已露尖尖角。拔节抽穗禾苗壮，颗粒饱满产量高。禾穗垂头收成好，养家糊口足温饱。

后稷天生识良种，黑黍黄黍全都有，红米白米也都全。黑黍黄黍已长熟，谷子丰收堆满田。红米白米遍田野，肩挑背扛运粮忙，忙完农活好祭天。

天帝如何来祭祀？又舂谷来又舀米，又簸又筛去麸糠。淘米沙沙声音响，蒸汽嘶嘶饭菜香。筹划思考备祭祀，烧香燃油送芬芳。宰羊剥皮祭天帝，又烧又烤供天享，祈祷来年更兴旺。

祭品满满装碗盘，高碗瓦盆全用上，香气萦绕满祠堂。天帝应该来受享，心诚自然饭菜香。后稷创制祭天礼，天帝佑护祸不降，直到今天仍这样。

（三）祖先才是中国人真正的崇拜对象

《大雅·生民》第六至八章都是有关丰收后如何祭祀先祖和天帝的描述，这里将先祖后稷和天帝并列，没有制造出一个控制人间行为的独一尊神，只是表明人们的行为处事符合上天的规则，天地满意即可，实际的祭祀活动，真正寻求的是祖先的保佑。下节中的《大雅·文王有声》就是歌颂先祖文王和武王的传世美德和伟大功劳，且以"诒厥孙谋，以燕翼子"表达祖先保佑的希冀。

从中华文明形成和递进的关系来看，文明递进层次是"家、国、天下"，故有儒家所提倡的"修身、齐家、治国、平天下"的君子之说。所谓文明或文化，首先必须从"家"开始。也就是说，我们的文明和文化必须要一以贯之，要从祖先贯穿到现在。

许倬云在《万古江河：中国历史文化的转折与开展》中写道，"从新石器时代开始，中国若干古老的文化，颇注意人与宇宙力量的关系。中国古代的信仰，大致可分成两条途径：一条是神祇的信仰，另一条是祖灵的崇拜"[1]。故有"尊祖故敬宗，敬宗所以尊祖祢也"（《礼记·丧服小记》）、"朝廷之重，宗庙为先"（《五代会要》卷二）的说法。"百善孝为先"，中华文明和文化的行为和伦理指向首先是家庭，而非国家或宗教，因此有家族的宗祠宗庙的建立和祭祀。龚鹏程在《国学十五讲》中对《礼记·大传》"是故，人道亲亲也"一段文字做了如下解读："这是由宗族逆数而上，通过宗庙以说明政教社稷如何自刑乐中成。其关键在于宗庙，因尊祖（崇拜祖先）故能敬宗（对宗子及宗族本身怀有一份敬意和感情），因敬宗始能收合族，族人才能凝聚在一起，宗庙之祀守也才能愈严饬牢固。"[2]

作为中国几千年的农耕社会和农耕文明，中国社会的基本单位是家庭、家族，而非个人、政府或寺院。家庭和家族为个人提供主要的经济支持、教育、交流及娱乐活动。此外，在儒家文化道德五伦所包含的君臣、父子、夫妇、兄弟、朋友中，有三种属于亲属关系，这也进一步反映了祖先在血脉传承和文明塑造中的重要地位。此外，在春节、清明、端午和中秋等中国传统节日中，通过祭祖、缅怀先人进一步强化了家庭家族的文化凝聚，

[1]　许倬云. 万古江河：中国历史文化的转折与开展 [M]. 长沙：湖南人民出版社，2017：84.

[2]　龚鹏程. 国学十五讲 [M]. 北京：东方出版社，2019：107.

也正是这样一种祖先崇拜的文化，使得在几千年的中国历史长河中，不使祖上蒙羞和"光宗耀祖"的思想或文化价值观念在维持社会稳定方面起了重要的作用，这也成为中国延续几千年的社会基层单位的组织管理模式，并做到了国可乱，但家或家族不散的生活方式，从而在一定程度保证了文化、文明的延续和传承。

五、礼制文化之文明底色探寻

（一）《诗经》一首

大雅·文王有声

文王有声，遹[①]骏有声。遹求厥宁，遹观厥成。文王烝[②]哉！

文王受命，有此武功。既伐于[③]崇[④]，作邑于丰[⑤]。文王烝哉！

筑城伊淢[⑥]，作丰伊匹。匪棘[⑦]其欲，遹追来孝。王后[⑧]烝哉！

王公[⑨]伊濯[⑩]，维丰之垣。四方攸同，王后维翰[⑪]。王后烝哉！

丰水东注，维禹之绩。四方攸同，皇王[⑫]维辟[⑬]。皇王烝哉！

镐京[⑭]辟廱[⑮]，自西自东，自南自北，无思不服[⑯]。皇王烝哉！

考卜维王，宅[⑰]是镐京。维龟正之，武王成之。武王烝哉！

丰水有芑[⑱]，武王岂不仕[⑲]？诒厥孙谋，以燕翼子[⑳]。武王烝哉！

【注释】

① 遹（yù）：陈奂《诗毛氏传疏》有云："全诗多言'曰'、'聿'，唯此篇四言'遹'，遹即曰、聿，为发语之词。"

② 烝（zhēng）：《尔雅》释"烝"为"君"。又陆德明《经典释文》引韩诗云："烝，美也。"可知此诗中八用"烝"字，皆为叹美君主之词。

③ 于：本作"邘"，古邘国（今河南沁阳）。

④ 崇：古崇国（今陕西户县），周文王曾讨伐崇侯虎。

⑤ 丰：今陕西西安沣水西岸。

⑥ 淢（xù）：假借为"洫"，即护城河。

⑦ 棘（jí）：陆德明《经典释文》作"亟"，《礼记》引作"革"。按
段玉裁《古十七部谐声表》，棘、亟、革同在第一部，是其音义相通，
此处皆为"急"义。

⑧ 王后：第三、四章之"王后"同指周文王。有人将其释为"周武王"，
误。

⑨ 公：同"功"。

⑩ 濯（zhuó）：本义是洗涤，引申有"光大"义。

⑪ 翰：主干。

⑫ 皇王：第五、六章之"皇王"皆指周武王。

⑬ 辟（bì）：陈奂《诗毛氏传疏》认为当依《经典释文》别义释为"法"。

⑭ 镐京：周武王建立的西周国都（今陕西西安沣水以东的昆明池北岸）。

⑮ 辟廱（yōng）：西周王朝所建供天子行礼奏乐的离宫。

⑯ 无思不服：王引之《经传释词》云："'无思不服'，无不服也。思，
语助耳。"

⑰ 宅：刘熙《释名》释"宅"为"择"，指择吉祥之地营建宫室。"宅"
是乇声字，与"择"古音同部，故可相通。

⑱ 芑（qǐ）：同"杞"。芑、杞都是己声字，古音同部，故杞为本字，
芑是假借字，应释为杞柳。

⑲ 仕：《毛传》释"仕"为"事"，古通用。

⑳ "诒厥"二句：陈奂《诗毛氏传疏》云："诒，遗也。上言谋，下言
燕翼，上言孙，下言子，皆互文以就韵耳。言武王之谋遗子孙也。"

（二）诗作背景和白话译文

1. 诗作背景

《大雅·文王有声》的写作时代，因诗中所写皆周文王、周武王之事，

朱熹《诗集传》则将其断为成王、周公以后之诗。《史记·周本纪》谓周武王死后，"太子诵代立，是为成王。成王少，周初定天下，周公恐诸侯畔周，公乃摄行政当国。……周公行政七年，成王长，周公反政成王，北面就群臣之位。……兴正礼乐，度制于是改，而民和睦，颂声兴。……成王既崩，……太子钊遂立，是为康王。康王即位，遍告诸侯，宣告以文武之业以申之，作康诰。故成康之际，天下安宁，刑错四十余年不用"。由于《大雅·文王有声》所言皆追述周文王、周武王先后迁丰、迁镐京之事，最后一章又点出"诒厥孙谋，以燕翼子"，这"子孙"当是周成王、周康王，所以可把此诗产生的时代确定在成、康之际。

2. 白话译文

这首诗或许可翻译为以下白话：

文王美名传四方，继承祖业有声望。保护百姓天下宁，完成大业成帝王。文王真是千古王！

文王受命于上天，武功赫赫气势旺。兴兵征伐崇侯虎，建都丰邑国力强。文王真是千古王！

高大城墙护城河，作为都城真是强。一心为公无私欲，尽心守孝为周邦。文王真是千古王！

文王功劳昭四方，犹似丰邑之高墙。四方诸侯来归附，大王治理靠臣帮。文王也是千古王！

丰水滔滔流东方，大禹治水不能忘。四方诸侯来归附，大王立法定榜样。武王也是千古王！

祭祀离宫座镐京，西方昆仑东方海，南方南岭北大漠，八方同服是周邦。武王也是千古王！

大王占卜选地方，定都镐京最吉祥。钻烧龟纹定方位，武王筑成齐颂扬。武王也是千古王！

杞柳繁茂丰水边，选贤任人武王忙？留下治国安邦策，庇荫后世把国享。武王也是千古王！

（三）礼是中国人治国和处事的传统

在《大雅·文王有声》末章四句："丰水有芑，武王岂不仕？诒厥孙谋，以燕翼子。"既提出了文王、武王虽然建立了西周王朝，但后代子孙如何巩固基业的问题，又表明文王、武王已建立了完善的安邦治国的好制度，将护佑后代福寿安康。那周朝建立了什么制度呢？就是实行了分封制、宗法制和井田制：分封制奠定了政治制度，宗法制和周公所创设的礼制奠定了文化制度，井田制则确立了经济制度。其中，宗法制和分封制成为中国几千年传承、延续的国家礼法制度的组成部分。

中国历史悠久，拥有五千年文明，号称礼仪之邦。古代社会与国家管理方式既非法治社会，也非通常人们认定的人治社会，而是礼法社会。礼法是礼制与法律相结合的概念，融入哲学家的思想、法学家的智慧和政治家的实践。

前面我们曾提到，周朝的建立和实践加速了中华文明的进程。周朝的君权和天下一统的核心是宗法和封建，围绕这一核心的是一套礼制制度和体系。龚鹏程在《国学十五讲》中写道："要准确地认识周朝视为'立国之本'的礼，至少必须把握以下两条原则：第一，'礼'是一套制度与文化的架构，是一个整合性的文明体系，具有多维度、多层面的特征。……犹如圆凿而方枘。古代中国的礼，既不能与政治、法律、宗教、伦理、习俗等任何一个分离式的概念相对应，又包含着政治、社会、宗教、伦理、法律和文化的各个方面。"[1] 按后世归纳，周礼大约可归为五类，包括吉礼、凶礼、宾礼、军礼和嘉礼。总之，中华文明的创建和形成内容博大精深，涉及宗法、秩序、朝聘、祭礼、婚姻、出师、接待、饮宴等方方面面。可以说，周朝的礼制文化开创了国家层面的组织管理模式，无怪乎孔子曰"吾从周"。

有关宗法、祭礼、朝聘、婚姻等方面的文化解读已经有很多研究论著和成果，这里仅从孔子所言"食色，性也"即人的本性中的"食"做一些解析。中国有句古话"民以食为天"，其本质就是生存是人之存在和人类社会发展

[1]　龚鹏程.国学十五讲 [M] . 北京：东方出版社，2019：125.

的基础。吃是本能，但如何吃却是文化。林语堂曾戏说道：中国许多优秀文学家写过烹饪之书，但没有一个英国诗人或作家肯屈尊俯就去写一本有关烹调的书。他们认为这种书不属于文学之列，只配让苏珊姨妈去尝试一下。将吃或饮食当作文化，这是中华文明与其他几大文明区别极大的另一种文明呈现。早在西周时期，就已经形成了一套相当完善的餐饮文化制度，并成为中国历代表现大国之貌、礼仪之邦、文明之所的礼制文化的组成部分，也是上面所述"嘉礼"的主要内容。

1. 饮食引申出的国家治理

老子曰："治大国，若烹小鲜。"钱钟书在《写在人生边上》"吃饭"一文中写道："伊尹[1] 是中国第一个哲学家厨师，在他眼里，整个人世间好比是做菜的厨房。《吕氏春秋·本味篇》记伊尹以至味说汤，把最伟大的统治哲学讲成惹人垂涎的食谱。这个观念渗透了中国古代的政治意识，所以自从《尚书·说命》起，做宰相总比为'和羹调鼎'，老子也说'治国如烹小鲜'。"[2]

由此可知，在中国历史甚至上古历史中，已经将国家治理这一事关政权和统治的大事比喻成调一锅美味的汤或炒一锅好吃的菜。

2. 饮食开启了礼文化的先河

在自然界的法则中，生存和延续种群是第一要务，故《礼记·礼运篇》有"饮食男女，人之大欲存焉"。但人所以为人，与动物的生存法则还是有差别的。火的应用开启了人类文明的新阶段，那么当烹饪的食物摆好后，是像动物一样撕咬抢夺、混乱无序，还是讲秩序、讲规矩。因此，如何排座位，谁先动筷子，是否要先说些什么，这些都成为秩序、伦理和德行的体现，由此通过吃饭也就形成了礼的雏形。就宴席或就餐的座次而言，古时宴席安排注重方位，大多以东为尊。《史记·项羽本纪》项羽在鸿门军帐中宴请刘邦，

---

[1]　伊尹乃商汤之妻舅，是夏商之际一位委身为厨子（陪妹出嫁）的杰出政治家。——作者注

[2]　钱钟书. 钱钟书集 [M]. 北京：生活·读书·新知三联书店，2007：23.

"项王、项伯东向坐，亚父南向坐。亚父者，范增也。沛公北向坐，张良西向侍"。在这里，项羽和叔父项伯坐的是主位，坐西面东，是最尊贵的座位。而刘邦的座次方位还不如项羽的谋士范增。这次饮宴的座次主客颠倒，一方面反映出项羽的狂妄自大，另一方面也反映出当时的战局和实力对比。现代餐桌座次的礼仪已简化为以"里"为上，"里"也同"礼"。故《礼记·礼运篇》又说"夫礼之初，始诸饮食"。

3. 祭祀所用食物是礼文化的进一步升华

如果说《大雅·文王有声》第六章"镐京辟廱"表达的是通过建立天子行礼奏乐的离宫来拜祭先祖、威服四方，那么《大雅·生民》第七、八章就描述了祭祀先祖时的具体食材、供奉的食器、摆放的方式、祭奠的礼仪。作为周礼的信奉者和维护者，《论语·乡党》曰，"割不正，不食""席不正，不坐"，这也明确地体现出饮食的文化和饮食所涵括的礼节。

祭祀是中华文明和文化的一部分，也是儒家礼仪的主要内容，通过祭礼，是以事神致福。祭祀对象分为三类：天神、地祇、人神。天神称祀，地祇称祭，宗庙称享。

视祭祀对象和祭祀之人的身份，古时用于祭祀的肉食动物叫"牺牲"，指马、牛、羊、鸡、犬、猪等牲畜，后世称"六畜"。牛、羊、猪三种牲畜作为祭品叫"三牲"。祭神时，三牲放在一个食器（牢）中献祭叫"太牢"，不是三牲则称"少牢"。后太牢专指牛，少牢专指羊。太牢或三牲是最丰盛的祭品，一般用于祭天地、宗庙等。

几千年来，祭祀或敬天拜祖不仅是皇帝或君主必须履行的仪式，也是老百姓尤其是家族祠堂每年要开展的活动。《朱子家训》曰："祖宗虽远，祭祀不可不诚；子孙虽愚，经书不可不读。"通过祭祀活动，表达对先人或神灵的怀念与感恩之情，同时祈求先人或上天佑护。

4. 所用食器、炊具是礼文化的具体体现

《大雅·生民》第八章的诗句"卬盛于豆，于豆于登，其香始升"就部分反映了所用食器和祭拜礼仪。

　　我们知道，中国更早期的文明是通过考古发现的，是从良渚、红山遗址发现的玉器以及从马家窑、半坡遗址发现的陶器体现出来的，而中华文明的形成则是通过近代考古出土的大量商周时代的青铜器和甲骨文体现出来的。其中，象征权力等级的代表性器物就是鼎。所谓"天子九鼎，诸侯七鼎，卿大夫五鼎，元士三鼎"，反映了不同的权力等级，随着历史的进程，鼎逐渐成为王权的象征、国家的重宝。故有天子"一言九鼎"等典故，其中最耳熟能详的应是"问鼎中原"。公元前607年，楚庄王率楚军攻陆浑之戎，至洛，陈兵于周郊。周定王姬瑜命大夫王孙满前往劳军。楚庄王问周鼎的大小轻重，意欲代周，王孙满答："周德虽衰，天命未改，鼎之轻重，未可问也。"终使楚军退去。

　　鼎最初是煮东西用的器物，圆形，三足两耳，也有方形、四足的，直到现在，闽南语仍称锅子为鼎。鼎作为权力的象征是后来的事。在中国古代，如何吃即吃的文化还具体体现在食器、炊具和酒器、酒具等器具方面。作为注重饮食、养生的中华文明特征之一，中国古代的许多食器多用做礼器。龚鹏程在《国学十五讲》中写道："礼器中鼎、彝、爵、尊、盘、瓠均为主要饮食器。礼这个字，原本也就是酒醴之丰，以敬神或敬人即是礼。此可称为'礼食一如'。"[1] 以食器为例，有甗[2]（yǎn）、簋[3]（guǐ）、簠[4]（fǔ）、豆[5]、皿[6]。古代炊具有鼎[7]、镬[8]（huò）、甑[9]（zèng）、鬲[10]（lì）等。古

---

[1]　龚鹏程.国学十五讲[M].北京：东方出版社，2019：30-31.

[2]　甗，类似今天盛食物的大盆。

[3]　簋，圆形的大碗。

[4]　簠，长方形的大碗。

[5]　豆，早期用来盛黍稷、供祭祀用的高脚盘，后渐渐用来盛肉酱与肉羹。

[6]　皿，两边有耳盛饭食的用碗。

[7]　鼎，整个动物可放在鼎中烹煮和烧烤。

[8]　镬，无足的鼎，后发展为犯人施行酷刑的工具，即将人投入镬中活活煮死。

[9]　甑，蒸饭的用具，与今之蒸笼、笼屉相似。

[10]　鬲，鬲与鼎相近，但足空，且与腹相通。

代酒器有尊[1]、壶[2]、彝、卣（yǒu）、罍（léi）、缶（fǒu）、觥[3]（gōng）、爵[4]等。

总之，饮食和与之相关的器具开启了中华文明礼制的先河，并成为祭礼规制器物的一个重要组成部分。

六、安土重迁和文字历史之文明底色探寻

（一）《诗经》一首

大雅·公刘①

笃②公刘，匪③居匪康。乃埸④乃疆，乃积⑤乃仓，乃裹⑥糇粮⑦，于橐于囊⑧。思⑨辑⑩用光，弓矢斯⑪张⑫。干⑬戈戚⑭扬⑮，爰⑯方⑰启行。

笃公刘，于胥⑱斯原⑲。既庶既繁⑳，既顺乃宣㉑，而无永叹㉒。陟㉓则在巘㉔，复降在原。何以舟㉕之？维玉及瑶㉖，鞞㉗琫㉘容刀。

笃公刘，逝㉙彼百泉㉚，瞻彼溥原㉛。乃陟南冈，乃觏㉜于京㉝。京师㉞之野，于时㉟处处㊱，于时庐旅㊲，于时言言㊳，于时语语。

笃公刘，于京斯依㊴。跄跄㊵济济㊶，俾㊷筵㊸俾几㊹。既登㊺乃依㊻，乃造㊼其曹㊽。执豕于牢㊾，酌之㊿用匏(51)。食之饮之，君之(52)宗之(53)。

笃公刘，既溥既长，既景(54)乃冈。相(55)其阴阳(56)，观其流泉。其军三单(57)，度(58)其隰原(59)，彻田(60)为粮。度其夕阳(61)，豳居允荒(62)。

笃公刘，于豳斯馆(63)。涉渭(64)为乱，取厉(65)取锻(66)。止基(67)乃理(68)，爰众爰有(69)。夹其皇涧(70)，溯其过涧(71)。止旅乃密(72)，芮(73)鞫(74)之即(75)。

---

[1] 尊，作为专名是一种盛酒器，敞口，高颈，圈足。尊上常饰有动物形象，且用于尊长之尊。

[2] 壶，长颈、大腹、圆足的盛酒器，不仅装酒，还能装水，故后代用“箪食壶浆”指犒劳军旅。

[3] 觥，一种盛酒、饮酒兼用的器具，像一只横放的牛角，长方圈足，有盖，多作兽形，常被用作罚酒。

[4] 爵，口呈两尖角形，可温酒而饮的酒器。

【注释】

① 公刘：周祖先之一。

② 笃：诚实忠厚。

③ 匪：通"非"，不。

④ 埸（yì）：田界。

⑤ 积：露天堆粮之处，后亦称"庾"。

⑥ 裹：包装。

⑦ 糇（hóu）粮：干粮。

⑧ 于橐（tuó）于囊：指装入口袋。有底曰囊，无底曰橐。一说小曰橐，大曰囊。

⑨ 思：语助词。

⑩ 辑：和睦团结。

⑪ 斯：语助词。

⑫ 张：准备，犹今语张罗。

⑬ 干：盾牌。

⑭ 戚：斧。

⑮ 扬：大斧，亦名钺。

⑯ 爰：于是。

⑰ 方：开始。

⑱ 胥：视察。

⑲ 斯原：这里的原野。

⑳ 既庶既繁：指豳地（今陕西彬州、旬邑一带）土著居民繁多。

㉑ 宣：舒畅。

㉒ 永叹：长叹，叹息，即不满的情绪。

㉓ 陟（zhì）：攀登。

㉔ 巘（yǎn）：小山。

㉕ 舟：通"周"，周身佩带。一说通"酬"，酬谢。

㉖ 瑶：美石。

㉗ 鞞（bǐng）：刀鞘。

㉘ 琫（běng）：刀鞘口上的玉饰。

㉙ 逝：往。

㉚ 百泉：豳地地名。

㉛ 溥（pǔ）原：广阔的原野。

㉜ 觏（gòu）：见到，察看。

㉝ 京：高丘。一释作豳之地名。

㉞ 京师：其后世因以所都为京师也。

㉟ 于时：于是。时，通“是”。

㊱ 处处：居住。

㊲ 庐旅：此二字古通用，即“旅旅”，寄居之意。此指宾馆旅舍。

㊳ 言言：形容人在此笑语不休，乐得其所。下句“语语”同义。

㊴ 依：指居住。

㊵ 跄跄：形容走路有节奏。

㊶ 济济：从容端庄貌。

㊷ 俾（bǐ）：使。

㊸ 筵：铺在地上坐的席子。

㊹ 几：放在席子上的小桌。

㊺ 登：指登席，就席。

㊻ 依：指凭几。

㊼ 造：三家诗作“告”，即“鲁诗”“齐诗”“韩诗”均将“造”定义为“告”，有祈祷之意。

㊽ 曹：祭猪神。

㊾ 牢：指猪圈。

㊿ 酌之：指斟酒。

(51) 匏（páo）：葫芦，指剖成的瓢，古称匏爵。

(52) 君之：指当君主。

(53) 宗之：指当族主。

(54) 景：通“影”，日影。

(55) 相：视察。

(56) 阴阳：指山之南北。山南曰阳，山北曰阴。

(57) 三单（shàn）：谓分军为三，以一军服役，他军轮换。单，通“禅”，意为轮流值班。

(58) 度：测量。

(59) 隰（xí）原：低平之地。

(60) 彻田：周人管理田亩的制度。朱熹《诗集传》：“彻，通也。一井之田九百亩，八家皆私百亩，同养公田，耕则通力而作，收则计亩而分也。周之彻法自此始。”

(61) 夕阳：山的西面。《尔雅·释山》：“山西曰夕阳。”

(62) 允荒：确实广大。

(63) 馆：指建造房屋。

(64) 渭：渭水，源出今甘肃渭源县北鸟鼠山，东南流至清水县，入今陕西省境，横贯渭河平原，东流至潼关，入黄河。

(65) 厉：通“砺”，磨刀石。

(66) 锻：打铁，此指打铁用的石锤。

(67) 止基：同义复词，指基址，居住之地。一释止为既，基为基地。

(68) 理：治理。

(69) 爰众爰有：谓人多且富有。

(70) 皇涧：豳地水名。

(71) 过涧：豳地水名。

(72) 止旅乃密：指前来定居的人口日渐稠密。止，居；旅，寄居。

(73) 芮（ruì）：通“汭”，水涯。

(74) 鞫（jū）：究。

(75) 即：就，指居住。

（二）诗作背景和白话译文

1. 诗作背景

《大雅·公刘》是周人自述其创业历程的史诗。《毛诗序》说此诗是召康公戒周成王之作。其上承《大雅·生民》，下接《大雅·绵》。《大雅·生民》写周人始祖在邰（今陕西武功县境内）从事农业生产；此篇写公刘由邰迁豳开疆创业；而《大雅·绵》则写古公亶父自豳迁居岐下，以及文王继承遗烈，使周之基业得到进一步发展。

夏太康之时，后稷的儿子不窋失其职守，自窜于戎狄。不窋生了鞠陶，鞠陶生了公刘。公刘迁豳，恢复了后稷所从事的农业，人民逐渐富裕。若是成王时召康公所作，则在公元前 11 世纪前后，可见公刘的故事在周人中已流传好几代，至此时方整理成文。

2. 白话译文

这首诗或许可翻译为以下白话：

敦厚我祖是公刘，不图安康和享受。划分疆界治田垄，仓里粮食堆得厚，捆好干粮备远游，大袋小袋都装满。家族团结历史久，佩起弓箭执戈矛。系上盾牌举刀斧，昂首大步向前走。

敦厚我祖是公刘，迁徙豳地思虑周。土地肥沃百姓多，一心归顺乐融融，没有叹息不担忧。登上山顶看得远，又下平原仔细瞅。身上衣服如何穿？美玉琼琚样样齐，佩剑装饰美玉秀。

敦厚我祖是公刘，走遍百泉来规划，广阔大地细考量。登上高冈放眼望，查看京师好地方。京师四野土地阔，在此建都美无双，及时修筑城与房，又说又笑乐悠悠，欢声笑语喜洋洋。

敦厚我祖是公刘，定都于此称京师。君臣端庄威仪盛，铺席摆桌筵席上。宾主依次席地坐，祭祷猪神求保佑。圈里逮猪做烤肉，大碗喝酒美味香。酒醉饭饱情绪好，公刘被推君主王。

敦厚我祖是公刘，身高体壮心宽容，平原山岗丈量遍。风水地利算周详，勘明水文好种粮。劳动组织三班倒，低地整理成田畴，公田私田全种粮。再拓西山之土地，豳地辽阔好垦荒。

敦厚我祖是公刘，豳地筑宫大名扬。渡过渭水定四方，锻造铧犁筑条田。安居乐业治理忙，民康物丰笑语响。皇涧两岸人熙攘，上游一样渐来往。八方移民迁此地，河谷河湾好地方。

（三）早期中国的地理和环境所塑造的农耕文化

1. 中华文明早期的活动范围

《大雅·公刘》一诗突出地塑造了周人先祖之一公刘这位人物形象。他深谋远虑，具有开拓进取精神。周人部落本来在邰地从事农业，本可以安居乐业，但他"匪居匪康"，不敢安居，仍然相土地之宜，率领人民开辟环境更好的豳地，开始了安居乐业，开创伟大基业的过程。

传说中的周人先祖后稷发明和掌握了农业耕植技术，且被封于有邰，至十代孙公刘由邰迁到豳，到了周文王的祖父古公亶父（即周太王）又从豳迁到岐山，这是一个逐步从游牧、半游牧转向农业耕种定居的过程，极具里程碑意义。

中国自古就有"华夏神州""赤县九州"等名称，甚至有"天下"一说，不完全是一个国家的概念，更主要是一个地域的概念。"九州"之称来源于大禹治水的传说，是大禹把中华大地划分成冀州、青州、豫州、扬州、徐州、梁州、雍州、兖州、荆州等九州。《左传·襄公四年》曰："芒芒禹迹，画为九州，经启九道。"《史记·夏本纪》也解答说，大禹"行山表木，定高山大川"，"左准绳，右规矩，载四时，以开九州，通九道，陂九泽，度九山"。这就界定了中华民族生活以及国家形成和社会文明发生发展的地理范围。李零在《我们的中国》第一编"茫茫禹迹"中也将"禹迹"代表"天下"作了进一步的历史挖掘和详细阐述[1]。虽然传说由大禹划定了九州，但大禹治水的足迹也仅仅局限于山西、陕西、河南、安徽的部分地区，即黄河、淮

---

[1]　李零. 我们的中国 [M]. 北京：读书·生活·新知三联书店，2016：161-163.

河两河中下游之间的一片区域，这都是远离大海的内陆。另外，从实际考古发现可知，夏、商王都或政治、经济和文化中心游弋在今河北和河南之间（即华北平原的一部分区域），而周朝则兴起于关陇的黄土高原，下节《大雅·文王有声》中所描述的周人建都、礼拜之地也未脱出陕西、河南的地域范围。

美国学者林肯·佩恩在《海洋与文明》中写道："中国古代文化的核心地带位于今天的山西、陕西、河南及北京西南，距海有 1000 千米。这一地区靠近中亚和北亚的游牧部落，因而使得如何保持大陆边界的完整性成为一个重要问题。"[1] 这进一步说明文明形成和活动的范围或地域也在很大程度上决定了其战略视野和文化特征。

2. 文明早期的生存环境

黄土高原虽然土体厚重、疏松，易于耕种，但涵水能力很差，加之所处地区属于半干旱季风温带气候，降雨取决于季风的强度和到达的范围，所以时旱时涝，尤其是大洪水来临时民众束手无策，故有大禹治水之事迹或传说。在这种相对脆弱的生态环境中，周人当时只能种植诗中所说的，耐干旱的黍、稷、穈、粟等谷类、小米之类产量很低的粮食，这就决定了要想保证粮食丰年有余、灾年持平，就需要有高水平的农耕技术，故《大雅·生民》第四、五章专门描写了后稷所发明的精湛、高超的农耕技术。尽管气候条件、水源条件和粮食产量都不尽如人意，在面朝黄土背朝天艰苦求生的过程中，自然环境依然还是能够提供相应的食物来维持族群的团结和相对平稳的生活水平，而不像古希腊没有合适的耕地，古罗马威尼斯只是一片汪洋的几个孤岛，不通过产品交换的商贸活动就不能保证生活甚至生存。尽管如此，周人依然必须花费大量的气力和智慧去发展农业，同时，周人抵御天灾尤其是抵御水害的能力低下，水害治理无法单打独斗，这需要集体的力量。在年复一年、日复一日对气象的观察、对季节的把握和精耕细作中，在一代接一代兴修水利的集体劳作的过程中，培养了勤劳坚韧、集体主义以及安土重迁、乐天知命的农耕文化和文明。

[1] 林肯·佩恩. 海洋与文明 [M]. 陈建军，罗燚英，译. 天津：天津人民出版社，2017：179.

尽管后来中国地域已扩展到从渤海到南海的广大沿海地区，但我们面对的是浩瀚的太平洋，视为天涯海角、穷途末路，而不像古埃及人、古希腊人、古罗马人、腓尼基人将几乎近似内湖的地中海看成机遇和财富。综上可知，特定的地理环境与适应能力的水平决定了某一民族的生产方式并塑造了国民性格，进而形成了具有不同普遍精神和生活方式的文明呈现。正像以贸易为主的海洋文明和安土重迁的农耕文明的形成，都是以其地理环境、所具有的资源禀赋和生存适应的方式决定的。

（四）文字历史奠定了中华文明传承的基础

《大雅·公刘》全诗6章，共234字，每章均以"笃公刘"发端，从这赞叹的语气来看，必是周之后人所作，着重记载了公刘迁豳以后开创基业的史实。

如果将《大雅·生民》《大雅·公刘》《大雅·绵》与《大雅·皇矣》《大雅·文王》《大雅·大明》诸篇相联缀，就可形成一组开国史诗。从始祖后稷诞生、经营农业，公刘迁豳，太王（古公亶父）迁岐，王季继续发展，文王伐密、伐崇，直到武王克商灭纣，形成了中国人的先祖（之一）起源及周朝兴起的历史足迹和命运转折。《大雅·生民》追述了周的始祖后稷的事迹，主要记叙后稷神奇的出生和他在农业种植方面的特殊才能，是上古中国氏族社会由母系制向父系制过渡时期的一个伟大人物。《大雅·生民》反映了姜嫄履大人迹而生周之祖先后稷，而《诗经·商颂》则反映了简狄吞玄鸟蛋而生商之祖先殷契。《大雅·公刘》上承《大雅·生民》，下接《大雅·绵》，记载了公刘由邰迁豳开疆创业的历史；而《大雅·绵》则写古公亶父自豳迁居岐下继续开拓基业的故事；《大雅·皇矣》《大雅·文王》《大雅·大明》等进一步描写记载了太王、太伯、王季的事迹以及文王、武王父子继往开来的伟大功业。这些都有助于我们理解关于从母系制向父系制的转变的人类文明进化过程，反映出当时农业已同畜牧业分离而完成了第一次社会大分工的事实。此外，这一系列史诗对当时周人活动的地理区域和农业生产方式也进行了详细描写，同时反映了通过对先祖祭祀的这一礼制来维系族群的团结并形成了国家雏形，告诫后代要永远记住和祭拜先祖。

历史需要通过文字记载。古埃及、两河流域以及古希腊、古罗马等几大文明，尽管也发明了文字，但其文字的踪迹要么消失在历史的故土中，要么是注音语系已与古语系面目全非。尤其是以拉丁字母拼写、注音的文字，因其不同民族或部族口音方言的不同，无法形成统一的字母文字。只有中国人能从距今四千年前的甲骨上辨认出与当下一样的文字。正如美国的历史学家、汉学家费正清所说："安阳发掘的晚商遗址中最引人注目的发现是甲骨文。这不仅是确凿无疑的汉字，而且也是至今在东亚文明中具有重大影响的汉字的雏型。"[1]

文字具有将当时人与社会、与自然发生各种关系的过程、事件以及稍纵即逝的信息记录留存的功能，比起结绳记事和史诗说唱方式，文字具有抗拒时间和拒绝篡改的强大能力，通过一脉相承的汉字所形成的历史记载，更容易激起国人对先祖、对民族、对文化的强烈认同感，更容易传承一个民族的世界观、普遍精神、生活方式和历史轨迹，进而延续和传承本民族的文明。

我们这个民族是最具有历史感也最具有忧患意识的民族，自黄帝以来就有史官设立一说。中国史官纪事是我们这个民族的文化文明特征之一，既是源于对历史的兴趣，也是为了延绵历史记忆。不像古印度文化既无历史观，也无历史记载，同样，古希腊文化也不关心历史，除了希罗多德。在中华文明和社会发展进程中，每一新建朝代都要修订前朝历史，有关中国的历史记录和记载的书籍汗牛充栋，是其他国家和民族难以项背的。同时，我国的历史之所以能够源远流长、生生不息，也源于我们几千年一以贯之的文字。且不说《尚书》《史记》是中国乃至世界最早、最详尽、最完整的编年史，就是《诗经》本身也详尽反映了先秦以前中华文明的历史足迹。

近代史学家钱穆在《国史大纲》中写道："中国为世界上历史最完备之国家，其特点有三：一者悠久，二者无间断，三者详密。"[2]后两个论点的

---

[1] 费正清，赖肖尔．中国：传统与变迁 [M]．张沛，张源，顾思兼，译．北京：世界知识出版社，2002：24.

[2] 钱穆．国史大纲 [M]．北京：商务印书馆，2010：前言.

关键就在于中国文字的作用和力量。一是通过各种文化艺术体裁书写的甲骨文到现在文字一脉相承；二是后朝通过一脉相承的文字编撰前朝的史书，使得中华文明和文化越五千年生生不息。

七、包容吸纳之文明底色探寻

在《大雅·文王》中有这样的诗句："穆穆文王，於缉熙敬止。假哉天命，有商孙子。商之孙子，其丽不亿。上帝既命，侯于周服。侯服于周，天命靡常。殷士肤敏，裸将于京。厥作裸将，常服黼冔。"这些诗句表明了尽管周已代殷，但依然尊重殷商遗民并包容其文化，以至殷商后人来到京城，作为臣民在周朝大庙祭祀上天时，其穿戴还可以是殷商服装。1976 年出土于陕西扶风县庄白村的国宝青铜墙盘，盘底有 284 字的铭文，记录了商之后人以自己的史学才能服务于周朝并成为宠臣的历史，这一后人是被周封于宋国国君微子启的后人。由此可见，以人为中心的周朝从立国之初就奠定了中华文明包容和吸纳的底色。

最能体现包容这一中华文明底色的就是作为中国人图腾的龙。中国人被称为"龙的传人"源于黄帝时代的传说。黄帝在战胜蚩尤统一中原后，其标志兼取了被吞并的其他氏族的标志性图案。如鸟的标志图案、马的标志图案、鹿的标志图案、蛇的标志图案、牛的标志图案、鱼的标志图案等，最后拼合成为"龙"，一种虚拟的综合性神灵。

关于龙的传说有不同的来源，却在中华文明形成的进程中逐步演变成大一统的历史记忆。无论是龙图腾的形成还是"龙的传人"的民族象征符号，都说明了中国文化的包容性和民族融合的凝聚力，即海纳百川、集各家所长，从而形成共同认可的文化源头并加以传承。许倬云在《万古江河：中国历史文化的转折与开展》序中写道："中国文化的特点，不是以其优秀的文明去启发与同化四邻。中国文化真正值得引以为荣处，乃在于有容纳之量与消化之功。"[1] 如果说"炎黄子孙"这一华夏大地不同部落战胜者和战败者后代融合的称谓还只是中华文明包容吸纳的一个范例，那么我们还可以举出更为生动的例子。北宋时期，曾经有大量犹太人从巴格达迁入中国开封生活。他们来到中国后，不仅没有受到歧视，而且中华文明的包容性、社会生活的世俗性，使他们的自我认同不断弱化，他们的孩子从小就读孔孟的圣贤书，不少人经由科举而入朝廷为官。

当然，中国历史上落后的草原民族进入中原先进的汉民族的文化圈后，所发生的民族融合尤其是融入中华文明也是历史发展的必然。亨利·基辛格在《论中国》一书中写道："中国人讲求实际，这一点突出体现在对待征服者的态度上。当异族君主赢得战争时，中国的官僚阶层会随之归顺，同时又游说征服者，他们刚刚征服的中国疆土幅员辽阔，文化独特，只能以中国人的方式、中国的语言和现有的中国官僚机构来统治。征服者一代代逐渐被同化到他们当初试图控制的秩序中。最终，他们的老家，即发动侵略的起始点，成了中国的一部分。征服者自己开始追求传统的中国国家利益——征服者反被征服。"[2] 他的观点或有失偏颇，但所反映的中华文明和文化的包容性和吸纳性的特质是准确的。

中国改革开放 40 多年的伟大成就和社会面貌翻天覆地的变化，同样说明了中国文化的包容性、吸收消化能力和集成优化能力。正是龙图腾文化的包容和凝聚力这一文明底色，使得中华文明既生生不息，又包容吸纳、集成创新，从而实现费孝通所说的"各美其美，美人之美，美美与共，天下大同"。这一文明底色或特征在 20 世纪 70 年代英国历史学家汤因比《中国与世界》一文中也可找到论证："全人类发展到形成单一社会之时，可能就是实现世界统一之日。在原子能时代的今天，这种统一靠武力征服——过去把地球上的广大部分统一起来的传统方法——已经难以做到。同时，我所预见的和平统一，一定是以地理和文化主轴为中心，不断结晶扩大起来的。我预感到这

[1] 许倬云 . 万古江河：中国历史文化的转折与开展 [M] . 长沙：湖南人民出版社，2017：v.

[2] 亨利·基辛格 . 论中国 [M] . 2 版 . 胡利平，林华，杨韵琴，等译 . 北京：中信出版社，2015：18.

个主轴不在美国、欧洲和苏联，而是在东亚。"[1]

小　结

特定的地理环境和适应能力水平决定了某一民族的生产方式并塑造了国民性格，进而形成了具有不同价值观和生活方式的文明呈现。文明或许可以解读为：于国家社会而言是一种普遍精神和生活方式，于个人而言是一种举手投足的情怀和生活态度。中华文明的底色在于：我们尊崇道德律令而非上帝；我们安土保守；我们光宗耀祖；我们克己奉礼；文字历史让我们中华民族有了认同感和忧患意识；龙图腾的标志使中华民族又有了海纳百川、包容天下的胸怀。正是这些文明底色，使得中华文明既生生不息，又兼收并蓄、集成创新，从而实现"各美其美，美人之美，美美与共，天下大同"的包容共赢的世界命运共同体。

---

[1]　汤因比. 中国与世界 [M] // 何兆武, 柳卸林. 中国印象：世界名人论中国文化：下册. 桂林：广西师范大学出版社, 2001：136.

第二讲　从诗词里探寻中国人的普遍精神

提要： 从传统诗词里探寻其所承载的普遍精神，需要先了解中国的传统思想。中国的传统思想是否始终交织在儒、释（即佛）、道三者的思想碰撞和交融之中？或许可以结合国外学者对中国传统思想的论述，进一步理解中国人关于"天人合一"的思想以及所塑造的"道不远人"的国家社会的普遍精神。诗词里所承载的普遍精神体现了怎样的人生价值和意义，又呈现出中国人怎样的生存智慧？是"修齐治平"、建功立业的理想和社会责任感，是归隐山林、寄情山水的生活方式，还是诸法无我、明心见性的心灵观照？

一、国内外学者眼中的中国传统思想简析

按照第一讲亨廷顿的观点，文明是一个民族全面的生活方式，文明是放大了的文化。而文化或生活方式又源自一个民族或国家的传统思想，并塑造出独特的普遍精神。普遍精神是自我意识的普遍性，是我们对人生价值和意义的观照，也可理解为一个民族或国家的共同理想或普遍道德自觉。在中国发展的历史上，自秦汉以后，中国的传统思想始终交织在儒、释（即佛）、道三者的思想碰撞和融合之中。中国社会传统思想的脉络从半神话的伏羲画八卦到商周交替之际文王演周易、运"五行"，经春秋时"儒家、墨家"并立、战国时"道家"兴起，在秦汉时期逐渐形成了"儒、墨、道"三家学说或传统思想，塑造着这

一时期国家社会的普遍精神、生活方式以及人们的行为。魏、晋、南北朝中国经历了社会大动荡、制度大变革的剧变，为追求心灵的慰藉，佛教在此时期输入，进而产生了隋、唐以后"儒、佛、道"三种思想鼎峙、不同阶段互相轮替甚至融合的局面。但无论怎样发展，中国人的生活从来没有被宗教所控制，在各种思想并存的环境下，中华文明的进程始终沿着世俗的、礼制的轨道传承和发展。

有关儒家、道家、释家三种传统思想的论述汗牛充栋。《中国思想史》主编张岂之在 1988 年原序中有这样一段话："中国思想史重'天人和谐'的思维方式。尽管'天人和谐'在不同的历史时期有不同的表现形式，但天与人相通之点则是相同的。作为中国思想史中重要组成部分的儒学力求把人间的道德律令扩大为天的道德律令，并试图说明：以人为中心的天、地、人的社会和自然的结构模式都被道德律令所支配。儒学外的其他思想学派，特别是道家学派，也从不同的途径去寻求天人和谐的理论。"[1] 如果说我们难以从中国三千余年的历史典籍和各门各派的论述中去抽丝剥茧，深刻认识中国传统思想的内核和精髓，那我们或许可以从国外学者的论述中进一步理解中国传统思想，进而把握其所塑造的普遍精神。

费正清在《中国：传统与变迁》中写道："我们惊奇地发现，中国这一思想繁荣的时代与古希腊的哲人时代、希伯莱的先知时代及古印度的佛陀及其他早期宗教领袖的时代几乎是同时产生的。……此外，不断涌现的各项人类发明也粉碎了传统的观念，因此各地方的人都开始自觉地思考生命、社会之目的及其意义等重大课题。不过他们得出的答案大相径庭，从而使地中海文明、南亚文明和东亚文明就此分道扬镳，各自朝着不同的方向发展下去。……从这时起，中国哲学便将兴趣集中在对社会性和政治性的人的考察之上了。这是一种压倒一切的'人道主义'或曰'社会性的'思路，因为它着重的是社会而非个人。这与古印度和地中海地区强调神及彼岸世界的哲学传统形成了鲜明的对照。"[2]

---

[1] 张岂之 . 中国思想史 [M] . 西安：西北大学出版社，2011.

[2] 费正清，赖肖尔 . 中国：传统与变迁 [M] . 张沛，张源，顾思兼，译 . 北京：世界知识出版社，2002：45-46.

美国学者威廉·麦克尼尔在《世界史：从史前到21世纪全球文明的互动》中写道："从一开始，周朝征服者就似乎剔除了更野蛮的商朝宗教仪式，停止了人殉和人祭。征服者很可能通过声称受'天命'而篡夺了最高权力。这个自然变成了后来中国政治思想的基石，……这种理论认为，被模糊地认为是神人同形同性的最高神祇'天'把统治人间的权力赋予特别挑选出来的代表，'天子'或'皇帝'。……另一方面，不虔诚或粗鲁、不当的行为则导致'天命'被收回，同时赋予其他可能被选择担任人间统治者的人。周朝统治者的职权还包括实施魔法。例如，当需要雨水时，周天子被期望通过进行适当的祈雨仪式而让天公降雨。这种事情逐渐被精心构建成宇宙理论，在汉朝得到全面发展，这种宇宙理论极其详尽地描述了天上与人间的平衡。"[1]

美国政治家亨利·基辛格在《论中国》第一章写道："中国文化的一大特点是，中国人的价值观在本质上是世俗的。当强调禅定和内心平和的佛教开始出现在印度文化中时，犹太教先知，以及后来的基督教和伊斯兰教先知则宣扬人死后还有来世的'一神教'。中国没有产生过西方意义上的宗教，中国人的世界是自己创造的。虽然中国人称自己的价值观具有普世意义，但仍源于本国。中国社会占统治地位的价值观源自一位古代哲学家的教诲，后人称其为'孔夫子'或'孔子'。……中国皇帝君临天下被视为自然法则，体现了天命。"[2]

英国剑桥学者马丁·雅克在《大国雄心：一个永不褪色的大国梦》中写道："早在耶稣诞生的数百年之前，中国就已经出现了现代化的雏形。中国第一个皇帝秦始皇的胜利，标志着战国时期的结束和秦朝的开始。……秦朝的存在时间虽然很短，但却建造了6400多公里的官道，其规模与罗马帝国不相上下。……在秦始皇的统治下，书同文、车同辙，度量衡、货币都实现了统一。中国的独特习俗——知天命尽人事的思想、依靠恪守孝道形成的家庭结构、使用文字和表意体系的语言、基于崇拜祖先观念的宗教，在秦朝

[1]　威廉·麦克尼尔. 世界史：从史前到21世纪全球文明的互动 [M]. 施诚，赵婧，译. 北京：中信出版社，2013：95-96.

[2]　亨利·基辛格. 论中国 [M]. 2版. 胡利平，林华，杨韵琴，等译. 北京：中信出版社，2015：9-13.

都已经得到确立。"[1] 又写道："中国，并不仅是一个民族国家，还是一种文明。……中国人眼里的'中国'实则是国家、民族乃至'中华文明'的同义词，包括诸如中国的历史、朝代、儒家思想、中国人的思维方式、家族联系和习俗、人际关系、家庭、孝道、祖先崇拜、价值观、独特的哲学体系……简言之，中国万物孕育于中华文明之中。与西方人不同，西方人的认同源于民族国家的历史，中国人的认同则是其文明史的产物。"[2] 其实早在 20 世纪 20 年代，马丁·雅克的观点就已被其前辈、英国哲学家罗素在《中国人的性格》一文中论述过："中国与其说是一个政治实体，还不如说是一个文明实体——一个唯一幸存至今的文明。孔子以来，埃及、巴比伦、波斯、马其顿，包括罗马的帝国，都消亡了，但是中国以持续的进化生存下来了。"[3]

同样，美国学者林肯·佩恩在《海洋与文明》中写道："正如《古兰经》所云：'难道你不知道吗？船舶在海中带着真主的恩惠而航行，以便他指示你们他的一部分迹象。'"[4] 又写道："理论上，中国可以生产自身所需的任何东西，因此并不需要对外贸易。朝贡贸易中获得的物品被视作承认中国地位的进贡者的物质象征，而中国人回赠的礼品则是皇帝仁慈的一种表达。……儒家士大夫强调'孝'与'信'，主张建立高效的家长制政府，因此他们对商业的鄙视并不令人感到奇怪。他们的基本观点来自在公元前 479 年孔子去世之后编纂而成的《论语》中的两句话：'君子喻于义，小人喻于利'和'父母在，不远游，游必有方'。"[5]

从前面数位国外学者对中国传统思想的论述可知，尽管出发点和视角不一样，但通过不同资料和史料观察所得到的结论是一致的，即中国的传统思想没有创建一个高高在上控制人的神，而是一个以人为中心的、遵循天人

[1] 马丁·雅克. 大国雄心：一个永不褪色的大国梦 [M]. 2 版. 孙豫宁，张莉，刘曲，译. 北京：中信出版社，2016：50-51.

[2] 马丁·雅克. 大国雄心：一个永不褪色的大国梦 [M]. 2 版. 孙豫宁，张莉，刘曲，译. 北京：中信出版社，2016：175-176.

[3] 罗素. 中国人的性格 // 何兆武，柳卸林. 中国印象：世界名人论中国文化：下册 [M]. 桂林：广西师范大学出版社，2001：105.

[4] 林肯·佩恩. 海洋与文明 [M]. 陈建军，罗燚英，译. 天津：天津人民出版社，2017：6.

[5] 林肯·佩恩. 海洋与文明 [M]. 陈建军，罗燚英，译. 天津：天津人民出版社，2017：179-180.

合一的、天命惟德的人本主义世界观和思想。只要遵循道德律令，人的命运和社会的方向就可以掌握在人的手里而非神的手里，这是中国人对人生价值和意义观照所体现出的普遍精神或生存智慧。

综合以上国外学者对中华文明的论述以及数千年中华文明的自身实践，我们会进一步理解"一方水土养一方人"的内涵。地理空间和适应能力的水平不仅在一定程度上决定了一个国家或一个民族的历史，由其生发的世界观和思想也不尽相同。南亚和地中海地区所产生的思想强调人是神或上帝的仆人，并设立了需要经过一个难以跋涉的河流才能到达流蜜的彼岸或天堂，其关注点在于个人和上帝的关系。中国自从走出了殷商神秘恐怖的鬼神崇拜的宗教信仰后，中国人的世界观和传统思想就逐渐锁定到了"天命论"，个人和社会运行的法则须符合上天的运行规律即道德律令，无须敬畏和遵从什么唯一真神，通过"天人感应"达到"天人合一"被视为国家社会治理和个人社会生活的最高理想境界。由此，自周以后，中华文明进程中没有产生控制人们的行为和心灵的宗教，可能产生宗教的土壤已被道德律令、祖先崇拜、礼乐教化这一世俗的政治、文化和生活所占领。异族融于中国文化、放弃原有的信仰和习俗并同化为汉族的例子在中国历史长河中比比皆是，比如第一讲在讲中华文明包容性底色时，举的北宋时期迁入中国的犹太人同化于汉民族就是一个生动的例子，这就是中国人的世界观和传统思想所形成的中华文明包容同化的力量。

同时，尽管中华文明和中国传统思想中没有控制人的拜上帝宗教，但中国历史总体上依然对各种宗教是包容的。其中最好的例子反映在现存于西安碑林博物馆的《大秦景教流行中国碑》中的记载。碑文记述了景教（即早期基督教的一个分支）于唐贞观九年（635 年）由叙利亚教士阿罗本从波斯入中国传教的历史。在此碑颂（并序）中，大秦寺僧景净述："贞观十有二年秋七月诏曰：道无常名，圣无常体，随方设教，密济群生。大秦国大德阿罗本远将经像，来献上京。详其教旨，玄妙无为。观其元宗，生成立要。词无繁说，理有忘筌。济物利人，宜行天下。所司即于京义宁坊造大秦寺一所，度僧廿一人。"从碑文记载可知，包括唐太宗这样的天子都是"道无常名，圣无常体"的无神论者，更别说一般国民了。但包括皇帝和中国社会并不排斥宗教，只是将他们看作人们日常生活中的一种心灵慰藉和非常时期的一种心灵寄托罢了！

上述国内外学者论述的中国历史脉络和文明实践均表明：在中国传统思想引领下的文明进程中，没有设立一个高高在上的、控制人的神，没有划定一条难以逾越的河流和彼岸让芸芸众生去跋涉。中国的传统思想更强调自我内省和个人道德，这一思想使得世界观具有了道德的意味，宗教变成了泛神论，包括妈祖、关公这些占领道德制高点的普通历史人物和伏羲、神农、仓颉这些占领生存制高点的神话历史人物，都成了我们永世崇拜和敬仰的对象，他们是神，但和宗教没有太大的关系。这从另一个侧面体现了中华文明和文化中的"即身成佛"的君子示范价值观念，有所谓玉皇大帝或佛祖，但不唯上帝。《中庸》曾有"小德川流，大德敦化，此天地之所以为大也"的说法，即道德可以像天地那样孕育万物。故孔子感叹道："天何言哉？四时行焉，百物生焉。天何言哉？"

因此，中国人的传统思想也可称为"三位一体"，即以人为主体的"天、地、人"和谐共存的三位一体。所谓"天人和谐"或称"天人合一"在中国人的传统思想或道德体系中有两层意思：一是天人一致。宇宙自然是大天地，人则是一个小天地。二是天人响应，或天人相通。意思是说人和自然在本质上是相通的，故一切人事均应顺乎自然规律，达到人与自然和谐，即"天人合一"。

中国传统思想中"天人合一"的观点还可从德国哲学家康德的论著中找到理论依据。康德的哲学著作《判断力批判》中有这样一段话："有两种东西，我们对它们的思考越是深沉和持久，它们所唤起的那种越来越大的惊奇和敬畏就会充溢我们的心灵，这就是繁星密布的苍穹和我心中的道德律。"[1]在其"三大批判"（《纯粹理性批判》《实践理性批判》《判断力批判》）论著中，康德所关心和指向的就是"人的问题"这一终极关怀。连康德自己

[1] 康德. 判断力批判：上卷 [M]. 宗白华, 译. 北京：商务印书馆, 1964: 141.

都承认，无论是经验还是理性都无法证明上帝的存在，但是他认为，为了维护道德的缘故，我们必须假设上帝与灵魂的存在，假设生命结束后并不是一切都结束了。

由上可知，人的终极关怀实际上就是人和上天的关系，只是在西方人的眼中和西方基督教、犹太教中的上天就是上帝，有一条隔在人和上帝之间的河流需要他们去跋涉。而在中国的世界观和传统思想中，中国人的上天就是道德律令和自然规律，人和自然能够感应也能够和谐相处。这种"天人合一"的传统思想在中华文明进程中塑造着中国人的普遍精神和生存智慧。

二、中国传统思想所塑造的普遍精神简析

孔子曰："道不远人，人之为道而远人，不可以为道。"（《中庸》第十三章）这里的"道不远人"正是普遍精神的体现和写照。普遍精神其实就是我们对人生价值和意义的观照，或者说是一个民族独特的生存智慧，就其核心来说，就是世界观、人生观、价值观。其在老百姓的生活中体现为"颜回安贫""孟母三迁""赵氏孤儿""岳飞刺字"等一系列典故，其所塑造的普遍精神即"知足常乐""近朱者赤、近墨者黑""舍生取义""精忠报国"，这些普遍精神不断引领着国家社会的文化和生活方式，形成了一个民族独特的生存智慧，并造就了文明的差异。因此，普遍精神与文明构建及传承关系极大，这也关系到具有不同世界观和思想的诗人会写出反映不同普遍精神的诗篇。正如前面所述，在中国数千年的历史进程中，"儒、佛、道"三种思想始终处在对立、交替和融合的过程中，其所塑造的普遍精神也同样体现为儒家、道家、释家三种普遍精神。

（一）儒家传统普遍精神辨识

如果用最简单的、最能概括儒家普遍精神的经典说法，或许可引《周易》的"天行健，君子以自强不息；地势坤，君子以厚德载物"这句话。此话出自孔子为《周易》写的《象传》。象传，分为大象、小象。大象是解释卦象

立义的，小象是解释六爻辞的。这两句话，分别出自乾坤两卦的"大象"篇。

直译这句话，其意思就是：天（即自然）的运动刚健而有规律，由是君子应该顺应自然，在追求理想的道路上刚毅坚强，永不停息；大地（即社会）丰美厚重、万物生长，君子惟有提升德行、宽恕律己才能与万物和谐相处。

不论我们对这句话是用当下语境表述还是其本来的意思，其表现的普遍精神都强调了以下几层含义：一是人是这个世界和社会的主体，且要成为君子之类的人；二是自然运行是有规律的，人应该顺应这个规律；三是提升道德水平是顺应这一规律的重要方法和手段；四是人必须奋斗努力、包容宽厚才能实现社会进步与和谐。总之，人需要通过终生的努力才能实现人和自然的和谐共处，即达到"天人合一"。

儒家传统的普遍精神，更多侧重于阐述人与社会以及人与人的关系，是建功立业的"入仕思想"，更多反映的是其世界观之中的人生观和价值观。其人生观提倡的是人生对理想的追求过程和所肩负的社会责任或使命，讲求的是"修、齐、治、平"经济社会的国家情怀，有"立德、立言、立功"三不朽之说。其价值观树立的是"仁、义、礼、智、信、忠、孝"的君子形象，最终体现为"仁者爱人"的忠恕之心和"士不可以不弘毅，任重而道远"的豪情壮志和责任担当。既充满着理性，又包含着感性，讲究"中庸""中和"。综上所述，传统儒家普遍精神或许可以用"奉礼建功"来体现。

（二）道家传统普遍精神辨识

概括道家普遍精神最精练的表述或许可引《道德经》第二十五章："人法地，地法天，天法道，道法自然。"这里的"自然"在战国时期指的不是我们今天所说的"大自然"，就是字面上"本来如此"的含义，即以其本来规律而发生、发展的过程就是"自然"。所谓道在老子这段话中就是"自然"，就是事物存在、发展过程中自身的秩序和规律。

这一论述中表现的普遍精神强调了以下几层含义：一是万事万物的存在和发展都有其自身的规律；二是万事万物尤其是人都要顺应这个规律；三是只有顺天法地即顺应规律，才能实现人、社会和大自然的和谐共生。

如果说儒家传统的普遍精神更多关注人与社会的关系，那么道家传统的普遍精神则将关注点更多地放到了人与自然的关系方面，是"道法自然"、追求人格自由或心灵宁静的"隐世"思想，更多体现了人的生活方式和生活态度。在人生观方面，强调"道法自然，自然而然""无为而无不为"的人格自由的生活态度。在价值观方面，讲求"敦本立德、清静无为""身鼎心丹、长生不老"的生活方式。同样是"天人合一"，道家传统普遍精神阐述了宇宙本体和人之间的思辨关系，体现了否定之否定的部分逻辑辩证。在《道德经》第二章写道："是以圣人处无为之事，行不言之教，万物作而弗始，生而弗有，为而弗恃，功成而弗居。夫唯弗居，是以不去。"综上所述，道家传统普遍精神或许可以用"顺时和己"来体现。

（三）佛（释）家传统普遍精神辨识

佛教传入中国后，被彻底中国化了。尤其是慧能六祖所传禅宗"不立文字，直指人心，见性成佛"的教义开枝散叶，广为流传。因为慧能是个文盲，因此他所说的不立文字也仅仅是不拘泥于文字或不拘泥于已有的经典文字。如果我们要更好地理解佛家的人文普遍精神，不妨利用熊逸所写弘忍传衣的一段故事来说明 [1]。五祖弘忍传授法衣时，要求弟子运用其般若（即智慧），写一首偈子表现出所领悟的佛法大义。当晚，原来曹溪（今湖北黄梅双峰山）第一聪慧弟子神秀在南廊中间墙上写了一个偈子："身是菩提树，心如明镜台。时时勤拂拭，莫使有尘埃。"这一偈子虽然得到了弘忍高度的认可，还让全寺弟子都来念诵礼拜。但弘忍觉得偈子大义距大彻大悟还差得远，让神秀回去考虑几天，重新写一首。就在这期间，慧能作为在厨房舂米的粗工正好听到一个路过的童子在背诵神秀的偈子，慧能一听便觉偈子的作者还未触及佛性的根本。急问童子了解了事情的经过后，便让童子领他去讲堂礼拜这一偈子。在礼拜和请人诵读后，以慧能的悟性也写了两首偈子，因为自己不会写，就请人把自己的偈子写在走廊的另一端。他写道："菩提本无树，明镜亦无

---

[1]　熊逸. 思辨的禅趣 [M]. 北京：北京联合出版社，2018：58-68.

台。佛性常清净，何处有尘埃。""心是菩提树，身为明镜台。明镜本清净，何处染尘埃。"这故事的后半部分就不用说了。

在慧能所写的偈子中，其表现的普遍精神与前面论述的内容有相通之处，只是更强调自身内省。一是世间万事万物明心见性，不著一物；二是万念无相，诸法无我。只有做到"无我、无人、无众生、无寿者"，才能觉悟圆满。

早期佛教是证得人生圆满的哲学，讲求的是"苦、集、灭、道"四大法理或圣谛，即现象、原因、目标和方法。

佛家传统的普遍精神更多是从人与自身的关系即人的本性角度展开的，是人对人性的认识或人和一切关系的认识，是不断修行的人生观和价值取向，理性成分居多。人生观讲求的是"缘起性空"和"明心见性"，表现出来的是"无执、放下"的境界，价值观则体现为"慈悲关怀""济苍生舍小我"的济世情怀。综上所述，佛家传统普遍精神或许可以用"明心无我"来体现。

如果说我们难以从中国三千余年的历史典籍和各门各派的论述中去抽丝剥茧，深刻认识中国传统思想的内核和精髓，那我们或许可以通过诗词来进一步探寻中国传统思想所塑造的普遍精神。

三、"天行健，君子以自强不息"之奋斗精神探寻

（一）反映这一精神的诗两首

长歌行·其一

汉乐府　佚名

青青园中葵，朝露待日晞。

阳春布德泽，万物生光辉。

常恐秋节至，焜黄华叶衰。

百川东到海，何时复西归？

少壮不努力，老大徒伤悲！

观沧海

东汉　曹操

东临碣石^①，以观沧海。

水何澹澹，山岛竦峙。

树木丛生，百草丰茂。

秋风萧瑟，洪波涌起。

日月之行，若出其中；

星汉灿烂，若出其里。

幸甚至哉，歌以咏志。

【注释】

①碣（jié）石：山名。碣石山，位于河北昌黎。公元207年秋，曹操征乌桓得胜回师时经过此地。

（二）诗作背景及作者

①《长歌行》是一首主要讲求修身的诗篇。汉代《长歌行》共三首，这里是三首中的第一首，选自《乐府诗集》卷三十，属于相和歌辞中的平调曲，作者佚名。最早收于萧统的《文选》。

②《观沧海》与《龟虽寿》《冬十月》《土不同》四解（章）均写于建安十二年（207年）北伐乌桓胜利的归途。此时，曹操已经53岁，在古代已是将近暮年。

曹操（155—220年），字孟德，谯县（今安徽亳州）人，建安时代杰出的政治家、军事家。建安元年（196年）迎献帝都许（今河南许昌东），挟天子以令诸侯，先后削平吕布等割据势力。官渡之战大破军阀袁绍后，逐渐统一了中国北部。建安十三年（208年），进位为丞相，率军南下，被孙权和刘备的联军击败于赤壁。后封魏王。子曹丕称帝，追尊其为武帝。明人辑有《魏武帝集》，今有《曹操集》。

曹氏三父子曹操、曹丕、曹植与"建安七子"（孔融、陈琳、王粲、徐干、阮瑀、应场、刘桢）还是"建安文学"的开创者。

（三）所承载的普遍精神

①《长歌行·其一》一诗写作时间距孔子删订诗三百的时间还不算久远，因此依然有《诗经》朴实无华、浑然天成的风格。通过万物生长的规律、自然季节的更替和江河大川的运动方式，表明人生苦短、韶华难留的自然现象，警示和提醒人们珍惜青春年华、不要蹉跎岁月。期望通过个人的努力，像奔流的江河一样波澜壮阔，像小草大木一样展示翠叶绿枝。

②《观沧海》用饱蘸理想主义激情的大笔，表现出了叱咤风云、吞吐宇宙的英雄主义气概：既描绘出了宇宙吞吐日月、山海包蕴万千的壮丽景象，更表达了曹操以景托志，胸怀天下的人生理想和进取精神。以曹操父子三人为代表的一批文化旗手直面现实的人生，以其豪迈奔放、雄健深沉、慷慨悲凉的诗篇，既反映了社会的动乱和民生的疾苦，又表现了统一天下的理想和壮志，所体现出 "志深而笔长" "梗概而多气" 的鲜明时代特色被后人誉为 "建安风骨"，也称 "汉魏风骨"。

这两首诗均通过万物生长的规律、自然季节的更替和江河大川的运动方式等自然现象，进一步揭示了于恒久不变的运动中见出事物发展的规律，即 "天道"。告诫人们要有胸怀天下的人生理想和进取精神，通过努力，使我们的人生像奔涌的江海一样波澜壮阔，才能与 "天道" 相合。其普遍精神正是 "天行健，君子以自强不息" 奋斗精神的生动体现。

四、"士不可以不弘毅" 之使命精神探寻

（一）反映这一精神的诗词三首

书　愤

南宋　陆游

早岁那知世事艰？中原北望气如山。

楼船夜雪瓜洲渡[①]，铁马秋风大散关[②]。

塞上长城空自许，镜中衰鬓已先斑。

出师一表真名世，千载谁堪伯仲间？

【注释】

① 瓜洲渡：当时南宋的军防重镇（今江苏扬州与镇江的长江北岸）。

② 大散关：宋金边界军事关隘（今陕西省宝鸡市西部）。

破阵子^①·为陈同甫^②赋壮词以寄之

南宋　辛弃疾

醉里挑灯看剑，梦回吹角连营^③。八百里^④分麾下炙^⑤，五十弦^⑥翻^⑦塞外声^⑧，沙场秋点兵。

马作的卢飞快^⑨，弓如霹雳弦惊。了却君王天下事，赢得生前身后名。可怜白发生！

【注释】

① 破阵子：词牌名。原为唐玄宗时教坊曲名，出自《破阵乐》。

② 陈同甫：陈亮（1143—1194年），字同甫（一作同父），南宋婺州永康（今浙江永康市）人。与辛弃疾志同道合，结为挚友。其词风格与辛词相似。

③ 吹角连营：各个军营里接连不断地响起号角声。角，军中乐器，长五尺，形如竹筒，用竹、木、皮、铜制成，外加彩绘，名目画角。始仅直吹，后用以横吹。其声哀厉高亢，闻之使人振奋。

④ 八百里：牛名。《世说新语·汰侈》："王君夫（恺）有牛，名'八百里驳'，常莹其蹄角。王武子（济）语君夫：'我射不如卿，今指赌卿牛，以千万对之。'君夫既恃手快，且谓骏物无有杀理，便相然可。令武子先射。武子一起便破的，却据胡床，叱左右：'速探牛心来！'须臾，炙至，一脔（luán）便去。"韩愈《元和圣德诗》："万牛脔炙，万瓮行酒。"苏轼《约公择饮是日大风》："要当啖公八百里，豪气一洗儒生酸。"《云溪友议》卷下《杂嘲戏》条载李日新《题仙娥驿》曰："商山食店大悠悠，陈䵮（yàng）馉（duì）饠（luó）古馂（rěn）

头。更有台中牛肉炙，尚盘数臠紫光球。"

⑤ 分麾（huī）下炙（zhì）：把烤牛肉分赏给部下。

⑥ 五十弦：原指瑟，此处泛指各种乐器。《史记·封禅书》："太帝使素女鼓五十弦瑟，悲，帝禁不止，故破其瑟为二十五弦。"李商隐《锦瑟》："锦瑟无端五十弦，一弦一柱思华年。"

⑦ 翻：演奏。

⑧ 塞外声：指悲壮粗犷的战歌。

⑨ "马作"句：战马像的卢马那样跑得飞快。作：像……一样。的卢：良马名，一种烈性快马。《相马经》："马白额入口齿者，名曰榆雁，一名的卢。"《三国志·蜀志·先主传》注引《世语》："备屯樊城，刘表礼焉，惮其为人，不甚信用。曾请备宴会，蒯越、蔡瑁欲因会取备，备觉之，伪如厕，潜遁出。所乘马名的卢，骑的卢走，堕襄阳城西檀溪水中，溺不得出。备急曰：'的卢：今日厄矣，可努力！'的卢乃一踊三丈，遂得过。"

咏煤炭

明　于谦

凿开混沌得乌金，藏蓄阳和意最深。

爝火燃回春浩浩，洪炉照破夜沉沉。

鼎彝元赖生成力，铁石犹存死后心。

但愿苍生俱饱暖，不辞辛苦出山林。

（二）诗作背景及作者

①《书愤》一诗写于南宋淳熙十三年（1186年）春陆游居家乡山阴之时。陆游时年六十有一，已罢官六年，挂着一个空衔在故乡蛰居。

陆游（1125—1210年），字务观，号放翁，汉族，越州山阴（今浙江绍兴）人，尚书右丞陆佃之孙，南宋文学家、史学家、爱国诗人。其诗语言平易晓畅、章法整饬谨严，兼具李白的雄奇奔放与杜甫的沉郁悲凉，尤以饱含爱国热情对后世影响深远。陆游一生笔耕不辍，在诗词文章上具有很高成就。有手定《剑南诗稿》85 卷，收诗 9000 余首。

②《破阵子·为陈同甫赋壮词以寄之》作于作者失意闲居信州（今江西上饶）之时。淳熙十五年（1188 年）冬，辛弃疾与陈亮在铅山瓢泉会见，即第二次"鹅湖之会"。陈亮为人才气豪迈，议论纵横。自称能够"推倒一世之智勇，开拓万古之心胸"。他先后写了《中兴五论》和《上孝宗皇帝书》，积极主张抗战，因而遭到主和派的打击。这次他到铅山访辛弃疾，留十日。别后辛弃疾写《贺新郎·把酒长亭说》词寄给他，他和了一首；以后又用同一词牌反复唱和。这首《破阵子·为陈同甫赋壮词以寄之》大约也是作于这一时期。

辛弃疾（1140—1207 年），字幼安，号稼轩，历城（今山东济南历城区）人。21 岁参加抗金义军，曾任耿京军的掌书记，不久投归南宋。辛弃疾一生力主抗金北伐，并提出有关方略，均未被采纳，其词热情洋溢、慷慨激昂，富有爱国感情。有《稼轩长短句》以及今人辑本《辛稼轩诗文钞存》。

③《咏煤炭》一诗据说是作者踏上仕途之始写就的，是明朝名臣于谦托物抒怀言志之作。永乐十九年（1421 年），于谦登进士第，由此看来，此诗写作时间为 1421 年前后。这首诗不只是煤炭形象的写照，更是他日后的人生追求。

于谦（1398—1457 年），字廷益，号节庵，汉族，钱塘县（今浙江杭州上城区）人，明朝政治家、军事家、民族英雄。官至少保，世称于少保，与岳飞、张煌言并称"西湖三杰"。

（三）所承载的普遍精神

①《书愤》前半部分体现了陆游青壮年时期为国效力的豪情壮志和意气风发的战斗情绪，后半部分抒发诗人虽然壮心未遂、功业难成，但依然老骥伏枥、心忧国家的报国情怀。

②《破阵子·为陈同甫赋壮词以寄之》追忆了辛弃疾沙场生涯的经历和雄阔奇诡的场景，表达了作者杀敌报国、收复失地的使命感和责任感，体现出"是焉得为大丈夫乎？……行天下之大道"的豪迈英雄气概。

③《咏煤炭》托物言志，采用象征手法，表现了于谦崇高的志向和君子"与民由之"的高尚情怀，尤其是曾子所说"仁以为己任，不亦重乎？死而后已，不亦远乎"的勇毅精神境界。

孟子曰："是焉得为大丈夫乎？子未学礼乎？……居天下之广居，立天下之正位，行天下之大道。……富贵不能淫，贫贱不能移，威武不能屈，此之谓大丈夫。"这三首诗充分表现了儒家传统思想中所要求的社会责任和使命担当，承载了曾子所说的"士不可以不弘毅，任重而道远"，坚守使命的普遍精神。

五、"天下兴亡，匹夫有责"之爱国精神探寻

（一）反映这一精神的诗两首

赴戍登程口占示家人·其二

清 林则徐

力微任重久神疲，再竭衰庸定不支。

苟利国家生死以，岂因祸福避趋之？

谪居正是君恩厚，养拙刚于戍卒宜。

戏与山妻谈故事，试吟断送老头皮①。

【注释】

① 老头皮：出自北宋年间，宋真宗闻隐者杨朴能诗，召对问："此来有人作诗送卿否？"对曰：臣妻有一首，云："更休落魄耽杯酒，且莫猖狂爱吟诗。今日捉将官里去，这回断送老头皮。"上大笑，放还山。

黄海舟中日人索句并见日俄战争地图①

清 秋瑾

万里乘风去复来，只身东海挟春雷。

忍看图画移颜色，肯使江山付劫灰？

浊酒不销忧国泪，救时应仗出群才。

拼将十万头颅血，须把乾坤力挽回。

【注释】

① 日俄战争地图：清光绪三十年（1904 年），日俄帝国主义因争夺中国东北，在中国领土上开战，沙俄战败，与日本签订《朴茨茅斯和约》，重新瓜分中国东北。

（二）诗作背景及作者

①《赴戍登程口占示家人》作于清道光二十二年（1842 年），共两首，其二最为著名。林则徐因主张禁烟而受到谪贬伊犁充军的处分，被迫在西安与家人分别时为抒发自己的爱国情感以及性情人格而作，表达了作者愿为国献身，不计个人得失的崇高精神。

林则徐（1785—1850 年），字元抚，又字少穆、石麟，晚号七十二峰退叟、瓶泉居士、栎社散人等，福建侯官（今福州市区）人，清末政治家、思想家、文学家，官至一品，曾任湖广总督、陕甘总督和云贵总督，两次受命钦差大臣。因其主张严禁鸦片、抵抗西方列强的侵略，在中国有"民族英雄"之誉。

②《黄海舟中日人索句并见日俄战争地图》作于清光绪三十一年（1905年）六月秋瑾第二次去日本的船上，是写给日本银澜使者的。一说作于此年十二月归国途中。她在船上见到了《日俄战争地图》不禁感慨万分，又值日本人向她要诗，于是她便写了这首悲壮的诗。

秋瑾（1875—1907 年），女，原名秋闺瑾，字璇卿，后改名瑾，字竞雄，自号"鉴湖女侠"，中国近代民主革命志士，女权和女学思想的倡导者。清光绪三十三年（1907 年），她与徐锡麟相约在浙江、安徽同时起义，事情泄露后被捕殉难。

（三）所承载的普遍精神

①当国恨家愁的多重感怀交织在一起时，林则徐的《赴戍登程口占示家

人》却语气平和，在旷达幽默的表述中隐含着压抑不住的忧国忧民的意识，同时也体现出这位近代政治家的阔达襟怀和忠诚体国的担当。

②《黄海舟中日人索句并见日俄战争地图》抒发了对日俄帝国主义在中国领土上进行争夺战争的愤怒和决心为拯救民族危亡而奋斗终身、甘洒热血、力挽乾坤的革命豪情。全诗豪气喷薄，充满了动人的爱国激情。

这两首诗集中体现了面对国家危难和民族存亡之时所唤起的责任和使命，其普遍精神集中体现了"天下兴亡、匹夫有责"的爱国主义精神。

六、"仁者爱人，寸草春晖"之仁孝精神探寻

（一）反映这一精神的诗两首

游子吟

唐　孟郊

慈母手中线，游子身上衣。
临行密密缝，意恐迟迟归！
谁言寸草心，报得三春晖？

悯农二首·其二

唐　李绅

锄禾日当午，汗滴禾下土。
谁知盘中餐，粒粒皆辛苦。

（二）诗作背景及作者

①《游子吟》写于溧阳（今属江苏）。此诗题下孟郊自注："迎母溧上作。"孟郊早年漂泊无依，一生贫困潦倒，直到 50 岁时才得到了一个溧阳县尉的小官之职，结束了长年的漂泊流离生活，便将母亲接来同住。

孟郊（751—814 年），字东野，湖州武康（今浙江德清）人，唐代诗人。少年时隐居嵩山。其用字造句力避平庸浅率，追求瘦硬，多寒苦之音。与贾岛齐名，并称"郊寒岛瘦"。

②《悯农二首·其二》写于唐贞元十五年（799 年），李绅回故乡亳州休假，恰遇浙东节度使李逢吉回朝奏事，路经亳州，二人是同榜进士，又是文朋诗友，久别重逢，自然李绅便挽留款待。一天，李绅和李逢吉携手登上城东观稼台。二人遥望远方，心潮起伏。李逢吉感慨之余，吟诗一首，最后两句是："何得千里朝野路，累年迁任如登台。"李绅此时却被另一种景象感动了。他看到田野里的农夫在火热的阳光下锄地，不禁感慨，随口吟出《悯农二首·其二》。

李绅（772—846 年），字公垂，唐高宗中书令李敬玄曾孙。祖籍亳州谯县（今安徽亳州），出生于湖州乌程县（今浙江湖州）。唐元和元年（806年）中进士，历任中书侍郎、尚书右仆射（即宰相）、淮南节度使等职。

（三）所承载的普遍精神

①《游子吟》描述了慈母缝衣的普通场景，母亲一片仁爱、慈爱、关爱之心充溢而出。没有叮咛、没有眼泪，只有母亲深深的挚爱。苏轼《读孟郊诗二首》曾有"诗从肺腑出，出辄愁肺腑"的感慨。这首诗集中体现了儒家"母慈子孝"的仁孝之心。

②《悯农二首·其二》语言直白朴素，感慨稼穑之艰难、农民之困苦、种粮之不易，表达了珍惜每一粒粮食及其生产者的仁者之心。

孔子说"仁者，人也"，从说文解字的角度可知"仁"就是两个人，两人相处，缺乏爱心、诚恳何以称"仁"。孔子又说"孝悌也者，其为仁之本欤"，"仁之实，事亲是也"等，说明慈孝是仁所以成立的基础。因此，这两首诗集中体现了"仁者爱人，寸草春晖"的仁孝之普遍精神。

七、"忠诚爱国，舍生取义"之牺牲精神探寻

（一）反映这一精神的诗一首

正气歌

南宋 文天祥

序：余囚北庭，坐一土室。室广八尺，深可四寻。单扉低小，白间短窄，污下而幽暗。当此夏日，诸气萃然：雨潦四集，浮动床几，时则为水气；涂泥半朝，蒸沤历澜，时则为土气；乍晴暴热，风道四塞，时则为日气；檐阴薪爨[1]，助长炎虐，时则为火气；仓腐寄顿，陈陈逼人，时则为米气；骈肩杂遝[2]，腥臊汗垢，时则为人气；或圊溷[3]、或毁尸、或腐鼠，恶气杂出，时则为秽气。叠是数气，当侵沴[4]，鲜不为厉。而予以孱弱，俯仰其间，於兹二年矣，幸而无恙，是殆有养致然[5]尔。然亦安知所养何哉？孟子曰："吾善养吾浩然之气。"彼气有七，吾气有一，以一敌七，吾何患焉！况浩然者，乃天地之正气也，作正气歌一首。

天地有正气，杂然赋流形。下则为河岳，上则为日星。
于人曰浩然，沛乎塞苍冥。皇路当清夷，含和吐明庭。
时穷节乃见，一一垂丹青。在齐太史简，在晋董狐笔。
在秦张良椎，在汉苏武节。为严将军头，为嵇侍中[6]血。
为张睢阳齿，为颜常山舌。或为辽东帽，清操厉冰雪。
或为出师表[7]，鬼神泣壮烈。或为渡江楫，慷慨吞胡羯。
或为击贼笏[8]，逆竖头破裂。是气所磅礴，凛烈万古存。
当其贯日月，生死安足论。地维赖以立，天柱赖以尊[9]。
三纲实系命，道义为之根。嗟予遘阳九[10]，隶也实不力。
楚囚缨其冠，传车送穷北。鼎镬甘如饴，求之不可得。
阴房阗鬼火，春院閟[11]天黑。牛骥同一皂，鸡栖凤凰食。
一朝蒙雾露，分作沟中瘠[12]。如此再寒暑，百沴自辟易。
嗟哉沮洳场，为我安乐国。岂有他缪巧，阴阳不能贼。

顾此耿耿在，仰视浮云白。悠悠我心悲，苍天曷有极。

哲人日已远，典刑在夙昔。风檐展书读，古道照颜色。

【注释】

① 薪爨（cuàn）：烧柴做饭。

② 骈肩杂遝（tà）：肩挨肩，拥挤杂乱的样子。

③ 圊溷（qīng hùn）：厕所。

④ 沴：恶气。

⑤ 是殆有养致然：语本《孟子·公孙丑》："我善养吾浩然之气。"

⑥ 嵇侍中：嵇绍，嵇康之子，晋惠帝时做侍中（官名）。《晋书·嵇绍传》载，西晋永兴元年（304年），皇室内乱，晋惠帝的侍卫都被打垮了，嵇绍用自己的身体遮住晋惠帝，被杀死，血溅到晋惠帝的衣服上。战争结束后，有人要洗去晋惠帝衣服上的血，晋惠帝说："此嵇侍中血，勿去！"

⑦ 出师表：诸葛亮出师伐魏之前，上表给蜀汉后主刘禅，表明自己为统一事业奋斗到底的决心。表文中有"鞠躬尽瘁，死而后已"的名言。

⑧ 击贼笏：唐德宗时，朱泚谋反，召段秀实议事，段秀实不肯同流合污，以笏猛击朱泚的头，大骂："狂贼，吾恨不斩汝万段，岂从汝反耶？"笏，古代大臣朝见皇帝时所持的手板。

⑨ "地维赖以立"两句：是说地和天都依靠正气支撑着。地维，古代人认为地是方的，四角有四根支柱撑着。天柱，古代传说，昆仑山有铜柱，高入云天，称为天柱，又说天有人山为柱。

⑩ 阳九：即百六阳九，古人用以指灾难年头，此指国势的危亡。

⑪ 闭（bì）：关闭。

⑫ 沟中瘠：弃于沟中的枯骨。

（二）诗作背景及作者

南宋祥兴元年（1278年）十月，文天祥因叛徒的出卖被元军所俘，翌年十月被解至燕京。元朝统治者对他软硬兼施，威逼利诱，许以高位，文天祥都誓死不屈，决心以身报国，丝毫不为所动，因而被囚三年，于元至元十九年（1283 年）慷慨就义。

文天祥（1236—1283 年），字宋瑞，一字履善，号文山，吉州庐陵县（今江西吉安）人。南宋宝祐四年（1256 年）举状元。德祐元年（1275 年），元兵东下，于赣州组义军，入卫临安（今浙江杭州）。次年除右丞相兼枢密使，出使元军议和被拘，后脱逃至温州，转战于赣、闽、岭等地，曾收复州县多处。

（三）所承载的普遍精神

《正气歌》是文天祥死前一年在狱中所作，表达了其强烈的爱国思想，反映了南宋末年广大军民勇赴国难、誓死不屈的英雄气概和大无畏精神，风格悲壮，感人至深。

《正气歌》大量用典，涵盖了历史上从史官、遗臣、使臣、大臣到名士、囚徒在内的各种人物，但都体现出忠诚爱国、舍生取义的人生观和价值观这一中国人的普遍精神。所用主要典故简述如下：

①表现史官典故的诗句"在齐太史简，在晋董狐笔"，前者出自《左传·襄公二十五年》。春秋时，齐国大夫崔杼因发现齐庄公与其妻私通，就把国君杀了，齐国的太史在史册中写道"崔杼弑其君"。崔杼怒，把太史杀了。太史的两个弟弟继续写，都被杀，第三个弟弟仍这样写，崔杼没有办法，只好让他写在史册中。后者出自《左传·宣公二年》。春秋时，晋灵公被赵穿杀死，晋大夫赵盾没有处置赵穿，太史董狐在史册上写道："赵盾弑其君。"孔子称赞这样写是"良史"笔法。

②表现遗臣典故的诗句"在秦张良椎"，出自《史记·留侯传》。张良祖上五代人都做韩国的丞相，韩国被秦始皇灭掉后，他一心要替韩国报仇，找到一个大力士，持 120 斤的大椎，在博浪沙（今河南原阳）伏击出巡的秦始皇，未击中。后来张良辅佐刘邦建立汉朝，封留侯。

③表现使臣典故的诗句"在汉苏武节"，出自《汉书·李广苏建传》。汉武帝时，苏武出使匈奴，匈奴人要他投降，他坚决拒绝，被流放到北海（今西伯利亚贝加尔湖）边牧羊。为了表示对祖国的忠诚，他一天到晚拿着从汉

朝带去的符节，牧羊 19 年，始终坚贞不屈，后来终于回到祖国。

④表现将军典故的诗句"为严将军头""或为渡江楫"。前者出自《三国志·蜀志·张飞传》。严颜在刘璋手下做将军，镇守巴郡，被张飞捉住，要他投降，他回答说："我州但有断头将军，无降将军！"张飞见其威武不屈，就把他释放了。后者指东晋爱国将领祖逖率兵北伐，渡长江时，敲着船桨发誓北定中原，后来终于收复黄河以南失地。

⑤表现朝中大臣典故的诗句"为张睢阳齿，为颜常山舌"，前者出自《旧唐书·张巡传》。安禄山叛乱，张巡固守睢阳（今河南商丘），每次上阵督战，大声呼喊，牙齿都咬碎了。城破被俘，拒不投降，敌将问他："闻君每战，皆目裂，嚼齿皆碎，何至此耶？"张巡回答说："吾欲气吞逆贼，但力不遂耳。"敌将视其齿，存者不过三数。后者出自《新唐书·颜杲卿传》。颜常山即颜杲卿，为唐玄宗的大臣。安禄山叛乱时，作为常山太守的颜杲卿被俘后，面对叛军的威胁和折磨宁死不屈，割断舌头仍大骂叛贼。

⑥表现山野名士典故的诗句"或为辽东帽"。东汉末年的管宁有高节，是在野的名士，避乱居辽东（今辽宁辽阳），一再拒绝朝廷的征召。他常戴一顶黑色帽子，安贫讲学，名闻于世。

⑦表现囚徒典故的诗句"楚囚缨其冠"，出自《左传·成公九年》。春秋时被俘往晋国的楚国俘虏钟仪戴着楚国帽子，表示不忘祖国，被拘囚着，晋侯问是什么人，旁边人回答说是"楚囚"。

以上典故和史实正如《孟子·告子上》："生，我所欲也；义，亦我所欲也。二者不可得兼，舍生而取义者也。"《孟子·滕文公下》："富贵不能淫，贫贱不能移，威武不能屈，此之谓大丈夫。"鲁迅先生曾说："中华民族自古以来，就有埋头苦干的人，就有拼命硬干的人，就有为民请命的人，就有舍身求法的人。——他们是中国的脊梁。"[1] 中国历史上有无数浩然之气的仁人志士，一首《正气歌》集中体现了"忠诚爱国、舍生取义"牺牲之普遍精神。

---

[1]　鲁迅 . 鲁迅选集：第六卷 [M] . 北京：中国文史出版社，2002：72.

八、"崇尚自由，顺时和己"之乐天精神探寻

（一）反映这一精神的诗词三首

饮酒二十首·其五

东晋   陶渊明

结庐在人境，而无车马喧。
问君何能尔，心远地自偏。
采菊东篱下，悠然见南山。
山气日夕佳，飞鸟相与还。
此中有真意，欲辨已忘言。

定风波①

北宋   苏轼

三月七日沙湖②道中遇雨。雨具先去，同行皆狼狈，余独不觉。已而遂晴，故作此词。

莫听穿林打叶声，何妨吟啸且徐行。竹杖芒鞋③轻胜马，谁怕？一蓑烟雨任平生④。

料峭春风吹酒醒，微冷，山头斜照却相迎。回首向来萧瑟处，归去，也无风雨也无晴。

【注释】

①定风波：词牌名。

②沙湖：又名螺丝店，今湖北黄冈东南三十里。

③芒鞋：草鞋。

④"一蓑"句：披着蓑衣在风雨里过一辈子也处之泰然。

云门①道中晚步

北宋　李弥逊

层林叠巘暗东西，山转岗回路更迷。

望与游云奔落日，步随流水赴前溪。

樵归野烧孤烟尽，牛卧春犁小麦低。

独绕辋川②图画里，醉扶白叟③杖青藜。

【注释】

① 云门：在浙江绍兴。

② 辋川：今陕西蓝田，唐代诗人王维曾经的乡间宅第，他曾画过一幅《辋川图》。

③ 白叟：指作者自己。

（二）诗作背景及作者

①《饮酒二十首·其五》是陶渊明归隐期间创作的众多反映田园生活的诗文之一。东晋义熙元年（405 年），陶渊明最后一次出仕为彭泽令，80 余天便弃职而去，从此归隐田园。

陶渊明（约365—427 年），名潜，字渊明，又字元亮，自号“五柳先生”，私谥“靖节”，世称靖节先生，浔阳柴桑县（今江西九江）人。东晋末至南朝宋初杰出的诗人、辞赋家、散文家。陶渊明开创了中国田园诗风的先河，被称为“古今隐逸诗人之宗”，有《陶渊明集》。

②《定风波》这首记事抒怀之词作于北宋元丰五年（1082 年）春，即苏轼因“乌台诗案”被贬为黄州（今湖北黄冈）团练副使的第三个春天。词人与朋友春日出游，风雨忽至，朋友深感狼狈，词人却毫不在乎，泰然处之，吟咏自若，缓步而行。

苏轼（1037—1101 年），字子瞻，又字和仲，号铁冠道人、东坡居士，世称苏东坡、苏仙，眉州眉山（今四川眉山）人，北宋著名文学家、书法家、画家。北宋嘉祐二年（1057 年），苏轼进士及第。宋神宗时在凤翔、杭州、密州、徐州、湖州等地任职。元丰三年（1080 年），因"乌台诗案"被贬为黄州团练副使。宋哲宗即位后任翰林学士、侍读学士、礼部尚书等职，并出知杭州、颍州、扬州、定州等地，晚年因新党执政被贬惠州、儋州。宋徽宗时获大赦北还，途中于常州病逝。

③《云门道中晚步》是李弥逊因反对议和而归隐乡间时期所作。

李弥逊（1085—1153 年），字似之，号筠西翁、筠溪居士、普现居士等，苏州吴县（今江苏苏州）人。北宋大观三年（1109 年）进士。高宗朝，试中书舍人，再试户部侍郎，以反对议和忤秦桧，乞归田。晚年隐连江西山。

（三）所承载的普遍精神

①《饮酒二十首·其五》是一首历来为人称道、极具道家世界观及其普遍精神的诗篇。诗篇以朴素、平淡的语言描绘出情景交融、神韵飞动的生活画面和悠然忘情、神游物外的深远意境。此外，苏轼对此曾有一段精彩评论："渊明意不在诗，诗以寄其意耳。'采菊东篱下，悠然见南山'，则本自采菊，无意望山。适举首而见之，故悠然忘情，趣闲而累远。此未可于文字、语句间求之。"这段话也为更好地理解这首诗提供了启示。

②《定风波》为醉归遇雨抒怀之作。词人借雨中潇洒徐行之举动，传达出一种泰然自若、不以物喜、不以己悲的豪迈之情，寄寓着超然物外、乐天知命、顺时和己的胸襟和人生感悟。

③《云门道中晚步》未受苏轼和黄庭坚的影响，钱钟书评价其为"命意造句有新鲜轻巧之感"[1]。尽管李弥逊晚陶渊明六百余年，但此诗却依稀有陶诗之风格。但重点不是诗风相近，而是其回归自然、顺时和己的普遍精神体现。

在我国历史上，知识分子或仕大夫总处在入仕和归隐的两种情怀或人生观、价值观的选择之中，一方面有"修、齐、治、平"的理想和社会责任感，但当受到制度的约束、仕途的坎坷、官场的倾轧和主上的猜忌时，又常常向

---

[1] 钱钟书. 钱钟书集 [M]. 北京：生活·读书·新知三联书店，2002：208.

往归隐山林、寄情山水、不受约束、自由自在的生活。这三首诗均十分鲜明地反映了道家早期道法自然、自然而然的世界观，表现出老子所说"乐莫大于无忧，富莫大于知足"的自在随意的生活方式和态度，体现了道家传统的"崇尚自由，乐天知命"的普遍精神。

小　结

普遍精神是我们对人生价值和生存智慧的观照，就其核心来说，就是世界观、人生观和价值观在工作、学习和生活中的体现。孔子曰："道不远人，人之为道而远人，不可以为道。""道不远人"就是由传统世界观和思想所塑造的普遍精神，这一普遍精神引领着不同的生活方式，形成了不同的文化并建构了不同的文明。中国的传统世界观和思想没有创造一个高高在上控制人的神，而是一个以人为中心，遵循天人合一、天命惟德的人本主义世界观和思想，体现出英国史学家汤因比所说的"人类社会中可贵的天下主义的精神"，由此生发出自强不息、仕不可以不弘毅、仁者爱人、忠诚爱国、舍生取义、乐天知命等一系列中华民族的普遍精神。儒家的奉礼建功、道家的顺时和己、佛家的明心无我等普遍精神内核和谐共存，成为传统社会中国人独特的生存智慧，这些传统的普遍精神为我国新时代精神文明和社会文明环境提供了不竭的源泉。

第三讲　从边塞诗词里探寻中国历史上的地理、人物和故事

提要：从芒芒禹迹、华夏九州，到今天我们中国960余万平方公里的陆地、400余万平方公里的海域，其间有多少历史事件和英雄故事。地理不仅仅是地图上的平面图，还是承载着生命、生活和国家民族的一个空间。早在三千年前，中国就有了边疆的概念及保卫边防的意识，因为边疆在捍卫国家主权的地缘战略思想、彰显国家文明的实力和影响范围上有着特殊的意义。因此，自魏晋南北朝开始，中国诗词中的一部分就有了重要的边塞意境和气象，其中尤以唐为盛。历史上的六大都护是什么？三大受降城在哪里？昭武九姓的前世今生？且让我们从边塞诗词中领略大地的雄浑、地理空间的历史演变，感受英雄的豪迈和文明的融合。

一、中国地理及边疆简析

（一）中国地理简述

记得上小学时，为呈现中国地域的辽阔广大，地理课本好像这样写道：当黑龙江的渔民在乌苏里江捕捞上第一网马哈鱼时，新疆的帕米尔高原还沉睡在浓浓的黑夜里。虽然当时还难以理解时空的概念，但小小的心灵依然受到了无比的震撼。

　　从最新出版的《中国地图册》可知，目前中国陆地总面积约为 960 万平方公里，约占全球陆地面积的 1/15，亚洲面积的 1/4。中国的面积仅次于俄罗斯和加拿大，居世界第 3 位。

　　中国陆地疆界长 2 万余公里。同中国陆地接壤的邻国：东北有朝鲜，北有俄罗斯和蒙古国，西和西南有哈萨克斯坦、吉尔吉斯斯坦、塔吉克斯坦、阿富汗、巴基斯坦、印度、尼泊尔和不丹，南有缅甸、老挝和越南。中国东部临海，海岸线总长度为 3.2 万余公里。其中大陆海岸线北起鸭绿江口，南至北仑河口，长达 1.8 万余公里。环绕中国大陆边缘的海，自北至南为渤海、黄海、东海和南海，它们与太平洋连成一片。中国是世界上岛屿最多的国家之一，其中近 86% 分布在杭州湾以南的大陆近海和南海之中。台湾岛东部海岸及钓鱼岛、赤尾屿等岛屿的海岸直接濒临太平洋。同中国隔海相望的国家，东有韩国、日本，东南有菲律宾、马来西亚、文莱和印度尼西亚。

　　中国位于北半球，在全球最大的大陆——欧亚大陆的东部、全球最大的海洋——太平洋的西岸，西南面距印度洋不远。中国国土大部分地处中纬度，最北境在黑龙江漠河以北的黑龙江主航道的中心线上（北纬 53°34′），最南境在海南南沙群岛的曾母暗沙附近（北纬 3°51′），南北延伸 5500 公里，跨纬度约 50°。由于纬度不同，南北之间太阳入射角的大小和昼夜长短差别很大，由此导致辐射能和温度的差异。从南到北，全国（除青藏高原高寒区外）跨越了赤道带、热带、亚热带、暖温带、中温带和寒温带等 6 个温度带。其中亚热带、暖温带、中温带三者的面积约占全国面积的 70%。又因位于大陆东部，季风气候显著，大部分地区受来自太平洋和印度洋夏季风的影响，下半年雨热同季，温度和水分条件配合良好，为发展农业提供了优越条件。特别是约占全国面积 26% 的亚热带地区温度高而降水丰沛，天然植被为亚热带季雨林与常绿阔叶林，适宜种植水稻和多种亚热带经济作物，这与大陆西部同纬度地区在回归高压带控制下降水稀少的荒漠景观迥然不同。在距海遥远、夏季风难以到达的中国西北内陆和青藏高原则为干旱高寒地区。

　　中国国土最东境在黑龙江省的黑龙江和乌苏里江的主航道汇合处（东经 135°），最西境在新疆维吾尔自治区的帕米尔高原上（东经 73° 附近）。东西距离 5200 公里，跨经度将近 62°，时差在 4 小时以上。在世界标准时区中，中国国土分属东五区至东九区的五个时区。

因国土辽阔，地形地貌、气候温度、海拔生物差异巨大，由此带来了中国自然地理的千变万化及风景名胜的璀璨多彩。自然地理方面，如青藏高原、塔克拉玛干大沙漠、新疆星星峡、青甘川交界的三江源、内蒙古大草原、河西走廊的祁连山、东北大兴安岭、华北平原、四川盆地、云贵高原、西双版纳热带雨林、星星之火的发源地罗霄山脉及瑞金红土地等；名胜风景方面，如万里长城、北京故宫、承德避暑山庄、西安兵马俑、壶口瀑布、长江三峡、杭州西湖、安徽黄山、四川九寨沟、苏州园林、桂林山水、台湾日月潭等。

（二）边疆的概念

所谓边疆，是相对于国家地理组成的周边地区，是指与其他国家或地区相接壤、邻近的边境领土。实际上，在历史的长河中，地理空间坐标可能几乎没有变化，但反映边疆的地理名词（或称谓）、民族构成、领土归属以及社会功能与面貌却可能发生演变。地缘政治学家布热津斯基曾说，在国际关系史上，领土控制是大多数政治冲突的焦点。自从民族主义崛起以来，大多数战争不是起源于同扩大领土有关的民族自我满足感，就是起源于因丧失"神圣"领土而产生的民族被剥夺感。

在中国五千年的历史进程中，从芒芒禹迹、华夏九州，到最后一个王朝——大一统的清朝，地理空间也随着生存与种群延续、战争与资源掠夺、王朝更替与国家实力、制度改变与民族融合等文明要素的变化而演变。其中，一个国家的边疆或称边塞能否安全稳固，不仅关乎其主权归属问题，还关系到其战略防御的纵深区域，甚至直接决定了一个国家的兴衰和文明的续存问题。《诗经·大雅·江汉》云："江汉之浒，王命召虎：式辟四方，彻我疆土。匪疚匪棘，王国来极。于疆于理，至于南海。"这里讲的是周宣王派召虎领兵征伐淮夷之事，由此可知边疆观念与意识早在三千年前就已在文学中得到一定的反映。边疆在捍卫国家主权的地缘战略思想、彰显国家文明的实力和影响范围上有特殊的意义。因此，自魏晋南北朝开始，中国诗词中的一部分就有了重要的边塞意境和气象，其中尤以唐为盛。当我们无法用我们的脚步丈量我们可爱的祖国的每一寸土地和每一处名胜时，且让我们从边塞诗词里去领略大地的雄浑，感受英雄的豪迈和历史的故事。

由于中国几千年的疆域变化和地缘战略主要是围绕内陆边疆的扩张、防御和安宁开展的，因此这里所选诗篇均为边塞诗。

二、有关都护的诗词和地理

（一）反映"都护"的边塞唐诗两首

使至塞上①

唐　王维

单车欲问边，属国②过居延。

征蓬③出汉塞，归雁入胡天。

大漠孤烟直，长河落日圆。

萧关逢候骑④，都护在燕然。

【注释】

① 使至塞上：奉命出使边塞。

② 属国：一指少数民族附属于汉族朝廷而存其国号者。汉、唐两朝均有一些属国。二指官名，秦汉时有一种官职名为典属国，苏武归汉后即授典属国官职。唐人有时以"属国"代称出使边陲的使臣。

③ 征蓬：随风飘飞的蓬草，此处为诗人自喻。

④ 候骑：骑马的侦察兵。

白雪歌送武判官①归京

唐　岑参

北风卷地白草折，胡天②八月即飞雪。

忽如一夜春风来，千树万树梨花开。

散入珠帘湿罗幕，狐裘不暖锦衾薄。

将军角弓③不得控，都护④铁衣冷难着。

瀚海阑干百丈冰，愁云惨淡万里凝。

中军⑤置酒饮归客，胡琴琵琶与羌笛。

纷纷暮雪下辕门⑥，风掣红旗冻不翻。

轮台⑦东门送君去，去时雪满天山路；

山回路转不见君，雪上空留马行处！

【注释】

① 武判官：名不详，当是封常清幕府中的判官，是节度使、观察使一类的僚属，协助判处公事。

② 胡天：指塞北的天空。胡，古代汉民族对北方各民族的通称。

③ 角弓：两端用兽角装饰的硬弓。一作"雕弓"。

④ 都护：镇守边镇的最高长官。

⑤ 中军：称主将或指挥部。古时分兵为中、左、右三军，中军为主帅的营帐。

⑥ 辕门：军营的门。古代军队扎营，用车环围，出入处以两车车辕相向竖立，状如门。这里指帅衙署的外门。

⑦ 轮台：唐轮台在今新疆维吾尔自治区米东区。

（二）诗作背景及作者和地理名词

1. 诗作背景及作者

①《使至塞上》作于王维出使赴边途中。唐开元二十五年（737 年），河西节度副大使崔希逸战胜吐蕃，唐玄宗命王维以监察御史的身份出塞宣慰，察访军情。这实际是将王维排挤出朝廷。

王维（701—761 年），字摩诘，号摩诘居士，河东蒲州（今山西永济）人，祖籍山西祁县，唐代诗人，有"诗佛"之称。王维出身河东王氏，唐开元十九年（731 年）状元及第。王维参禅悟理，学庄信道，精通诗、书、画、音乐等，以诗名盛于开元、天宝年间，尤长五言，多咏山水田园，与孟浩然合称"王孟"。书画特臻其妙，后人推其为南宗山水画之祖。苏轼评之曰："味摩诘之诗，诗中有画；观摩诘之画，画中有诗。"存诗 400 余首，代表诗作有《相思》《山居秋暝》等。著作有《王右丞集》《画学秘诀》。

②《白雪歌送武判官归京》写于唐天宝十三年（754 年）或稍晚。天宝十三年（754 年）夏秋之交，岑参到北庭，作为都护幕僚待了三年多，唐至德二年（757 年）春夏之交东归。当时西北边疆一带战事频繁，岑参怀着到塞外建功立业的志向，两度出塞，久佐戎幕，前后在边疆军队中生活了六年，因而对鞍马风尘的征战生活与冰天雪地的塞外风光有长期的观察与体会。天宝十三年（754 年）是岑参第二次出塞，充任安西北庭节度使封常清的判官（节度使的僚属），而武判官即其前任，诗人在轮台送他归京（唐代都城长安）而写下了此诗。

岑参（715—770 年），荆州江陵（今湖北江陵）人，唐代诗人。出身于官僚家庭，父亲早亡，家道衰落。他自幼从兄受书，遍读经史。20 岁至长安，求仕不成，奔走京洛，北游河朔。30 岁举进士，授兵曹参军。天宝年间，两度出塞，居边塞六年，颇有雄心壮志。安史之乱后回朝，由杜甫等推荐任右补阙，转起居舍人等职，官至嘉州刺史，世称岑嘉州。后罢官，客死成都旅舍。与高适并称"高岑"，同为盛唐边塞诗派的代表。

2. 诗作里的地理名词

《使至塞上》反映的相关地理名称最多，包括属国、居延、长河、汉塞、萧关、都护、燕然等。《白雪歌送武判官归京》反映的地理名词有胡天、都护和轮台。

一如诗作备注可知，属国从地理意义上是指少数民族附属于汉族朝廷而存其国号者。比如西汉甘露三年（前 51 年），南匈奴单于呼韩邪率南匈奴全部人众向汉朝投降称臣。汉宣帝大喜，赐呼韩邪"匈奴单于玺"，命其部众迁居河套地区，作为属国屏藩北方。比如唐贞观九年（635 年），大将李靖、侯君集、李道宗率大军征伐鲜卑族的一支部落吐谷浑于今川西、青海一带。征服后立成长于中原的伏顺为可汗，作为属国拱卫唐朝与吐蕃的西部边陲。故有后面所述王昌龄雄迈豪放的诗句："大漠风尘日色昏，红旗半卷出辕门。前军夜战洮河北，已报生擒吐谷浑。"

居延在汉代称居延泽，唐代称居延海，在今内蒙古额济纳旗北境。西汉张掖郡有居延县（《汉书地理志》），故城在今内蒙古额济纳旗东南。又东汉凉州刺史部有张掖居延属国，辖境在居延泽一带。

长河在诗中指流经凉州（今甘肃武威）以北沙漠的一条内陆河，这条河在唐代叫马成河，按王维诗中路过居延，那么可判断为向北流经今内蒙古额济纳旗居延海的张掖河。或许是泛指，比如黄河或石羊河。

萧关为古关名，在中国历史上的地理位置有多处：汉代萧关，故址在今宁夏固原东南；北宋萧关，为防御西夏在汉代萧关以北100公里重筑新萧关，故址在今宁夏同心县南。这里是指汉代萧关，也称宁夏六盘山之关隘，又名陇山关。

汉塞最早是指由汉朝建筑的防御外族入侵的堡垒或边城，王维诗中则已泛指国家的边塞或边城。

唐朝的轮台在今新疆维吾尔自治区米东区，与汉朝的轮台不是同一个地方。汉朝的轮台城目前在新疆依然被叫作"轮台"，即新疆巴州管辖的轮台县一带。

燕然指燕然山，东汉窦宪北破匈奴，曾于此刻石记功。其地理空间即今蒙古国杭爱山。张璠《后汉纪·和帝纪·永元二年》曾记："窦宪字伯度，拜车骑将军，与北单于战于稽落山，大破之。宪遂登燕然山，去塞三千余里，刻石以纪汉功，纪威德也。"

（三）都护和都护府的地理空间及其演变

都护府是中央政府在边疆地区设置的军政合一的治理机构。都护是都护府的最高行政长官。在汉代都护是指监管边境属国的最高行政长官，在唐代则是指监管边境羁縻州相关事务和所辖管区的行政长官。比如唐朝作为"天可汗"的上朝天国，周围的民族很多，为了有效管理突厥、回纥、靺鞨、铁勒、室韦、契丹等，唐王朝效仿汉代都护府的建制，分别设立了安西、安东、安北、安南、北庭、单于六大都护府，其长官称都护，每府派大都护一人，副都护二人。都护的职责是"抚慰诸藩，辑宁外寇"，凡对周边民族之"抚慰、征讨、叙功、罚过事宜，皆其所统"。因此，历史及地图上也将其所管辖区域的都护府简称为都护。

1. 唐朝以前都护的地理空间及其演变

最早设立都护一职的时间可追溯到西汉神爵二年（前60年）设置的西域都护府。

（1）两汉及新朝时期

汉初，西域诸国役属匈奴，当时匈奴南抵今山西大同、宁夏银川，北过贝加尔湖北岸，东至呼伦湖，西达今塔吉克塔什干，号称"控弦百万"，曾在西域设"僮仆都尉"进行管理。汉武帝初年派张骞两次穿越匈奴地域，寻找同盟力量，以"断匈奴右臂"，始通西域。张骞之行史称"西域凿空"。随后派卫青等率骑出雁门、代郡、云中等地，打败了匈奴，夺回河套地区。西汉元狩二年（前121年），骠骑将军霍去病两次进军河西，击败匈奴，汉得河西走廊，置河西四郡，遂得出阳关、玉门关与西域直接交通。经过半个世纪的汉匈争夺，至神爵二年（前60年），汉才取得全胜，于是设置西域都护府于乌垒城（今新疆轮台县东北）。正式在西域设官、驻军、推行政令，开始行使国家主权，统管天山以南葱岭以东所居的乌孙以南、大宛以东的36个属国。这就是《汉书·郑吉传》中所称的"汉之号令班西域矣"。西域即今天的新疆，从此成为我国领土不可分割的一部分，郑吉也成为中国历史上第一任西域都护。都护是汉西域地方最高长官，"秩比二千石"，相当于汉地的骑都尉。至西汉初元元年（前48年）又在车师置戊己校尉，屯田积谷于车师前部高昌壁（今新疆吐鲁番东）；辖境扩展至天山以北、葱岭以西含大宛等四十八国。其后又有增加，汉哀帝、汉平帝年间扩至五十国。

王莽时期，西域分割为 55 个小国，都护李崇被攻没于龟兹。到新莽末年（23 年左右），西域乱，复受制于匈奴。

东汉建武二十五年（49 年），西域十八国请复置都护，汉光武帝以立足未稳不许。永平十七年（74 年），始以陈睦为都护。次年，焉耆、龟兹叛，共攻杀陈睦，遂罢都护。永元三年（91 年），将兵长史班超平定西域，遂以班超为都护，驻龟兹境它乾城（今新疆库车附近）。永元十四年（102 年），班超还洛阳，继任者有任尚和段禧。永初元年（107 年），西域乱，征禧还。至延光二年（123 年），以班超之子班勇为西域长史，行都护之职，复平西域、屯驻柳中（今新疆吐鲁番东南鲁克沁）。勇击降焉耆，于是龟兹、疏勒、于阗、莎车等十七国皆来归附，东汉与西域中断的统辖关系得以恢复，从此，西域一直是东汉的一部分，但乌孙和葱岭以西的大宛则不再属于汉。

（2）三国时期

东汉末年至三国时期，曹魏仍以西域长史领护西域诸国并驻海头（今新疆罗布泊西北楼兰遗址），置戊己校尉于高昌，屯田驻防。西汉末年的五十国这时已并为鄯善、于阗、疏勒、龟兹、焉耆、车师后部六国，乌孙已不属于西域长史，都赤谷（今吉尔吉斯斯坦伊什提克），至西晋仍与曹魏同。

（3）五胡、魏晋南北朝和隋时期

五胡十六国时期，西域诸国先后在前凉、前秦、后凉、西凉领护之下，前凉置西域长史于海头，前秦置西域校尉于龟兹，后凉置西域大都护于高昌。至魏晋南北朝，魏置西戎校尉镇守仅包括鄯善和焉耆的天山南部的一小块西域之地。至齐魏时期，魏已尽失西域之地。

及至隋统一全国，隋大业五年（609 年）平定吐谷浑后更置伊吾、鄯善、且末三郡，才部分恢复原有西域之地，但未设西域长史。

2. 唐朝时期都护的地理空间及其演变

唐朝建立后，继承了隋朝的边疆属地和属国的遗产。为加强对羁縻地区的管理，唐朝从贞观至开元年间，在边疆地区设立了安西、安东、安北、安南、北庭、单于六大都护府，负责边疆和部落族群关系事务，代表中央行使对属地和羁縻府州的管辖权。据统计，终唐一代，共设置了 850 余个羁縻府州。

（1）安西都护府

安西都护府自唐贞观十四年（640 年）起，至元和三年（808 年）止。早期治所在交河城（今新疆吐鲁番西雅尔郭勒），贞观二十二年（648 年），郭孝恪击败龟兹国，把治所迁至龟兹（今新疆库车）。安西都护府主要包括龟兹、焉耆、于阗和疏勒四镇，治所分别在今新疆库车、焉耆西南、和田西南和喀什。永徽二年至显庆二年（651—657 年），唐先后三次遣大军讨伐西突厥沙钵罗可汗（即原赐瑶池都督阿史那贺鲁）。显庆二年（657 年），大将苏定方统率诸路大军终将贺鲁父子击败，生擒贺鲁于石国苏咄城（今乌兹别克斯坦塔什干），执献于昭陵。至此，西突厥故地全部尽入唐朝辖域，置濛池都护府和昆凌都护府分统西突厥故地所设羁縻府州和属国，并隶安西都护府。调露元年（679 年），在唐安抚大使裴行俭平定匐延都督阿史那都支等人的反叛后，以碎叶水（楚河流域）旁的碎叶城（今吉尔吉斯斯坦托克马克城附近）代焉耆。开元七年（719 年），西突厥十姓可汗请居碎叶城，四镇节度使汤嘉惠建议以焉耆代替碎叶，故开元七年（719 年）以后的安西四镇又是龟兹、于阗、焉耆、疏勒。其中，濛池都护府管辖阿姆河、锡尔河西到咸海、东到帕米尔的葱岭、北到热海（今咸海）、南到吐火罗（今阿富汗北部）的广大区域，其中最远的波斯都督府设在疾陵城（今阿富汗西南与伊朗毗邻的扎兰杰）。昆凌都护府管辖北到葛逻禄，南到大小勃律，东到伊州、西州，西到突骑施。此时，安西都护府管辖范围包括今新疆天山以南、哈萨克斯坦东部及东南部、吉尔吉斯斯坦全部、塔吉克斯坦东部、阿富汗大部（直到今坎大哈）、伊朗东北部、土库曼斯坦东半部、乌孜别克斯坦大部等地。

（2）安东都护府

自总章元年（668 年）九月高句丽（也称高句骊、高丽）投降，高句丽为九都督府、四十二州、一百县，十二月在平壤设置安东都护以统之，初期所辖之地包括今辽东半岛、朝鲜半岛北部、吉林西北地区和朝鲜半岛西南部的百济故地。上元三年（676年），唐将安东都护府治所迁往辽东故城（今辽宁辽阳）。仪凤二年（677年），治所迁往新城（今辽宁抚顺高尔山），并置靺鞨粟末部之渤海（忽汗州）都督府、黑水都督府和室韦部落之室韦都督府，包括今乌苏里江以东和黑龙江下游西岸及库页岛直至大海。开元二年（714年），安东都护府治所迁往平州（今河北卢龙）。天宝元年（742年）渤海国崛起，安东都护府治所迁往辽西故郡城（今辽宁义县），所辖之地仅剩室韦部落和今辽东半岛、平壤以西朝鲜北部部分地区。受安史之乱影响，上元二年（761年），安东都护府废止。

（3）安北都护府

贞观二十年（646年）破薛延陀后，铁勒诸部内附，于贞观二十一年（647年）设燕然都护府以统包括瀚海都督府（回纥部）、燕然都督府（多览葛部）、玄阙州（铁勒部）等在内的十都督府和九州，都护治所为故单于台（今内蒙古杭锦后旗东北乌加河北）。统辖漠北、突厥、铁勒故地诸部府、州，辖境北到今贝加尔湖、南到杭爱山，东到今石勒喀河下游、西到斋桑泊，相当于今蒙古国全境及西伯利亚南部一带。龙朔三年（663年），都护府移于漠北回纥本部，治所在今蒙古国哈拉和林西北，改名瀚海都护府，与云中都护府以碛（即沙漠）为界，领漠北诸羁縻府州。总章二年（669年）改名为安北都护府。仪凤四年（679年）后突厥兴起于漠南，且随后漠北也为其所并。垂拱元年（685年）侨置安北都护府于居延海西之同城（今内蒙古额济纳旗东南），不久又内移至西安城（今甘肃民乐西北）。圣历元年（698年）迁至单于都护府旧治云中古城（今内蒙古和林格尔西北土城子）。景龙二年（708年），张仁愿于河套北筑东、中、西三受降城，遂移安北都护府治西受降城（今内蒙古乌拉特中后旗西南乌加河北）。开元三年（715年）移治中受降城（今内蒙古包头西南黄河北岸）。天宝初置附郭于阴山县。天宝八年（749年），都护府复移治横塞军（今内蒙古乌拉特中后旗西南阴山南麓），由军使兼理府事。天宝十四年（755年）又移治大安军（乾元后改名天德军，今内蒙古乌拉特前旗东北乌加河东）。至德二年（757 年）改名镇北都护府，建中元年（780 年）废。

（4）安南都护府

安南都护府源自唐初期交州总管府，武德七年（624 年）改称都督府，调露元年（679 年），以交州都督府改置安南都护府，为岭南五管之一，从此交州便正式被称作安南（早在三国时代，吴国孙权就任命吕岱为安南将军），治所在宋平（今越南河内）。辖境北抵僚子部、南到真腊、东到北部湾、西到南诏。即今广西那坡、靖西和龙州、宁明、防城部分地区；越南河静、广平省；越南红河黑水之间以及云南南盘江。都护由交州刺史兼任。至德二年（757 年）改名镇南都护府，永泰二年（766 年）复名安南都护府。自天宝以后，南诏强大，云南南盘江以南地区渐为南诏所有，开成至大中年间（836—859 年）即大致以今云南省界与安南都护府分界。咸通元年（860 年）十二月都护府治为南诏攻陷，未几收复。咸通四年（863 年）二月再失，六月废都护府，置行交州于海门镇（今越南海防西北），七月复置都护府于行交州。咸通七年（866 年）复克安南旧治，都护府移故地（今越南河内），并于都护府置静海军节度，重筑安南城，由节度使兼领都护。终唐一代不废。

（5）北庭都护府

北庭都护府为武则天时期所设置的唐朝六大都护府之一。长安二年（702 年），唐朝将安西都护府分出另立北庭都护府，取代金山都护府，管理西突厥故地，仍隶属于安西都护府，府治在庭州（今新疆吉木萨尔东北破城子）。景云二年（711 年），北庭都护府升为大都护，与安西都护府分治天山南北。天山以北包括阿尔泰山和巴尔喀什湖以西的广大地区归北庭都护府统辖，天山以南直至葱岭以西、阿姆河流域的辽阔地区属安西都护府管辖。北庭都护府统辖天山北路突厥诸羁縻府州，辖境东起阿尔泰山，西达今咸海（一说里海）范围内的突厥诸部族。开元元年（713 年），第二任都护郭虔瓘进驻北庭后，将所率军队编为田卒、开荒种地、屯垦戍边。唐玄宗为了确保这条中西大道的安全和领土完整，又在北庭设立节度使，统领瀚海、天山和伊吾三军，治所分别在今新疆吉木萨尔东北破城子、吐鲁番东南高昌古城和哈密西北。唐德宗时期唐朝发生朱泚之乱，吐蕃趁机向西域进攻。贞元六年（790年），北庭都护府被吐蕃攻陷。

（6）单于都护府

贞观三年（629年），唐太宗利用东突厥内外交困之机，遣李靖、李勣（原名徐世勣）等率军与薛延陀部共同夹击东突厥。次年俘获东突厥颉利可汗，东突厥汗国灭亡，漠北诸部相继归附，唐于其地设置云中、定向等羁縻府州。永徽元年（650年）唐再平突厥余部并活捉车鼻可汗，以其地置狼山、云中等三都督府和苏农等十四州，设瀚海都护府以统之，与燕然都护府壤地交错。龙朔三年（663年），移燕然都护府于漠北，并改名瀚海都护府，管理漠北。原瀚海都护府移云中古城，改名云中都护府，遂以碛（沙漠）为界，漠南诸都督府州隶云中。麟德元年（664年），改云中都护府为单于都护府，府治在今内蒙古和林格尔附近，辖境北距大漠，南抵黄河，所辖地区基本上位于今内蒙古自治区境内。唐高宗末年后突厥兴起，尽拔诸羁縻府州。垂拱二年（686年）改置镇守使。圣历元年（698年），并入安北大都护府。开元八年（720年），复为单于大都护府，安北大都护府移治中受降城。

以上各都护府的地理空间演变可参见由谭其骧主编的《中国历史地图集》[1]。

三、历史上的几大都护和其英雄故事

前面说到了都护的概念以及都护府的地理空间及其演变，自然也就涉及开拓边疆和守护边疆的一些历史人物和英雄故事，因此有必要摘取几个历史人物和社会生活场景，去感受一下金戈铁马的辉煌和文明播撒的足迹。

---

[1] 谭其骧. 中国历史地图集 [M]. 北京：地图出版社，1982.

（一）安远侯郑吉——西汉第一任西域都护

郑吉（？—前49年），会稽郡山阴县（今浙江绍兴）人。早年从军，屡次出使西域，因此积功成为郎官。西汉地节二年（前68年）秋，驻扎渠犁（今新疆库尔勒和尉犁西）屯田，秋收时发兵攻打车师，攻破交河城，因功升为卫司马，负责卫护鄯善西南方各国事务。神爵二年（前60年），匈奴内乱，卫司马郑吉派兵迎接日逐王入长安（今陕西西安），途中日逐王部众多有逃亡，郑吉派人追上并杀死了这些逃亡的匈奴人。郑吉"破车师，降日逐，威震西域，遂并护车师以西北道"，因并护西域两道（护鄯善以西南道，护车师以西北道）而被朝廷任命为都护西域骑都尉。神爵三年（前59年），郑吉被册封为安远侯，并实授西域都护。郑吉在乌垒城设立西域都护府。甘露元年（前53年），西域都护郑吉率部赶到乌孙都城赤谷城，解救了因刺杀乌孙王泥靡未成而被围攻的解忧公主、魏如意等。黄龙元年（前49年），郑吉卸任回朝，西汉以其功绩封为安远侯，食邑千户。

作为第一任西域都护，郑吉在戍守边疆、保卫国家安全和领土主权方面作出了大量贡献：一是使西域地区正式列入西汉王朝的版图，保障了丝绸贸易之路的畅通。二是开创了戍边屯田的先河。通过大力发展屯垦事业，使轮台屯田区成为西汉在西域的粮仓之一，解决了驻守西域汉军的后勤保障问题，巩固了西汉朝廷在西域的统治。

（二）定远侯班超——东汉第二任西域都护

东汉时，西域三通三绝，为重开西域，班超、班勇父子相继支撑达半个世纪，自此遂不复绝。这在中国历史上绝对算一段佳话甚至是"神话"，同时也表明早在两千多年前，天山南北（今新疆）这片土地早就是中华帝国的管辖之地，也早已融入中华文明的大家庭。

1. 以36人制服一国的大英雄班超

班超（32—102年），字仲升，右扶风郡平陵县（今陕西咸阳）人，东汉著名军事家、外交家，其父班彪、兄班固、妹班昭均是当时有名的史学家。

东汉永平十六年至永元十二年（73—100 年），班超以近 30 年的人生岁月肩负起国家利益维护者和守护者的责任，直到近古稀之年才得以返回故土，如何不让我们感怀和敬仰？

作为东汉第二任西域都护的班超有很多可歌可泣的英雄故事，从任行军假司马到任西域都护的 30 余年，他率领团队和军队以 36 人制服鄯善，降服于阗王，平定疏勒，打败龟兹，降服莎车，最后焉耆、危须、尉犁全部归降。这里只表现其以 36 人制服一国的事迹。

永平十六年（73 年），奉车都尉窦固等人出兵攻打北匈奴，班超随从北征，在军中任假司马（代理司马）之职。班超一到军旅中，就显示了与众不同的才能。他率兵进攻伊吾，在蒲类海与北匈奴交战，斩获甚多。窦固很赏识他的才干，于是派他和从事郭恂一起出使西域。

班超和郭恂率领部下向西域进发，先到达了鄯善。鄯善王广初对班超等人礼敬备至，后来突然疏懈冷淡。班超估计其中一定有原因，于是对部下说："你们难道没觉察鄯善王的态度变得淡漠了么？这一定是北匈奴有使者来到这里，让他犹豫不决，不知道该服从谁好？眼下事情已明摆着呢，我们可要提高警惕！"于是，班超便把接待他们的鄯善侍者找来，出其不意地问他："我知道北匈奴的使者来了好些天了，他们现在住在哪里？"侍者感觉出乎意料，仓促间难以回答，只好把情况照实说了。班超把侍者关押起来，以防泄露消息。接着，立即召集部下 36 人聚在一起喝酒。喝到酒酣的时候，为了激励和团结大家，班超故意说："你们诸位与我现都背井离乡、身处异域，来到边地正是为了建功立业、求富贵的呀！但现在北匈奴的使者来了才几天，鄯善王对我们就不加理睬了。万一鄯善王把我们绑送到北匈奴去，我们不都成了羊入虎口了吗？你们看这怎么办呢？"大家都齐声说道："我们现在身处危亡之境地，是生是死，就由司马你决定吧。"班超说："好，不入虎穴，焉得虎子。为今之计，只有先发制人，乘夜用火进攻北匈奴使者。他们不清楚我们的实力，一定会感到很害怕，我们正好可以趁机消灭他们。只要消灭了他们，鄯善王就会吓破肝胆，大功就告成了。"

当天天刚黑，班超就率领将士直奔北匈奴使者驻地。此时正刮着大风，班超命 10 人拿着鼓藏在匈奴使者的营帐后方，约好一见火光就拼命擂鼓呐喊。又命其他人拿着刀枪弓弩埋伏在营帐出口两侧。一切安排完毕后，班超顺风纵火，一时间 36 人前后鼓噪，声势喧天。匈奴人乱作一团，逃遁无门。从火海中跑出来的包括匈奴正使屋赖带、副使比离支在内的 30 余人被杀，其余 100 余人都葬身火海，班超也亲手击杀了 3 名匈奴人。于是班超请来了鄯善王，把匈奴使者的首级给他看，鄯善王大惊失色，举国震恐。班超好言抚慰，鄯善王表示愿意归附朝廷，并派儿子前往汉朝作人质。

2. "投笔从戎""不入虎穴，焉得虎子"的由来

我们常说的两句成语"投笔从戎""不入虎穴，焉得虎子"，其实都来自两千年前"班定远"这位伟大的战士和英雄。

班超是班彪的幼子，虽然少时家贫，但素有大志，常手拿《公羊春秋》研读。永平五年（62 年），班超的哥哥班固被召入京任校书郎，除兰台令史，班超和母亲也一同迁居洛阳。为维持生计，班超常替官府抄录文书。一次他辍业投笔叹道："大丈夫无它志略，犹当效傅介子、张骞立功异域，以取封侯，安能久事笔砚间乎？"旁边同僚听了都觉好笑，班超说："小子安知壮士志哉！"班超这里所说的"异域"就是指的西域，即今天的新疆。这就是"投笔从戎"的典故。

上文说到当班超扣留了鄯善侍者，召集部下 36 人聚在一起喝酒时，说了这么一段话："卿曹与我俱在绝域，欲立大功以求富贵。今虏使到裁数日，而王广礼敬即废。如令鄯善收吾属送匈奴，骸骨长为豺狼食矣。为之奈何！"官属毕曰："今在危亡之地，死生从司马！"超曰："不入虎穴，不得虎子。当今之计独有因夜以火攻虏，使彼不知我多少，必大震怖，可殄尽也。灭此虏，则鄯善胆破，功成事立矣。"[1]传颂了近两千年的"不入虎穴，焉得虎子"的成语，就是出自班超在生死存亡之际喊出的豪言壮语。

---

[1]　司马光 . 文白对照全译资治通鉴：第 3 册 [M] . 冯国超，译 . 北京：北京燕山出版社，2000：1165-1166.

（三）高句丽族大将——唐朝安西副都护高仙芝

高仙芝出身于武将世家，为高句丽族。他自幼习武，武艺高强，善于骑马射箭，勇猛刚毅而果断。少年时随父亲高舍鸡到安西（即龟兹），因父亲有功而被授予游击将军。早年随父在安西任职时，其英俊的外貌、坚毅的性格并未帮他加分，寂然无闻。直到被唐朝另一位羌族大将夫蒙灵察发现才得以提拔重用。741年，官至安西副都护、四镇都知兵马使。天宝六年（747年），唐朝和西南吐蕃等交恶，唐玄宗派高仙芝击败吐蕃爪牙小勃律国（今巴基斯坦吉尔吉特）。他率一万唐军，经过长途奔袭，攻灭了原为唐朝属国、后归附吐蕃的小勃律国。紧接着横扫西域，威震中亚，将吐蕃国的势力驱逐出国境。天宝九年（750年），高仙芝又讨平了叛逆的石国。至此，唐朝全面控制了帕米尔以西、以南之地，西域诸国又全部归附唐王朝。这些国家的归顺，有效地遏制了吐蕃的扩张，中国的影响扩展到里海以南。

但就在这一时期，随着阿拉伯帝国阿拔斯王朝（当时称黑衣大食，都城在今叙利亚大马士革）的兴起，开启了向中亚甚至西域扩张的步伐。在高仙芝的从军生涯中，怛罗斯之战不得不提。

前面说到高仙芝攻灭石国后，逃出的石国王子暗中联合大食帝国和中亚诸胡，打算共同进攻安西四镇。高仙芝获知此事后，于天宝十年（751年）四月，集结汉人步、骑兵两万以及一万葛逻禄（额尔齐斯河流域的部落）和拔汗那（原大宛国）的士兵西征大食，深入敌境七百余里，至七月行进到怛罗斯城（今哈萨克斯坦江布尔城附近）。而此时大食帝国也由其控制的呼罗珊地区（今伊朗、阿富汗和土库曼斯坦的一部分）派出了齐亚德将军率军东进，阿拉伯军团除了四万阿拉伯骑兵外，还召集了六万属国部队，他们控制怛罗斯城并在此截击唐朝军队[1]。这是一场三万人对十万人的会战和对决。尽管唐军人数上处于绝对的劣势，但唐军的英勇使得双方激战五日，未见胜负。就在双方相持的重要时刻，唐军中的葛逻禄部众突然叛变，会同大食夹击唐军，唐军大败。由于道路阻隘，拔汗那部众又在前面挡住去路，人马雍

---

[1]　司马光. 文白对照全译资治通鉴：第3册 [M]. 冯国超，译. 北京：北京燕山出版社，2000:1165.

塞道路，幸亏右威卫将军李嗣业杀开了一条血路，高仙芝才得以逃脱。高仙芝带着残余的五六千人马退回到龟兹。大食军队畏于汉军的勇武，也未敢乘胜追击并停止了东进的步伐。尽管大食军队胜利了，但也损失了三万人马，唐朝士兵的英勇让他们感受到这是一支令人胆寒的军队。

怛罗斯之战是唐朝征战西域、保卫国家边疆安全的若干次军事活动之一，并未在《新唐书》和《旧唐书》中留下浓墨重彩，但这一战却对世界文明的进程产生了重大影响。在该战中，大食军队俘获的唐朝士兵和工匠将造纸术、指南针和火药带到了阿拉伯，随后又传到了欧洲，这几大发明成为欧洲文艺复兴启蒙的催化剂。世界文明的进程就这样被东西两大帝国以一场偶然的对决改变了。这场战争和对决也是唐朝从盛世转向衰落、从边疆的扩张走向防御和收缩的重要节点。

（四）三箭定天山的神勇战将——安东首任都护薛仁贵

"将军三箭定天山，壮士长歌入汉关"，这是龙朔元年（661年）传唱于唐军的歌谣，歌颂的是唐朝大将薛仁贵。有关薛仁贵的历史故事和民间演义非常多，除留下了"良策息干戈""三箭定天山""神勇收辽东""仁政高丽国""爱民象州城""脱帽退万敌"等典故外，还有将薛仁贵与薛平贵混淆，留下了王宝钏十年寒窑等候薛平贵的故事。

薛仁贵（614—683年），名礼，字仁贵，河东道绛州龙门县（今山西河津）人，以字行于世。薛仁贵少年时家境贫寒、地位卑微，以种田为业。贞观十八年（644年）为征高句丽而募兵，30岁的他正为迁葬先辈的坟墓而愁眉不展，因为迁坟在中国传统文化中关乎风水、关乎后辈能否兴旺。其妻柳氏说："有出众的才干，要等到机遇才能发挥。如今皇帝（唐太宗李世民）亲征辽东，招募骁勇的将领，这是难得的时机，您何不争取立功扬名？富贵之后回家，再迁葬也不算迟。"于是薛仁贵应募参军，从此，一位30岁还碌碌无为的农夫逐渐蜕变成唐朝的一代名将。

贞观十九年（645年）二月，唐太宗亲征高句丽，虽然未能征服，但薛仁贵以一身白袍、所向无敌于高句丽军中而一举成名。

乾封元年（666 年），高句丽发生内乱，唐高宗再次出兵，打算一鼓作气消灭高句丽。唐太宗征高句丽时成名的薛仁贵这时已成为独当一面的猛将。他身先士卒，率军攻打南苏、木底、舱岩、扶余等城，致有"斩首五万余、拔三城"或"遇贼辄破，杀万余人"等一系列英雄故事。两年后，薛仁贵与李勣在平壤胜利会师，高句丽至此灭亡。平定高句丽后，唐朝在当地置州县，并于平壤设安东都护府，薛仁贵为首任都护。他在任期间抚恤百姓，惩治盗贼，选拔贤良，政绩卓著。故有"仁政高丽国"一说。

"三箭定天山"的典故来源于薛仁贵率军讨伐九姓铁勒的事迹。龙朔元年（661 年），一向与唐友好的回纥首领婆闰死，继位的比粟转而与唐为敌。唐高宗诏右屯卫大将军郑仁泰为主将，薛仁贵为副将，领兵赴天山击九姓铁勒。临行，唐高宗特在内殿赐宴，因担心薛将军年近半百，恐力不能支，在席间对薛仁贵说："古代有善于射箭的人，能穿透七层铠甲，你射五层看看。"薛仁贵应命，置甲取弓箭射去，只听弓弦响过，箭已穿五甲而过。唐高宗大为惊喜，当即命人取坚甲赏赐薛仁贵。

郑仁泰、薛仁贵率军赴天山后，九姓铁勒拥众十余万相拒，并令骁勇骑士数十人前来挑战。薛仁贵临阵发三箭射死三人，其余骑士慑于薛仁贵神威，都下马请降。薛仁贵乘势挥军掩杀，大败九姓铁勒。接着，薛仁贵又越过碛北追击铁勒败军，擒其叶护（首领）兄弟三人。薛仁贵收兵后，军中传唱说："将军三箭定天山，壮士长歌入汉关。"从此，九姓铁勒衰败，不再为边患。

"脱帽退万敌"是薛仁贵另一次打败突厥余部的故事，只是征战地点换到了单于都护府境内。永淳元年（682 年），单于都护府（今内蒙古和林格尔西北）检校降户部落官阿史德元珍进犯并州（今山西太原）与单于都护府北境，又入侵云州，薛仁贵奉命征讨。突厥人问："唐朝的将领是谁？"回答说："薛仁贵。"突厥人说："我听说薛将军流放到象州已经死了，怎能复生？"薛仁贵脱掉头盔去见他们，突厥人仔细一看大惊失色，都下马排队拜揖，渐渐逃走。薛仁贵乘势追击，大败突厥军，斩杀上万人，俘虏两万余（一作三万）人，夺取驼马牛羊三万余头，取得云州大捷。

由薛仁贵的人生经历和英雄事迹可知，即便到了三十而立的年龄，人生也不过是刚刚开始。

四、有关受降城的诗词和地理

（一）反映受降城的边塞唐诗两首

夜上受降城闻笛

唐　李益

回乐峰①前沙似雪，受降城外月如霜。

不知何处吹芦管，一夜征人尽望乡。

【注释】

①峰：一作"烽"。

边　思

唐　刘沧

汉将边方背辘轳，受降城北是单于。

黄河晚冻雪风急，野火远烧山木枯。

偷号甲兵冲塞色，衔枚战马踏寒芜。

蛾眉一没空留怨，青冢月明啼夜乌。

（二）诗作背景及作者和地理名词

1. 诗作背景及作者

①《夜上受降城闻笛》是唐代诗人李益创作的一首七言绝句，写于建中元年（780 年）深秋或初冬，当时李益到灵武，依附朔方节度使崔宁，其间写下了此诗。

李益（748—829年），字君虞，陇西姑臧（今甘肃武威）人，唐代诗人。大历四年（769年）登进士第，建中四年（783年）登书判拔萃科。因仕途失意，客游燕赵。元和后入朝，历任秘书少监、集贤学士、右散骑常侍、太子宾客、左散骑常侍，大和元年（827年）以礼部尚书致仕。自编从军诗50首，今存《李益集》2卷。

②《边思》作于刘沧进士及第之前的某个时期。那时他心怀报国杀敌之志，却无报国之门，由于盛唐气象已不再，那些有边塞生活经历和军旅生活体验的文人（如王昌龄、高适、岑参等先辈）早已故去，因此写出《边思》以表达怀故思先之情感。

刘沧，生卒年不详，字蕴灵，汶阳（今山东宁阳）人。体貌魁梧，尚气节，善饮酒，好谈古今，令人终日倾听不倦。屡举进士不第，大中八年（854年）进士及第，登第时已白发苍苍。

2. 诗作里的地理名词

回乐峰也作"回乐烽"，是唐代回乐县境内的一个山峰或烽火台，属灵州（今宁夏灵武西南），为朔方节度治所。

在中国历史上，地理名称为"受降城"的有多处，分别是汉受降城、唐受降城和明受降城。

汉受降城是指汉朝遣公孙敖筑兵塞外接应左大都尉所筑的受降城，在今内蒙古巴彦淖尔乌拉特中旗新忽热苏木政府所在地北1000米处。

唐受降城是指709年，唐朝名将张仁愿在黄河北岸、阴山以南地带建筑了东、中、西三座受降城。筑城本意在于屯军马而守边土，初不领县治民，专管突厥降户。东受降城位于今内蒙古托克托县大皇城；中受降城在今内蒙古包头敖陶窑子；西受降城在今内蒙古乌拉特中旗石兰计乡与巴彦淖尔古城乡间的乌加河北岸某处，坐落在黄河北岸渡口，控扼南北交通要冲，在当年的三座受降城中军事地位至为重要。

明受降城是指洪武后期恢复设置的三座原唐代军事机构。明代史料记载，东胜城设于三受降城之东，与三受降城并。东联开平、独石、大宁、开元；西联贺兰山、甘肃北山，通为一边。地势直则近而易守。

（三）受降城的地理空间及其演变

1. 汉受降城

汉受降城为汉武帝的骑郎公孙敖所筑，是我国历史记载的受降城中，唯一一座真正为接受敌人投降而建的受降城。西汉经过"文景之治"几十年的休养生息，至汉武帝时代展开了对匈奴的反击，经过三次决定性的战役（漠南之战、河西之战、漠北之战），匈奴帝国开始走向衰落，在此情况下，受降城应运而生。西汉元封六年（前105年），匈奴乌维单于死，其子儿单于继位。儿单于继位以后，喜怒无常，特喜好杀人，加之其年冬匈奴遇大雪，牲畜多饥寒死，两相压迫之下，时匈奴部众不安。此时匈奴单于帐下左大都尉欲杀儿单于以降汉朝，遣使望汉派兵接应。太初元年（前104年）为接应匈奴投降，令将军公孙敖在塞外筑受降城。受降城位于秦汉长城以北，漠北草原地带，即今蒙古国巴音布拉格古城址。

此次汉武帝命令所建的受降城，因为事情败露，左大都尉反被儿单于所杀，并未能真正举行受降仪式。汉受降城因筑于塞外，形成一座孤城，时而为汉匈二方所占有。但随着汉朝国力的进一步强盛，以受降城为据点，越来越多的匈奴部众开始投降汉朝。随着郅支单于的西迁，到以呼韩邪单于为首的匈奴集团向汉朝请求归附后，匈奴外患基本平定，自是汉朝北疆几十年无战事。

2. 唐受降城

（1）受降城的筑城背景

唐受降城为景龙二年（708年）朔方军大总管张仁愿于黄河以北筑三受降城，首尾相应，用以防御突厥的侵扰。

营建三受降城之提议初遭时陇右节度使唐休璟的反对，景龙二年（708年），在张仁愿的反复坚持下，唐朝才开始修筑三受降城，占据漠南，严重削弱了后突厥汗国。开元四年（716 年）默啜遭邻于靺鞨的拔曳固部众所杀，毗伽可汗继位，并开始与唐朝改善关系，此后频繁的战事才得以停止。直至开成五年（840 年）回鹘汗国亡时，一直未能对唐朝造成较大威胁，在这种情况下唐朝河套地区基本无战事。

（2）三受降城的具体地理空间及其演变

西受降城简称西城，位于今内蒙古巴彦淖尔狼山山口南、黄河北岸渡口，控扼南北交通要冲，在三受降城中军事地位至为重要。开元十五年（727 年）起，唐朝在西城设有互市之所，唐朝与突厥在此进行绢马交易。开元元年（713 年）因西城南临乌加河，长期受河水冲刷而损坏，开元十年（722 年）宰相张说遂弃旧城，在其东侧另筑新城，即新西城。沿用至元和八年（813 年），后其西南城边再度遭黄河侧蚀而崩毁，唐朝将天德军治所迁移至天德军旧城。此后，西受降城的大城虽毁，小城仍好，留有驻军并未废弃。驻有兵七千人、马一千七百匹，安史之乱后略有所减。

中受降城简称中城，位于今内蒙古包头。中城筑城之前，此地原有一座拂云堆神祠，南为黄河渡口金津，默啜可汗时突厥将领入寇，必先诣祠祭祀，兵马牧料后渡黄河。张仁愿筑三受降城时，以拂云堆神祠为中城，与东、西两城相去各四百余里，遥相应接。从开元三年至天宝八年（715—749 年），中城为安北都护府治所。贞元十二年（796 年）后隶属于振武军，元和九年（814 年）转隶于天德军。驻有兵六千人、马两千匹，安史之乱后略有所减。

东受降城简称东城，位于今内蒙古呼和浩特。东受降城构建告竣后，张仁愿便于此置振武军，至天宝四年（745 年）振武军被王忠嗣迁离。开元七年（719 年）唐朝将单于都护府转隶于东城，次年又复置单于都护府。贞元十二年（796 年）后隶属于振武军。元和七年（812 年）东城为黄河所毁，振武军节度使李光进上表修城兼理河防。宝历元年（825 年）振武军节度使张惟清将东城城址向北迁移，离开黄河，在绥远烽南侧构建新东城。会昌元年至六年（841—846 年）在新东受降城西侧增建一道月城，以保护饮用水源。驻有兵七千人、马一千七百匹，安史之乱后略有所减。

此外，除了汉受降城及唐所筑三受降城，唐朝时灵州（今宁夏灵武）亦有"受降城"之别名。贞观二十一年（647年）唐太宗亲至灵州接见铁勒诸部酋长和使者，被尊为天可汗，并应铁勒诸部的请求，在回纥以南、突厥以北开通一条"参天可汗道"以便往来，加强联系。同时择其部落和地理分布，在漠北分置铁勒诸部为六府七州，拜其酋长为都督、刺史，赐玄金鱼以为符信。故灵州在中国历史上也有受降城之称，至宋元时期，灵州之受降城别名尚存。

五、三受降城的修筑者及其战略意义

（一）"武定国、文安邦"——能文能武的张仁愿

作为延续近三百年的唐朝，因为其海纳百川、包容天下的胸怀和气魄，成就了一批能臣名将和文豪巨匠。唐代长安城皇宫内三清殿旁有一个不起眼的小楼，名为凌烟阁。贞观十七年（643年），唐太宗为追想当年金戈铁马气吞万里的战斗岁月和纪念与他一起打天下治天下的功臣，修建凌烟阁来陈列由阎立本所画的二十四位功臣的画像，即《二十四功臣图》。此后凌烟阁功臣成为唐代豪杰从军报国功成名就的标志。李贺《南园十三首·其五》写道：

男儿何不带吴钩，收取关山五十州。

请君暂上凌烟阁，若个书生万户侯？

这首诗正是对书生从军报国、封侯拜将的英雄主义理想的写照。终唐一朝，名将辈出，除了前面提到的薛仁贵外，还有天宝年间大家耳熟能详的郭子仪、哥舒翰、高仙芝等。但如果要选出一位文武双全且具备战略眼光的将领，那我们不能忘记这位真正值得被记住的"武定国、文安邦"的历史人物张仁愿。

张仁愿（？—714年），原名仁亶，华州下邽（今陕西渭南临渭区）人，唐朝宰相、名将。临渭区被誉为"三贤故里"，其他两贤则为大诗人白居易

和一代名相寇准。

张仁愿的本名因与唐睿宗名字发音相似，故改名仁愿。他年少时便才华出众，胸怀大志。武则天当政时，他通过武举中为进士，累迁殿中侍御史。当时御史郭弘霸为巴结武则天，上表称武则天是弥勒佛转世。凤阁舍人张嘉福、王庆之也上表请求将武承嗣立为皇太子，并邀请张仁愿一起联名上表，遭到他的严词拒绝。由于触怒了武周权贵，他被贬为武成军监军，但也因此受到有识之士的器重。

张仁愿刚直不阿，忠心维护国家和朝廷利益，分别于万岁通天元年（696年）通过弹劾肃边道大总管王孝杰作战失败而擢升为侍御史；于万岁通天二年（697年）通过弹劾监察御史孙承景虚报战功而擢升为右肃政台中丞、检校幽州（今北京城西南）都督。

圣历元年（698年），突厥默啜可汗入侵唐朝，先后攻陷赵州（今河北赵县）、定州（今河北定州），进犯幽州。武则天闻讯，发兵三路：司属卿武重规为天兵中道大总管、右武威卫将军沙吒忠义为天兵西道前军总管、张仁愿为天兵东道总管，率军三十万讨伐突厥。又以左羽林卫大将军阎敬容为天兵西道后军总管，率兵十五万为后援。默啜得知唐大军出动，于九月二十六日将所掠赵、定等州男女万余人全部杀死，经五回道（今河北五回山）北还。所过杀掠，不计其数。沙吒忠义等将领都不敢引兵追击，唯张仁愿率所部进行截击，交战中，张仁愿的手被敌射中，血流不止。突厥军见不能取胜，也自行退去。武则天闻讯，派人前去慰问，并赐药疗伤。不久，迁张仁愿为并州（治晋阳，今山西太原西南）大都督长史，后又迁幽州刺史。

长安二年（702年），突厥攻破石岭关（今山西阳曲北），攻打并州。武则天任命雍州长史薛季昶代理右台大夫，充任山东防御军大使，又命张仁愿负责幽州、平州（今河北卢龙）、妫州（今河北怀来东南）、檀州（今北京密云）四州防御，与薛季昶互为犄角，共拒突厥。

神龙元年（705年），唐中宗复辟，复国号为唐。神龙二年（706年），任命张仁愿为左屯卫大将军、检校洛州长史。当时，洛州粮价飞涨、盗贼横行。张仁愿到任后，将抓捕的盗贼全部乱棍打死，尸体陈列在府衙前。远近百姓无不惊骇，至此京城治安明显好转。唐高宗时的洛州刺史贾敦颐也是政绩突出，所以时人都称赞道："洛州有前贾后张，可敌京兆三王。"

同年十二月，突厥入侵鸣沙（今宁夏丰安故城），击败朔方军大总管沙吒忠义，进掠原州（今宁夏固原）、会州（今甘肃靖远）等地，夺走陇右牧马一万多匹。景龙元年（707年），张仁愿被任命为朔方军大总管、御史大夫，屯边防御突厥。张仁愿到达朔方后，突厥已退兵而去，便乘胜追击，夜袭敌营，大破突厥。

景龙二年（708年），趁东突厥可汗默啜统帅全军西攻突骑施，后方兵力空虚之时，张仁愿上奏朝廷，请求沿黄河北岸修筑三座首尾相应的受降城，以断绝突厥南侵之路。三受降城筑城后不久，张仁愿回朝任职，担任同中书门下三品，成为宰相，并拜左卫大将军，封韩国公。同年秋，张仁愿再次返回边地，唐中宗还亲自赋诗为其饯行，后又加封镇军大将军。开元二年（714年），张仁愿因病去世，朝廷追赠他为太子少傅。

（二）受降城三城修筑的重要地缘战略意义

三受降城虽冠以"受降"之名，却不是为了接受突厥贵族投降而建的，而是外驻防城群体，与周边军镇、州形成中晚唐时期河套内外的防御体系，带有突出的军事驻防性质，同时兼具多种其他功能，如军政中心、交通枢纽和经济中心。唐朝立国之初就在北方受到游牧民族的威胁，但由于其恢弘包容的气象和唐太宗被称为"天可汗"所体现的国家实力，终唐一朝并没有大规模修筑长城的活动。三受降城的规模要小得多，所费人物财力同与秦、汉、北魏、北齐、北周、隋、金、西夏和明长城也根本无法相提并论，但是对人烟稀少的边疆防御却起到了不亚于"万里长城"的积极作用。三受降城除防御功能外，唐朝还在受降城及其周围地区组织垦田，解决了部分当地驻军的军粮供应和经费开支。自筑成后，先后成为安北都护府、单于都护府、天德军、振武军等重要军事机构的治所。

说到三受降城不得不提到朔方军及其位置与辖区。朔方镇是以宁夏灵州（又名朔方，曾名灵武）为治所，辖区包括京畿北部和西北部广阔地区的一个强大藩镇。最早是武则天为了防御和讨伐突厥的进犯而临时组建的一支方面军，其主官为朔方道行军大总管。后来去掉"行军"二字，称朔方道大总管（又称灵武道大总管、灵武军大总管），由临时成为固定编制。到唐玄宗时期才成为藩镇，主官为朔方节度使。

朔方镇辖境相当于今宁夏及甘肃、内蒙古、陕西部分地区，核心区域为黄河河套地区，农耕发达，地丰物饶，比较富庶，有支持大军长期作战的经济基础。"朔方近塞，半是蕃戎"，朔方镇少数民族比较多，剽悍勇猛，诞生了许多少数民族名将，如契丹人李光弼、杂胡安思顺、铁勒人仆固怀恩、铁勒人浑瑊、薛延陀人李光进、昭武九姓史宪忠等。作为京畿的西北屏障，朔方军长期与突厥、吐谷浑、吐蕃等西部强族作战，装备好、素质高、作战经验丰富，所以在安史之乱中成为平叛的两大支柱之一。

当时朔方军（治灵州）与突厥一直以黄河（今内蒙古黄河弯曲段）为界，唐军守河南，突厥守河北。河北岸有一拂云祠，突厥每次发兵，都要去祠中祈祷，然后再发兵南下。景龙二年（708 年），东突厥可汗默啜统帅全军西攻突骑施，后方兵力空虚。张仁愿便上奏朝廷，请求乘机夺取漠南之地，并沿黄河北岸修筑三座首尾相应的受降城，以断绝突厥南侵之路。

奏疏送至京城后，唐中宗召集大臣商议对策。太子少师唐休璟表示反对，并道："两汉以来，朝廷都是北守黄河，如今在敌虏腹地筑城，兴师动众，劳民伤财，最终只怕还是要被敌虏占据。"张仁愿执意请求，最终得到唐中宗同意。

张仁愿又上表请求留下戍边岁满的兵士，以加快工程进度。当时有两百多名咸阳籍士兵不愿筑城，集体逃走，结果被张仁愿抓回，全部斩于城下。从此，筑城军民无不尽心尽力，只用了两个月的时间便将三城全部筑成。之后又配套建设了一个庞大的防御体系："以拂云为中城，南直朔方；西城南直灵武，东城南直榆林。三垒相距各四百余里，其北皆大碛也，斥地三百里而远。又于牛头朝那山北置烽候千八百所。"（明代刘伯温《百战奇略·害战》）

三座城池中，按今天的地图和地名，拂云祠为中受降城（今内蒙古包头）

南对榆林，而西城（今内蒙古巴彦淖尔）南对灵武，东城（今内蒙古托克托）南对朔州，三城相距各有四百余里，北面都是沙漠。张仁愿又向北拓地三百余里，并在牛头朝那山（今内蒙古固阳东）北设置烽火台一千八百所。从此突厥不敢度山放牧，朔方不再受其攻掠，每年节省军费上亿，裁减镇兵数万人。

若套用今天的地缘战略学说，三座受降城的筑成在当时具有十分重要的战略意义。

首先，在保持国家安全、抵御外侵方面有着极其重要的作用。受降城有效地遏制了后突厥的南侵，并拓地三百余里，结束了唐朝在与后突厥数十年的战争中被动挨打的局面，有着极大的地缘战略价值。柏杨在《柏杨白话版资治通鉴》中写道："搞出这么一个庞大的防御体系，一家伙把战线从黄河推进到阴山脚下、大漠边缘，直接的效果，就是把突厥赶回漠北。"[1]

其次，促进了当地的经济发展和民族和谐。最明显的作用就是"茶马互市"的商贸市场，带动了当地经济的良性循环和互补，促进了各民族和谐相处，稳定了边疆的社会环境，同时使朝廷减兵数万，节省了大量军费。

最后，构建和创新了边境军事防御体系。这一体系除在终唐一朝的国家安全方面发挥了作用外，在明朝，洪武后期恢复设置了原唐代三座受降城作为边防军事设施，而且其军事战略思想也为后世明朝在东北的防御体系提供了借鉴。唐宪宗时期的大臣李绛、卢坦就曾说："受降城，张仁愿所筑，当碛口，据虏要冲，美水草，守边之利地。"（《资治通鉴·卷第二百三十九》）

大历元年（766年），虽然安史之乱已平定数年，但边患仍未根除。杜甫当时在夔州（今重庆奉节）流寓期间，痛感国家凋敝，民生悲苦、朝廷无力，作了系列政论体组诗，反映了当时的社会情境。其中《诸将五首·其二》写道：

---

[1] 司马光.柏杨白话版资治通鉴 [M].柏杨，译.长沙：湖南人民出版社，2011：341.

> 韩公本意筑三城，拟绝天骄拔汉旌。
> 岂谓尽烦回纥马，翻然远救朔方兵。
> 胡来不觉潼关隘，龙起犹闻晋水清。
> 独使至尊忧社稷，诸君何以答升平。

有感于曾经筑三城、御敌于千里之外的辉煌和回纥、吐蕃连兵入寇的惨状（安史之乱期间，吐蕃侵犯长安，发掘陵墓，后请回纥平定吐蕃，又许回纥纵兵抢掠），从内心呼唤像张仁愿（后谥韩国公）这样的安邦柱国的良将。由此可见地理空间和地缘战略在国家安全中的重要性。

六、昭武九姓的地理及变迁

（一）反映昭武九姓的边塞唐诗一首

送灵州田尚书

唐　薛逢

> 阴风猎猎满旗竿，白草飕飕剑气攒。
> 九姓①羌浑随汉节②，六州③蕃落④从戎鞍。
> 霜中入塞雕弓硬，月下翻营玉帐寒。
> 今日路傍谁不指，穰苴⑤门户惯登坛。

【注释】

① 九姓：这里指中晚唐时期中亚地区的昭武九姓。为月氏之后，始居祁连山北的昭武城（今甘肃张掖），后为突厥所破，迁于葱岭至中亚一带，其支庶分王各地，为康、安、曹、石、米、何、穆、毕、史，世称九姓，亦称昭武九姓国。见《新唐书·西域下》。

② 汉节：天子所授予的符节和持节的使者。

③ 六州：这里指唐时置藩六州。《新唐书·突厥上》："初，突厥内属者分处丰、胜、灵、夏、朔、代间，谓之河曲六州降人。"

④ 蕃落：指外族部落或指外族人。

⑤ 穰苴（ráng jū）：春秋时齐国大夫，田氏，名穰苴，官司马，深通兵法，以治军威严著称。

1. 诗作背景及作者

唐开成五年（840 年），回纥不但侵暴人民，还剽掠羌浑等少数民族。当时灵武驻军统帅、检校尚书左仆射田牟（一说是田布），联合各族，对回纥乌介可汗的图谋不轨进行防范。

诗中"九姓羌浑随汉节，六州蕃落从戎鞍" 反映了唐初曾在北方边地设置六个侨置州，史称"六胡州"，简称六州，以安置归附的昭武九姓胡。这首诗正是对这一段历史进程和场面的反映。

薛逢（约 806—约 847 年），字陶臣，蒲州（今山西永济）人，唐代诗人。唐会昌年间（841—846 年）进士及第，授万年尉，历官侍御史、尚书郎等职。

2. 诗作里的地理名词

唐时灵州为朔方节度治所，在今宁夏灵武。

六州为唐时安置归附的昭武九姓的边地州，即六胡州，在今鄂尔多斯高原及其附近。

（二）历史上的昭武九姓的地理空间及其演变

说到盛唐气象，不能不提"万邦来朝"所展现的文明包容，包括政治制度、社会生活、文化艺术等各个方面都体现了大唐海纳百川、兼容并包的胸怀。其中，一个地理空间在今天的中亚，有一个族群文化和历史与中国有着深厚渊源，在唐代扮演着重要角色，那就是俗称粟特，为安西都护府羁縻的"昭武九姓"。

1. 昭武九姓的由来

"昭武"一词最早见于《汉书·地理志》中的张掖郡昭武县。汉初，匈奴破月氏，迫其西迁，以河西昭武为故地的月氏部落遂向西逃亡，进入中亚粟特地域（也称河中地区，即锡尔河与阿姆河中游之间），征服当地土著，形成若干城邦，支庶各分王，以昭武为姓，有康、安、曹、石、米、何、史、穆、毕等分支。居民主要务农，兼营畜牧业，稍后，为嚈哒统治，一度被迫改姓温（温那沙）。

嚈哒衰落后，各城邦重获独立，复姓昭武，形成以康国为首的诸粟特城邦，其中有安、曹、石、米、何、史、穆、毕等国，统称"昭武九姓"（《新唐书》以康、安、曹、石、米、何、火寻或鱼、戊地、史为昭武九姓）。

据《通鉴外纪》定义："姓者，统其祖考之所自出。氏者，别其子孙之所自分。"姓是指血缘，氏是指同一姓的分支。夏商周时期，有分封的诸侯、公卿才拥有氏，可以国、邑、地、官名、谥号等为氏。后来，中国的姓与氏正式合二为一，姓即氏，氏即姓，再无贵贱之分，普通平民也可以拥有自己的姓了，百姓也就第一次成了天下平民的统称。按照这一说法，昭武最早是居住在河西走廊大月氏人的部落和居住地的称谓，可以视作氏，但流落中亚后，所谓九姓实为同一部落的不同分支罢了。

昭武九姓在历史上也称粟特人，素以善于经商著称，长期操纵丝绸之路上的转贩贸易。粟特是我国南北朝、隋唐时期人们对从中亚来到中原的、自称昭武后人或其后裔十余个小国的泛称。早在东汉时期，洛阳就有粟弋（即粟特）贾胡。敦煌古代烽燧下曾发现写在纸上的古粟特语信笺数件，其内容反映了东汉末或西晋末粟特人的经商组织和活动。

南北朝以来，昭武九姓经商范围扩大，并不时为一些国家承担外交使命，如545年北周曾派遣酒泉胡安诺盘陀出使突厥。在唐代，经商的昭武九姓胡人常被称为兴生胡或简作兴胡。从敦煌、吐鲁番出土文书看，兴胡与县管百姓、行客并列，表明他们是有一定特殊身份的社会族群。在唐代，碎叶、蒲昌海（今新疆罗布泊）、西州（今新疆吐鲁番东南高昌故城）、伊州（今新疆哈密）、敦煌、肃州（今甘肃酒泉）、凉州（今甘肃武威）、长安（今陕西西安）、蓝田、洛阳、关内道北部河曲六胡州（今宁夏银川、吴忠以及内蒙古鄂尔多斯附近）等地都有昭武九姓胡的聚落。开元九年至十年（721—722年）攻陷六胡州的康待宾等人就是昭武九姓胡。

2. 昭武九姓地区诸国的地理空间及其演变

6世纪中期昭武诸国相继臣属西突厥，7世纪中期归附唐朝，受安西都护府统辖，接受唐朝赐封的王号，同时开始遭受当时称作大食的阿拉伯帝国的侵扰。8世纪下半叶诸国逐步消亡。

为了保证唐朝西域属国和羁縻州的安定和商贸之路的畅通，此时唐朝进一步制定了在中亚遏制大食东扩的战略。这一时期，昭武九姓即粟特人不仅扮演着商贸往来的角色，还是针对大食的防御体系的重要一环，即利用当地的政治势力抵抗大食，力求以最小的军事力量保持西域地区的相对安宁。以下是对昭武诸国的详细介绍：

康国

康国（今乌兹别克斯坦撒马尔罕一带）是东粟特的中心，唐朝时曾设康居都督府。康国在昭武九姓之中地位最高，是昭武九姓的中心，设大臣3人，共掌国事。该国兵马强盛，多是赭羯（意为战士）。唐永徽年间以其地为康居都督府，授其王拂呼缦为都督。万岁通天元年（696年），封其大首领笃娑钵提为康国王。712年大食破其城国，国王乌勒伽投降并缔结条约，但康国于开元七年（719年）复上表请唐助其反抗大食。天宝三年（744年）唐封其子康国王咄曷为钦化王。

米国

米国首府为钵息德城（今塔吉克斯坦彭吉肯特城东南）。米国当为"弭秣贺"（Maymurgh）之音译，位于康国东南百里，与康国关系密切，贞观十六年（642年）为西突厥所破，永徽五年（654年）为大食所破，显庆三年（658年）其地为南谧羁縻州，唐朝授其君昭武开拙为刺史。731年康国王乌勒伽请唐封其子默啜为米国王。744年唐赐米国王为恭顺王。760年以后彭吉肯特的旧址被废弃。

曹国

曹国分为西、中、东三曹。西曹治瑟底痕城（今乌兹别克斯坦撒马尔罕西北伊什特汗），与康国关系密切。开元十九年（731年）唐封康国王乌勒伽之子咄喝为曹国王。天宝三年（744 年）赐曹国王为怀德王。中曹治迦底真城（今乌兹别克斯坦撒马尔罕西北凯布德）。东曹首府布恩吉卡特，一说在今乌勒提尤别，一说在乌勒提尤别西南之沙赫里斯坦。722 年、740 年曹国曾屈服于大食人，但直到天宝十一年（752 年），还上表唐朝请击黑衣大食。

安国

安国（今乌兹别克斯坦布哈拉附近）是西粟特的中心，唐显庆时为安息州 [1]。安国王为刺史。其王别顿之遗孀可敦在 7 世纪下半叶多次抗击大食入侵，其子安国王笃萨波提一度被篡位，709—710 年由大食埃米尔重立笃萨波提为王。但开元七年（719 年）笃萨波提向唐上表乞师以抗大食，后被大食人所杀，其子屈底波曾遣使来唐，751 年为大食人所杀。其国又在大食控制下直到大约 782 年遂亡。

石国

石国也称者舌、赭时、柘析等，位于粟特地区东北端，在今乌兹别克斯坦塔什干一带。显庆三年（658 年），唐以瞰羯城（今塔什干）为大宛都督府。713 年大食入侵入石国。开元初年，唐玄宗封其君莫贺咄吐屯为石国王。开元二十七年（739 年），莫贺咄吐屯复助唐擒突骑施可汗吐火仙，被封为顺义王。740 年大食入侵。天宝九年（750 年），石国王子至大食乞兵，攻怛罗斯，败唐将高仙芝军。天宝十二年（753 年），唐封石国王子那俱车鼻施为怀化王。石国至唐宝应元年（762 年）尚遣使朝贡于唐。

何国

何国（今乌兹别克斯坦撒马尔罕西面）位于康国与安国之间，是连接东西粟特的枢纽。唐永徽时以其地设为贵霜羁縻州，任何国君为刺史。

史国

史国也称竭石、坚沙、奇沙、羯霜那国，位于粟特地区的东南端，唐朝时曾设为佉沙羁縻州。国王姓昭武，字狄遮，是康国国王之后裔。史国的国势强大之后，建都于乞史城（也称竭石），其地在今乌兹别克斯坦沙

---

[1] 安息是波斯帕提亚帝国的汉译名称，源于其建国者始祖之名。安息的东境已达西粟特地区，所以后世安国的"安"应即"安息"之简称。

赫里萨布兹。

穆国

穆国位于粟特地区西南端，都城在阿姆河西（今土库曼斯坦马里地区）。亦安息故地，东北去安国五百余里，东去乌那曷二百余里。

捍国

即拔汗那，位于今中亚费尔干纳地区。唐显庆初年（656—661年），其王遣使朝贡。显庆三年（658年），唐高宗以其地渴塞城置休循州都督府，授其王阿了参为刺史。自此捍国每岁朝贡。开元二十七年（739年），其王阿悉烂达干助唐平突骑施吐火仙，以功封奉化王。天宝三年（744年），改国号为宁远。同年，唐玄宗以外家窦姓赐予其王，又封宗室女为和义公主以嫁之。

其余尚有火寻、毕国等国。火寻即花剌子模，今乌兹别克斯坦及土库曼斯坦两国接壤的土地，旧安息之地，都城在阿姆河西，东北去安国四百里，西北去穆国二百余里。毕国位于安国之西，又名西安国。

3. 昭武九姓融入中华民族的路径

（1）盛唐气象下的"昭武"属国

王小甫在《隋唐五代史》中写道：粟特人在历史上以善于经商著称，长期操纵丝绸之路上的转贩贸易[1]。其地理位置和经商特点使他们在东西方文化交流方面起了重要作用。祆教、摩尼教、中亚音乐、舞蹈、历法之传入中原，中国丝绸、造纸技术传入西方，昭武九姓无疑是重要的推手。

唐贞观元年（627年），康国第一次遣使者来朝献贡，曾献狮子、金桃、银桃和胡旋女等。贞观五年（631年），昭武诸国自请属唐。唐永徽、显庆年间（650—661年），唐平定西突厥后，昭武诸姓为安西都护府所羁縻。

李伟在《穿越丝路》中认为，至唐，政府派遣官员到葱岭以西，661年，唐在于阗以西，波斯以东，包括帕米尔的广大地区，共设置16个都督府，

[1]　王小甫.隋唐五代史[M].北京：中信出版社，2017：425.

80 个州，其中的康居都督府是今天乌兹别克斯坦的撒马尔罕地区，大宛都督府是乌兹别克斯坦的塔什干地区，安息州是乌兹别克斯坦的布哈拉地区，怯沙州在撒马尔罕以南的沙赫里萨布兹、贵霜州在撒马尔罕西北 60 英里，休循州是今天由乌兹别克斯坦、吉尔吉斯斯坦、塔吉克斯坦共有的费尔干纳地区 [1]。

这就是昭武九姓诸国曾经分布的地域，可见"万邦来朝"盛唐气象。

（2）昭武九姓融合于中国汉族

蔡鸿生在《唐代九姓胡与突厥文化》一书中统计，自贞观元年至大历七年（627—772 年），中亚昭武九姓诸国遣使来华献贡者共有 90 次之多 [2]。此外还有规模更为庞大的商队，按《大唐西域记》等文献记载，同期商队数量超十倍于使团，且团队人数均达五六百人之多。刘学铫在《国史里的夸儿》一书中写到，按 146 年使团 90 次、商队 900 次、每团或队 500 人计，共有近 50 万人曾踏上中华大地。如此大规模的商贸往来必然加速了民族大融合。南北朝和隋唐是民族大融合的时代，曾经流传着这样的俗语："千年之狐（胡），姓赵姓张；五百年狐（胡），姓白姓康。" [3]

另外，前面《送灵州田尚书》中的六州亦称六胡州，就是在唐朝时内迁的昭武九姓的安置地。8 世纪，昭武九姓诸国相继亡于大食，这些阿姆河、锡尔河流域的粟特人建立的昭武九姓属国中的部分九姓人内迁中国，逐渐融于中华文明并与汉族无异了。

在西安、洛阳出土的许多昭武九姓的墓志铭，就记载了曹、石、米、何、康、安诸姓人士为唐朝立下的军功和担任的军政职务。比如安史之乱的头目安禄山、史思明以及唐朝大将哥舒翰等都属昭武九姓与汉族融合后的后裔。

由此可见，昭武九姓融入中华民族的路径：先是汉朝时从中国边地迁往中亚；随后在唐朝时变为中华帝国的属国，又与中华文明建立了密切的联系；

[1]　李伟.穿越丝路 [M].北京：中信出版社，2017：84.

[2]　蔡鸿生.唐代九姓胡与突厥文化 [M].北京：中华书局，1998：49-52.

[3]　刘学铫.国史里的夸儿 [M].台北：唐山出版社，2014：29-30.

最后通过商贸往来和内迁中国与汉人融合，并成为我国安、康、何、史、曹、石、米、火等姓氏的重要组成部分。

小　结

有学者认为地理决定历史，实际上就人类发展史或文明进程而言，文明进程也影响着地理空间的演变。在历史的长河中，地理空间随着生存与种群延续、战争与资源掠夺、王朝更替与国家兴衰、制度改变与民族融合等文明文化要素的变化而演变。尽管地理坐标几乎没有变化，但其地理名词（或称谓）、主权归属以及社会功能却可能发生着演变。其中，一个国家的边疆或称边塞能否安全稳固，直接关系到一个国家的兴衰和文明的存续。当我们传颂着"将军三箭定天山，壮士长歌入汉关"的军歌时，都护府、受降城、属国等地理名词在守卫国家边疆、彰显国家实力和影响范围上就有了特殊的含义。让我们向历史上开疆辟土、保卫祖国每一寸山河的班超、班勇、薛仁贵、张仁愿等英雄们致敬！

第四讲　从诗词里探寻选人用人制度及财税制度

　　提要：国家治理涉及政治、经济、文化、国防等方方面面。在几千年的历史中，中国作为泱泱大国、礼仪之邦，曾在不同阶段通过文明的彰显与传播，做到了四夷宾服、万国来朝。中国曾形成了世界上最早的完备的文官制度，从察举制、九品中正制到科举制，这一选人用人制度对保证社会各阶层的流动和大一统的国家治理带来了深远的影响。中国也是最早实现大一统专制的国家，齐民编户和两税制支撑着国家的财政。历史上国家治理中选人用人制度和财税制度，也有着复杂的演进过程。

一、有关制度的引子

（一）国内外学者对中国国家治理制度的解读

　　国家治理涉及政治、经济、文化、国防等方方面面。在几千年的历史中，中国作为泱泱大国、礼仪之邦，曾在不同阶段通过文明的彰显与传播，做到了四夷宾服、万国来朝。自秦一扫六合统一天下，建立了郡县制度，统一度量衡，书同文，车同轨，中国的大一统专制国家制度就建立起来了。

　　马丁·雅克在《大国雄心：一个永不褪色的大国梦》中写道："欧洲和中国之间最显著的差异，不是各自工业化的时机，而是在于政治体的规模不同。……在近两千年的历史中，中国一直保持了统一，而欧洲却四分五裂。……

这一事实也说明了中国渴望统一的内在实力。中国人所致力的统一有三个维度：国家和人民把统一作为根本任务；期望国家在确保统一的过程中发挥核心作用；为统一奠定了坚实基础的、强烈的中国人的身份认同感。"[1]

许倬云在《万古江河：中国历史文化的转折与开展》中写道："秦汉帝国的制度，建立了'天下国家'体制，而精耕农业、市场网络与文官组织，也成为中国文明的特色。"[2]

美国学者保罗·肯尼迪在《大国的兴衰》一书中写道："在近代以前时期的所有文明中，没有一个国家的文明比中国文明更发达，更先进。它有众多的人口（在 15 世纪有 1 亿~1.3 亿人口，而欧洲当时只有 5000 万~5500 万人），有灿烂的文化，有特别肥沃的土壤以及从 11 世纪起就由一个杰出的运河系统连结起来的、有灌溉之利的平原，并且有受到儒家良好教育的官吏治理的、统一的、等级制的行政机构，这些使中国社会富于经验，具有一种凝聚力，使外国来访者羡慕不已。"[3]

在对外关系上，基辛格在《论中国》一书中写道："在中国，例外论体现为中国不对外输出观念，而是欢迎他人前来学习。毗邻诸国只要向中国朝贡即承认其宗主国地位，就可以通过与中国和中华文明的交往受益，不肯这样做的都属未开化之列。"[4] 这也与孔子"远人不服，则修文德以来之"的思想一致。而且他认为欧洲的国家战略类似决战决胜的国际象棋，而中国的国家战略类似积小胜为大胜的围棋。

从以上论述可知，中国的国家治理体现了以下几个特色：一是从察举制到科举制逐步演变的文官制度体系的建立，保证了皇权至高无上和国家意志的贯彻；二是国家负责修建的灌溉系统、运河、驿道等基础设施，保证了农业发达、政令畅通、商贸流通和军队调动；三是礼制文化制度以及"编

[1] 马丁·雅克. 大国雄心：一个永不褪色的大国梦 [M].2 版. 孙豫宁，张莉，刘曲，译. 北京：中信出版社，2016：57-58.

[2] 许倬云. 万古江河：中国历史文化的转折与开展 [M]. 长沙：湖南人民出版社，2017：110.

[3] 保罗·肯尼迪. 大国的兴衰[M]. 陈景彪，王保存，王章辉，等译. 北京：国际文化出版公司，2006：4-6.

[4] 亨利·基辛格. 论中国 [M].2 版. 胡利平，林华，杨韵琴，等译. 北京：中信出版社，2015：13.

户齐民"的国家赋税制度保证了中国人的身份认同感。

（二）选人用人制度概要

人才的选拔和任用是任何时代的任何国家运行的重要一环。中国历史上的三皇五帝时代，所谓人才主要是通过个人能力和品行的展示获得部落民众与首领的认可，从而就任民众服务的职位。当时奉行的是"天下为公"，实行的是禅让制度。禹死，从夏启继位世袭开始，"天下为公"变为"天下为家"。在春秋以前，人才培养主要通过"官学"或"王学"来实现，只有贵族子弟才有受教育的机会，人才选拔更多通过世袭完成。直到孔子的出现和"杏坛"开讲，中国教育才出现了突破性的大发展。他提出"有教无类"的教育理念并身体力行，三千弟子有如颜回、子路这样的"七十二贤士"，教育从"王官之学"真正走向平民、走向社会，并形成了中国传统教育模式。当时所教和所学被称为"六艺"，即"礼、乐、射、御、书、数"，真正体现了德智体美劳全面发展的教育思想，远非当下社会培训机构为升学所开课程培训班能够比拟。在清朝灭亡以前的整个中国历史，选人用人制度也有一个逐渐演进的过程，从最初的"唯德是举"，到周代为"世卿世禄"，汉朝为察举制与征辟制，魏晋南北朝为九品中正制，至隋朝初建科举制，唐朝完善科举制，之后科举制一直沿用到清朝末年。南宋时，大儒朱熹提出"格物致知"理论并重新梳理儒家经典和思想，"四书五经"成为教育尤其是科举考试内容的主流。所谓"四书"指的是《论语》《孟子》《大学》《中庸》；而"五经"指的是《诗经》《尚书》《礼记》《周易》《春秋》，简称"诗、书、礼、易、春秋"。从此明清开始，会写"八股文"的应试教育成为教育培养的主流以及国家选拔人才的主要途径，极大地违背了"德智体美劳"全面培养的初衷，也使得选拔的人才在一定程度上缺乏更为开阔的视野、更为创新的精神和更为崇高的使命感。

（三）财税制度概要

财税是国家为了满足社会公共需要，凭借政治权力，按照法律所规定的标准和程序，参与国民收入分配，取得财政收入的一种形式。它不但是维持公共权力的经济基础，还对经济发展起着重要的杠杆作用。任何时代的国家都是需要依赖财政收入来维持其统治机器的运转，财政收入由财物和劳务构成，在传统农业社会，财物主要来自土地，劳务的主要提供者是农民，专制国家为了获得赋税和力役收入则不断通过制度加强对土地和农民的控制。由于生产力水平差异和土地制度的差异，不同时期和不同社会制度下有不同的赋税制度。在以农为本的传统中国，从商周的"井田制"到隋至唐中期的"租庸调"、唐中期至明中期的"两税制"，再到明中晚期的"一条鞭法"和清朝的"摊丁入亩"，中国历史上的财税制度也经历了不断的探索和改革，涌现出被列宁称为"11 世纪的改革家"的王安石等国家治理的改革先行者。

由于篇幅所限，这里或许可通过选取部分诗词来解读国家治理中的选人用人制度和财税制度。

二、选人用人制度之"九品中正制"

（一）反映"上品无寒门"的诗词一首

咏史八首·其二

西晋　左思

郁郁涧底松①，离离②山上苗，

以彼径寸茎③，荫④此百尺条。

世胄⑤蹑⑥高位，英俊沉下僚⑦。

地势使之然，由来非一朝⑧。

金⑨张⑩藉旧业，七叶⑪珥汉貂⑫。

冯公⑬岂不伟，白首不见招⑭。

【注释】

① 涧底松：比喻才高位卑的寒士。涧，两山之间。

② 离离：下垂的样子。

③ 径寸茎：即一寸粗的茎。

④ 荫：遮蔽。

⑤ 世胄：世家子弟。胄，长子。

⑥ 蹑（niè）：履、登。

⑦ 沉下僚：沉没于下级的官职。

⑧ "地势"两句：是说这种情况恰如涧底松和山上苗一样，是地势造成的，其所从来久矣。

⑨ 金：指汉金日（mì）磾（dī），他家自汉武帝到汉平帝，七代为内侍（见《汉书·霍光金日磾传》）。

⑩ 张：指汉张汤，他家自汉宣帝以后，有十余人为侍中、中常侍。《汉书·张汤传赞》云："功臣之世，唯有金氏、张氏亲近贵宠，比于外戚。"

⑪ 七叶：七代。

⑫ 珥（ěr）汉貂：汉代侍中、中常侍的帽子上，皆插貂尾。珥，插。

⑬ 冯公：指汉冯唐，他曾指责汉文帝不会用人，年老了还做中郎署长的小官。

⑭ 不见招：不被进用。这两句是说冯唐难道不奇伟，年老了还不被重用。

（二）诗作背景及作者

《咏史八首》的具体写作时间难以断定，大体可以认为是写在左思入洛阳不久，晋灭吴之前。诗中有"长啸激清风，志若无东吴"（《咏史八首·其一》）。晋灭东吴，是在西晋太康元年（280 年），《咏史八首》写在 280 年以前，则是肯定的。

左思（生卒年不详），字太冲，临淄（今山东淄博）人，西晋文学家。左思貌丑口讷，不好交游，但辞藻华丽，曾用一年时间写成《齐都赋》。元康年间（291—299 年），左思参与当时文人集团"二十四友"之游，并为贾谧讲《汉书》。左思作品旧传有集 5 卷，今存者仅赋 2 篇，诗 14 首。《三都赋》与《咏史八首》是其代表作。

（三）所反映的九品中正制及其演进

左思《咏史八首·其二》要表现出士族和贫士、豪门和寒门的对立情绪。由于门阀地位的限制，出身寒微的人，尽管才能出众也只好屈居下位；而士族子弟，不管才能如何低劣，只要凭借着先辈的权势，都可以获得高官厚禄。在诗人的笔下，"上品无寒门，下品无世族"这一不平等的社会现象，借助于"涧底松"和"山上苗"，金日碑、张汤和冯唐等的际遇进一步说明"世胄蹑高位，英俊沉下僚"这一不合理的社会选贤制度由来已久。

所谓九品中正制，又称九品官人法，是魏晋南北朝时期重要的选拔人才的制度，此项制度是由何夔发起，后来各参与方基本遵从这种不成文规定。曹丕于黄初元年（220 年）命陈群制定这个具有法律意义的制度，此制至西晋渐趋完备，南北朝时又有所变化，从曹魏始至隋唐科举的确立，存续约四百年之久。

九品中正制是在两汉时期察举制的基础上产生的。九品中正制上承两汉察举制，下启隋唐科举制，在中国古代政治制度史上占有十分重要的地位，是中国历史上三大选官制度之一。此项制度是当时官吏选拔的一个客观标准，此标准一是采取地方群众舆论和公众意见，保留了汉代乡举里选的遗意，二是结合大小中正官个人的评估判断。九品中正制的实行一方面避免了原察举制的部分弊端，另一方面缓解了中央政府与世家大族的紧张关系，为魏晋皇权的牢固和社会的稳定奠定了基础，使得一时间吏治环境有所改善。

九品中正制创立之初，评议人物的标准是家世、道德、才能三者并重。但由于魏晋时充当中正者一般是二品官员，二品官员有参与中正推举之权，而身居二品之位者几乎均为门阀世族。于是在中正对人才的评判推举过程中，才德标准逐渐被忽视，家世门第则越来越重要，甚至成为九品中正制的主要标准，到西晋时终于形成了"上品无寒门，下品无士族"的局面。九品中正制不仅成为维护和巩固门阀统治的重要工具，且本身已成为门阀制度的重要组成部分。

门阀制度的确立,使得九品中正制成为一个政治上的装饰品。血统逐渐成为中正品第的主要标准,门第高即获高品,此时只需分别士庶高下便足矣,中正品第变成了例行公事,所谓"上品无寒门,下品无士族","公门有公,卿门有卿"者也。

三、选人用人制度之"科举制"

(一)反映"春风得意马蹄疾"科举得胜的唐宋诗三首

登科后

唐 孟郊

昔日龌龊不足夸,今朝放荡思无涯。
春风得意马蹄疾,一日看尽长安花。

及第谣

唐 周匡物

水国寒消春日长,燕莺催促花枝忙。
风吹金榜落凡世,三十三人名字香。
遥望龙墀①新得意,九天敕下多狂醉。
骅骝②一百三十蹄,踏破蓬莱五云地。
物经千载出尘埃,从此便为天下瑞。

【注释】
① 龙墀(chí):皇上举行礼仪之地。
② 骅骝:骏马。

神童诗
（节选）

北宋　汪洙

天子重英豪，文章教尔曹；
万般皆下品，惟有读书高。
少小须勤学，文章可立身；
满朝朱紫贵，尽是读书人。
……

别人怀宝剑，我有笔如刀。
朝为田舍郎，暮登天子堂；
将相本无种，男儿当自强。
……

莫道儒冠误，诗书不负人；
达而相天下，穷则善其身。
……

慷慨丈夫志，生当忠孝门；
为官须作相，及第必争先。
……

久旱逢甘雨，他乡遇故知；
洞房花烛夜，金榜题名时。
……

柳色浸衣绿，桃花映酒红；
长安游冶子，日日醉春风。
淑景余三月，莺花已半稀；
……

临轩一赏后，轻薄万千花。
墙角一枝梅，凌寒独自开；

遥知不是雪，为有暗香来。

柯干如金石，心坚耐岁寒；

平生谁结友，宜共竹松看。

居可无君子，交情耐岁寒；

春风频动处，日日报平安。

春水满泗泽，夏云多奇峰；

秋月扬明辉，冬岭秀孤松。

诗酒琴棋客，风花雪月天；

有名闲富贵，无事散神仙。

道院迎仙客，书道隐相儒；

庭栽栖凤竹，池养化龙鱼。

春游芳草地，夏赏绿荷池；

秋饮黄花酒，冬吟白雪诗。

（二）诗作背景及作者

①《登科后》写于唐贞元十二年（796年），年届46岁的孟郊奉母命第三次赴京科考，终于登上了进士第。放榜之日，孟郊喜不自胜，当即写下了这首平生第一快诗。

②《及第谣》写于唐元和十一年（816年），是周匡物进士及第狂喜后的心情写照。元和十一年（816年），周匡物中进士第四名，这是自垂拱二年（686年）漳州设立后第一个进士。由此可知当时考上进士之难、进士及第之贵。

周匡物（生卒年不详），字几本，龙溪县（今福建漳州）人，曾在天城山之麓读书，后改名为"名第"，郡人称其为"名第先生"。

③《神童诗》一卷，旧传北宋汪洙撰。实际上传世的《神童诗》并非仅是少年神童之作，也不全出于汪洙一人之手，而是经历代编补修订，增入了隋唐乃至南北朝时期的诗歌。篇名也大多是另行添加的。诗体皆为格律工整的五言绝句，文字浅显易懂，是适合少年学诗的范本。

汪洙（生卒年不详），字德温，鄞（yín）县（今宁波鄞州）人。北宋元符三年（1100年）进士，历官至观文殿大学士，提举台州崇道观，筑室西山，召集诸儒讲学，乡人称其室为"崇儒馆"。其幼颖异，九岁能诗，号称汪神童。

（三）所反映的科举制及其演进

《登科后》《及第谣》《神童诗》三首诗与我国历史上选拔人才的科举制有关。人生四大喜事中"金榜题名"能占一席，可见科举对一个人的重要性，一旦中举，人生轨迹都会改变。中国的历史进程表明，自秦始皇一统天下以来，帝国的统治基本上是皇帝具有绝对权力的专制政权模式，需要一套稳妥可靠的官僚制度来保证。前面所说的"九品中正制"弊端丛生，已满足不了对更辽阔的地域、数量更庞大的人民的统治，以及差异化更大的民族和文化的融合需要，因此隋唐开始进一步探索出防止皇亲贵戚、门阀大族垄断权力的科举制。

所谓科举制，是中国历史上通过考试选拔官吏的制度。科举制最早起源于隋代，完善于唐代，废除于清朝末年。科举的积极意义是打破了魏晋以来"士出名门"的局面，使得许多下层读书人有参与政治的机会。

科举制的创立是中央集权的需要，是选士制度发展的必然结果。隋朝统一中国后，又一次实现了空前广阔的地域统一与各民族的大融合，为了加强中央集权，巩固统一，专制统治的首要任务就是进行与官僚制度密切相关的选才用人的改革。有三个方面的主要原因：一是加强中央集权，必须把选用人才的大权集中在中央政府的手里。二是巩固统治，必须最大限度地网罗和笼络读书人，为他们提供治理国家的机会。三是全国统一，必须选拔大量的适应大一统政治需要的人才来充任各级吏员，进一步完备官僚治理机构。

于是，隋文帝正式废除"九品中正制"，至大业二年（606年），始置进士科，进士科的设置，标志着科举制的创立。唐承隋制，以分科考试选拔人才，逐渐成为定制，宋、元、明、清历代相袭，在中国历史上推行近一千四百年之久，对教育产生了重大影响。科举制是选人用人制度的重大进步，它改善了察举制和九品中正制机会不均、无客观标准以及选士大权旁落等弊病。科举制与察举制、九品中正制不同，它不拘门第，面向社会公开招考，给不同阶层甚至寒门的读书子弟提供了相对均等的竞争机会。

唐朝科举考试有秀才、明经、俊士、进士、明法（法律）、明字、明算（数学）、史、三史、开元礼、道举等多种科目，考试内容有时务策、帖经、杂文等。秀才系最高科目，士人很少应试秀才，永徽二年（651 年）废停。此后"秀才"遂成为对一般读书应举者的通称。明经、进士二科在唐代科举中吸引了最多的考生。

在唐代还通过武举选才，武举开始于长安二年（702 年）。武举考生来源于乡贡，由兵部主考。考试科目有远射、马射、步射、平射、筒射、马枪、摔跤、举重等。

唐玄宗时，诗赋成为进士科主要的考试内容。他在位期间，曾在长安、洛阳宫殿八次亲自面试科举应试者，录取很多很有才学的人。应科试者可以是平民，也可以是科举及第者，现任或罢任官员也可参加。

唐代科举考试每年春天在京师长安的尚书省举行，简称"省试"。而各地乡供举人的"发解试"都在头一年秋天举行。此后，地方上的"秋试"（秋闱）和京师的"春试"（春闱）成为历代科举沿袭的定制。

唐前期，掌管科举由尚书省吏部负责。开元年间，改由礼部负责，此后历朝相沿不变。礼部下设贡院，考试、阅卷、放榜等均在贡院举行。主持科举的官员称为"知贡举"，通常由礼部侍郎兼任。唐朝科举放榜通常在二月。录取者谓之及第，或登科、登第、擢第等。第一名称状元，第二名称榜眼，第三名称探花。状元、榜眼、探花前三名列为一甲，算是赐进士及第；第二甲若干人，算是赐进士出身；第三甲又若干名，算是赐同进士出身。

放榜之后，新科进士们有各种名目繁多的喜庆宴席，如闻喜宴、樱桃宴、曲江宴、月灯阁打球宴、关宴、雁塔提名……公私各方也乐于为这些庆宴慷慨解囊。这也是孟郊"春风得意马蹄疾，一日看尽长安花"和周匡物"遥望龙墀新得意，九天敕下多狂醉"诗句中的场景。

唐代科举考试的一大特点，是行卷和请托之风盛行，严重影响了考试的公平性，且有学非所用、所试者系一日之短长的流弊，所以宋以后改革之声渐起。宋朝对科举的重视远胜于唐朝，宋太宗到宋真宗时代对科举制进行了多次调整，定制为三年一次，分州试、省试（中央考试）、殿试（皇帝亲试）三级进行，参考人数和录取名额大大超过了唐代。到北宋熙宁年间，王安石拜相后，开始大力改革整顿科举制。其改革措施包括：一是罢诸科，独存进士，这时社会已形成重进士轻诸科的氛围；二是进士罢诗赋，改试论、策，其经帖、墨义，则改试大义；三是别立新科明法，以针对那些死读书的士子；四是整顿太学，立三舍之法，给学业精进的学生进阶之路。

同之前的选官制度比较，科举制最重要的特点在于：一是投牒自应，读书人可自行报名参加考试，不必先由官吏推荐；二是考试定期举行；三是考试制度严格。

四、科举对人们的激励作用及带来的价值取向

（一）诗词背后的故事

1. 写诗换来举子免费船渡

周匡物（也称"名第先生"）少时家贫力学，徒步上京赴考，途经钱塘江时，因凑不够渡船费，一直过不了河，遂于公馆题诗云：

> 万里茫茫天堑遥，秦皇底事不安桥。
>
> 钱塘江口无钱过，又阻西陵两信潮。

此事传到当地知府耳中后，对这些国家未来的栋梁，士子出身的知府顿感颜面无光，立即要求管理舟渡的小吏免费渡之，自是舟子不敢收取举选人渡船钱了。

2. 神童并非浪得虚名

汪洙的"神童"称呼始于这样一个故事：一天，鄞县县令带领全县举

人、秀才去孔庙参拜孔子圣像。在三跪九叩之后，县令忽然发现大殿墙壁上，用木炭写有这样一首诗：

> 颜回夜夜观星象，夫子朝朝雨打头。
>
> 万代公卿从此出，何人肯把俸钱修？

下边落款题有九龄童汪洙的名字。县令环视大殿，不光殿宇破败不堪，孔子和颜回圣像也都缺额少肩，实在有损尊严，自觉羞惭。但转念一想，九岁孩童怎能写出这样的诗来？怕是有人假冒孩童之名，故意讽刺于我？便吩咐差役速叫汪洙见他。汪洙跟父亲到了孔庙，见过县令。县令问："这墙上的诗可是你写的？你为何要写这样的诗？"汪洙不慌不忙地回答："正是，只要老爷看看这庙，还能不知写这诗的用意吗？还请老爷指教。"县令见他对答如流，心中暗喜，但仍有怀疑，便说："这样说来，这诗果是你写的了，那可是神童了！"县令见汪洙穿着短小的衣衫，便嘲笑道："只是神童的衣衫好短哟，老爷我还没见过穿这样短衣衫的神童哩！"汪洙听出县令还不相信诗是他写的，眼珠一转，智上心来，当着众人之面，向县令鞠了一躬，脱口吟道：

> 神童衫子短，袖大惹春风。
>
> 未去朝天子，先来谒相公。

县令一听，果有才华，大喜道："好诗，果是神童！将来定成大器！有赏！有赏！"从此，汪洙神童之名在宁波一带流传开了。

（二）科举对读书人的激励作用

在中国历史上，读书人通常被称作士子。在中国古代，虽然"三百六十行，行行出状元"，但社会和民众的心中对职业或身份的认识还是有"士农工商"的排序。春秋战国以前的士专指贵族和士大夫及其子弟，及至孔子所称"礼乐崩坏"的春秋战国时期，由于天子式微，诸侯崛起，贵族没落，家臣坐大，社会急需有才之人来应付这一残酷的竞争时代，因此一批诸如吴起、张仪、苏秦这样的游士应运而生。到了秦汉时期，国家形成了大一统格局，这些游离于帝国社会的"士"已成为社会不稳定或动乱的因素，"儒以文乱法，侠以武犯禁"。为了国家统一、社会稳定和发展，国家急需保证社会运转的人才队伍，尤其是汉武帝将"罢黜百家，独尊儒术"提升为帝国的政治意识和文化形态后，士就演变成为经权力和特定文化驯化的、辅佐皇帝或朝廷治理国家的知识阶层。因此"学而优则仕"成为社会普遍的价值观。

如果说《登科后》和《及第谣》反映了新科进士们的春风得意，像锣鼓齐鸣之声，那么《神童诗》则为读书人煲了一壶"万般皆下品，惟有读书高"的心灵鸡汤。

1."文曲星下凡"，天子门生的得意

十年寒窗苦，一朝高中狂。历史上的科举犹如曾经的高考，所呈现的也是一种千军万马过独木桥的景象，这一现象不仅在中国，在深受中华文明影响的日本、韩国和越南都是如此。在1977年恢复高考后，学生通过高考上大学的比例也只有百分之几。而唐宋时期的科举每三年才举行一次，能够通过各省乡试的概率也非常低，是秀才考生的1%~10%，这些举子进京参加会试，只有不到10%的人才能参加殿试，通过这一关才能取得进士出身。由此可知，在中国历史上考取进士，几乎是万里挑一，远比今天的高考难得多。周匡物所处的唐代当时大概有6000万人口，按其诗中所写"风吹金榜落凡世，三十三人名字香"可知，当年金榜题名的进士只有33位，可见进士之难！他们被称作天子门生，自然也就是天之骄子，犹如天上文曲星下凡。由此士子们高中后的狂喜和得意也就可以理解了。这些士子们登科后的心情和庆祝行为正如孟郊《登科后》中的诗句"春风得意马蹄疾，一日看尽长安花"。

2.光耀门庭

在中国历史上，尽管中国早在秦汉时期就已进入大一统的国家治理格局，但实际上皇权是否延伸到乡村一级尚存疑。以明清为例，一般的国家治理体系除了百官组成的朝廷或中央政府外，地方机关分为督（省）、道（府）、县三级政权架构，乡村一级则通过里长或亭长即地方治安官、三老、

乡绅共同按照乡规民俗、祖宗家法治理。所谓乡绅是指考取功名和致仕还乡的知识分子阶层，他们因拥有知识和与官员对话的机会而成为精英，在乡村治理中有很大的话语权。这里暂且不说高中进士，只要是通过府、州院试的即为生员，也通称"秀才"，至此就算脱离平民阶层，称为"士"了。秀才就已有享受免丁粮、食廪和见官免跪的权利。也就是说人一旦成为秀才，就可以享有免役税、国家供给衣食和政治司法特权，即使犯法，地方官也须先报学官才能处理，不得像对一般百姓一样使用刑具。清代小说家吴敬梓在《范进中举》中，用夸张的手法刻画了范进这个书生因中举喜极而疯的形象，对趋炎附势的社会现象进行了讽刺，但这一故事也生动形象地反映了读书人变老爷的历史现实。由向官员下跪到一变而为百姓向自己下跪，在今天看来是一种讽刺，但在当时的时代的确是实现了"麻雀变凤凰"的身份转变。历史上，吃朝廷俸禄的官员并不多，比如 1800 年的清朝，人口已接近 4 亿，即便加上胥吏，整个国家也只有 2 万余名政府官员。这么少的官员统治了面积超过 1000 万平方公里的帝国，那些获取了科举功名的地方精英也绝对功不可没，变身"老爷"也就可以理解了。

3. 建功立业，展开人生理想的翅膀

出自《礼记·大学》的"修身、齐家、治国、平天下"一句话，可谓字字千钧，千百年来就是读书人的人生理想，而"穷则独善其身，达则兼善天下"则是读书人的精神追求和人生情怀。要想实现这一人生的完美理想，考取功名尤其是进士及第是至关重要的一步。在隋唐以后的历史中，对于一般社会阶层的读书人来说，只有科举高中，才能展开人生理想的翅膀。

比如在人生理想中的"治国"方面，北宋时期"先天下之忧而忧，后天下之乐而乐"的范仲淹和"三不畏"的王安石两位科举高中者的两次变法最为典型。庆历三年（1043 年），宋仁宗将范仲淹从抵御西夏的前线陕北调回京师，并任为参政知事，即副宰相。出身贫苦、身怀大志、想以一生所学报国的范仲淹向仁宗上《答手诏条陈十事疏》，提出"明黜陟、抑侥幸、精贡举、择官长、均公田、厚农桑、修武备、减徭役、推恩信、重命令"十项改革主张，意在限制冗官，提高效率，并藉以达到节省钱财的目的，此举被称为"庆历新政"。由于新政触犯了贵族官僚的利益，因而遭到他们的阻挠。次年初，范仲淹、韩琦、富弼、欧阳修等人相继被排斥出朝廷，各项改革也被废止，新政彻底失败。

熙宁变法是宋神宗时期，王安石发动的旨在改变北宋建国以来积贫积弱局面的一场社会改革运动。变法自熙宁二年（1069 年）开始，至元丰八年（1085 年）宋神宗去世结束，故亦称熙丰变法。王安石变法以发展生产、富国强兵、挽救北宋政治危机为目的，以"理财""整军"为中心，涉及政治、经济、军事、社会、文化各个方面，是中国古代史上继商鞅变法之后又一次规模巨大的社会变革运动。因为遭到既得利益集团的集体反对和变法所需的社会条件尚不成熟，变法依然以失败而告终。

（三）科举制所带来的价值取向和视野局限

在中华文明进程中，科举制是专制大一统时代采用的相对公平的人才选拔形式，它拓展了国家吸纳人才的渠道，吸收了大量出身社会中下层的读书人进入统治集团。特别是唐宋时期，科举制显示出生机勃勃的进步性，形成了中国社会生活和文化发展的一个黄金时代。唐文宗时的宰相段文昌、王播都是寒门贫士，早年甚至吃不上饭，向人求食，他们都是通过进士及第入仕的。这些寒士显达后多互相帮扶，如李逊、李建兄弟"家素清贫"，举进士而得高官。元和十一年（816 年）李建知贡举，"三十三人皆取寒素"。宋代的范仲淹、文天祥也是通过科举，从一介贫民子弟进而成长为一代名相的。因此，费正清在《中国：传统与变迁》一书写道："公务员考稽制度是中国文明伟大的成就之一。……由于科举成为步入仕途、求取富贵的最主要手段，有志从政者就必须接受同样的经书、文学教育，从而使全国在思想文化上也形成了大一统的局面。"[1] 除此而外，科举的意义还在于一定程度上减少了宦官和外戚的干政，提高了行政效率，思想行为的统一也

---

[1]　费正清，赖肖尔. 中国：传统与变迁 [M] . 张沛，张源，顾思兼，译. 北京：世界知识出版社，2002：120.

进一步减少了异端邪说。

但科举制也给中国人带来了价值取向上的偏差。一是逐渐形成了"学而优则仕"的单一成功价值观，使得后世对各行各业的价值平等性的认识有着高低之分，与最早教育所提倡的六艺"礼、乐、射、御、书、数"或当下的"德、智、体、美、劳"的素质教育产生了偏差。二是科举考试内容在明清被规制为"八股文"格式，极大地束缚了读书人的思想和视野，尤其使得知识分子或文官阶层陷入了讲求考据、一味好古的氛围，而丧失了创新制度、变革社会的思考和能力。当近代欧洲开启思想文化解放运动和工业革命的时候，中国或中华文明依然停留在固有的政治、思想和文化体系之中。正如费正清在《中国：传统与变迁》一书写到的，"这种制度虽然使中国保持了上千年的稳定，但它也同样阻碍了中华文明的进步和发展"。

五、财税制度之井田制

（一）反映井田制之《诗经》一首

小雅·大田①

大田多稼②，既种③既戒④，既备乃事⑤。以我覃⑥耜⑦，俶载⑧南亩，播厥⑨百谷，既庭⑩且硕⑪，曾孙是若⑫。

既方⑬既皂⑭，既坚既好⑮，不稂⑯不莠⑰。去其螟⑱螣⑲，及其蟊⑳贼㉑，无害我田稚㉒！田祖㉓有神，秉㉔畀㉕炎火㉖。

有渰㉗萋萋，兴雨祈祈㉘。雨我公田㉙，遂及我私㉚。彼有不获稚，此有不敛穧㉛。彼有遗秉㉜，此有滞㉝穗，伊㉞寡妇之利。

曾孙来止，以其妇子，馌㉟彼南亩㊱，田畯㊲至喜。来方禋祀㊳，以其骍㊴黑㊵。与其黍稷，以享以祀，以介㊶景福㊷。

【注释】

① 大田：面积广阔的农田。

② 稼：种庄稼。

③ 种：指选种子。

④ 戒：同"械"，此指修理农业器械。

⑤ 乃事：这些事。

⑥ 覃："剡"的假借，锋利。

⑦ 耜（sì）：古代一种似锹的农具。

⑧ 俶（chù）载：开始从事。

⑨ 厥：其。

⑩ 庭：通"挺"，挺拔。

⑪ 硕：大。

⑫ 曾孙是若：顺了曾孙的愿望。曾孙，《诗经》中周成王的通称。

⑬ 方：通"房"，指谷粒已生嫩壳，但还没有合满。

⑭ 皂：指谷壳已经结成，但还未坚实。

⑮ 既坚既好：指籽粒坚实、饱满。

⑯ 稂（láng）：指穗粒空瘪的禾。

⑰ 莠（yǒu）：田间似禾的杂草，也称狗尾巴草。

⑱ 螟（míng）：吃禾心的害虫。

⑲ 螣（tè）：吃禾叶的青虫。

⑳ 蟊（máo）：吃禾根的虫。

㉑ 贼：吃禾秸的虫。

㉒ 稚：幼禾或低小的穗。

㉓ 田祖：农神。

㉔ 秉：执持。

㉕ 畀（bì）：给予。

㉖ 炎火：大火。

㉗ 有渰（yǎn）：即"渰渰"，阴云密布的样子。

㉘ 祈祈：徐徐。

㉙ 公田：公家的田。古代井田制，井田九区，中间百亩为公田，周围八
区，八家各百亩为私田。八家共养公田。公田收获归国家所有。

㉚ 私：私田。

㉛ 秸（jì）：已割而未收的禾把。

㉜ 秉：把，捆扎成束的禾把。

㉝ 滞：遗留。

㉞ 伊：是。

㉟ 馌（yè）：送饭。

㊱ 南亩：泛指农田。

㊲ 田畯（jùn）：周代农官，掌管监督农奴的农事工作。

㊳ 禋祀：升烟以祭，古代祭天的典礼，也泛指祭祀。

㊴ 骍（xīng）：赤色牛。

㊵ 黑：指黑色的猪羊。

㊶ 介："丐"的假借，祈求。

㊷ 景福：大福。

（二）诗作背景及白话译文

1. 诗作背景

《小雅·大田》是《小雅·甫田》的姊妹篇，两诗同是周王祭祀田祖
等神祇的祈年诗。《小雅·甫田》写周王巡视春耕生产，因"省耕"而祈
求粮食生产有"千斯仓、万斯箱"的丰收；《小雅·大田》写周王督察秋
季收获，因"省敛"而祈求今后有更大的福祉。春耕秋敛，前呼后应，两
篇合起来为后人提供了西周农业生产方式、生产关系等相当真实、具体和
丰富的历史资料，是《诗经》中不可多得的重要农事诗。

2. 白话译文

这首诗或许可翻译为以下白话：

广阔田地种庄稼，选种整修农具忙，准备工作做齐全。我持锋利板锹锄，从南到北松土忙。麦黍菽稷都播下，禾苗挺拔且健壮，成王看了喜心上。

嫩壳灌浆结谷粒，籽实坚硬且健康，颗颗饱满无杂草。除掉禾心食叶虫，又去咬根咬节虫，不教害虫祸青苗！田祖有灵护田地，天生大火把虫烧！

乌云密布天色暗，淅淅雨水润农田。先浇国家之公田，再浇自家之私田。那有嫩禾不曾割，这有几株洒田间。这有遗漏麦捆子，那有丢弃禾穗子，孤寡老妇捡得欢。

成王亲到地头间，携妻带子观收成。饭菜送到田头上，事农官员喜心间。成王燃香来祭祀，红牛黑猪作牺牲。五谷好粮均供上，虔诚祭祀献供品，祈求上苍大福降。

（三）所反映的井田制及其演进

井田制由原始氏族公社土地公有制发展演变而来，其基本特点是实际耕作者对土地无所有权，而只有使用权。土地在一定范围内实行定期平均分配。

"井田"一词，最早见于《谷梁传·宣公十五年》："古者三百步为里，名曰井田……井田者，九百亩，公田居一。" 夏代曾实行过井田制。商、周两代的井田制因夏而来。井田制在长期实行过程中，从内容到形式均有发展和变化。井田制大致可分为八家为井而有公田与九夫为井而无公田两个系统。八家为井而有公田者，如《孟子·滕文公上》载："方里而井，井九百亩。其中为公田，八家皆私百亩，同养公田。公事毕，然后敢治私事。"九夫为井而无公田者，如《周礼·地官·小司徒》载："乃经土地而井牧其田野，九夫为井，四井为邑，四邑为丘，四丘为甸，四甸为县，四县为都，以任地事而令贡赋，凡税敛之事。"《小雅·大田》中的"雨我公田，遂及我私"就明确了这一税赋制度。当时的赋役制度为贡、助、彻，皆为服劳役于公田，其收入全部为国家所有，而其私亩收入全部为个人所有。这是一种"劳役租税"。

到春秋时期，由于铁制农具、耕牛的普及和土地兼并等诸多原因，井田制逐渐瓦解。

六、财税制度之两税制和"一条鞭法"

（一）反映两税制和"一条鞭法"的诗两首

秦中吟十首·重赋 ①

唐　白居易

厚地植桑麻，所要济生民。

生民理布帛，所求活一身。

身外充征赋，上以奉君亲。

国家定两税，本意在忧人。

厥初防其淫，明敕内外臣。

税外加一物，皆以枉法论。

奈何岁月久，贪吏得因循。

浚我以求宠，敛索无冬春。

织绢未成匹，缲丝未盈斤。

里胥迫我纳，不许暂逡巡。

岁暮天地闭，阴风生破村。

夜深烟火尽，霰雪白纷纷。

幼者形不蔽，老者体无温。

悲喘与寒气，并入鼻中辛。

昨日输残税，因窥官库门。

缯帛如山积，丝絮如云屯。

号为羡余物，随月献至尊。

夺我身上暖，买尔眼前恩。

进入琼林库，岁久化为尘。

【注释】

① 重赋：一作"无名税"。

送经理官黄侯还京

明　杨维桢

天子龙飞定两都，山川草木尽昭苏。

三吴履亩难为籍，四海均田喜有图。

海市鱼盐开斥卤，渺（mǎo）乡穉稏熟膏腴。

赏功行见承殊渥，此地重分汉以符。

（二）诗作背景及作者

①《秦中吟十首·重赋》写于唐元和五年（810 年）前后。此时，白居易创作了组诗《秦中吟十首》。"秦中"是指唐代长安一带。诗前小序曰："贞元、元和之际，予在长安，闻见之间，有足悲者。因直歌其事，命为《秦中吟》。"此诗为其中第二首。这些诗的内容多是有关改进租税、杜绝进奉和贪腐、关心百姓疾苦的感慨和建议。

白居易（772—846 年），字乐天，号香山居士，又号醉吟先生，华州下邽（今陕西渭南）人，唐代现实主义诗人。

②《送经理官黄侯还京》写于明洪武十四年（1381 年）。当时明朝廷为整顿清查浙西的土地，派周铸等 164 名官员（包括国子监监生）前往核田。黄侯乃黄万里，也在此次核田队伍之列。诗中洋溢着对新朝治土有方、编绘出鱼鳞图册的欣喜之情：大明天子九五之尊，定下南北两都，山川草木都恢复了生机，三吴本是难以实地考察、丈量之地，田亩难有册籍，如今通过这次核田，四海之田亩都有图可据了。

杨维桢（1296—1370 年），字廉夫，号铁崖，会稽（今浙江绍兴）人，元末明初诗人、文学家、书画家。著有《东维子文集》《铁崖先生古乐府》等。

（三）所反映的财税制度

1.白居易诗中的两税制

前面提到井田制到春秋时期已逐渐瓦解。引"布缕之征、粟米之征、力役之征"（出自《孟子》）为理论依据，自秦至唐这一段时期国家的正税，是按"租、调、役"（田租、特产、徭役）三个项目征收。到了隋代，国家规定百姓可输钱免役，由政府雇人代替，此为"庸"，"租调役"于是变成了"租庸调"，这一制度为唐朝沿袭。唐代的租庸调制：每年输粟二斛，稻三斛，为租；输绢二匹，绫、绞二丈，或布二丈五尺，绵三两，麻三斤，为调；每年服徭役二十天，免役者每免一天，输绢三匹，为庸。

隋唐制度田租按人丁征收，每人纳税相同（粟二斛，稻三斛）。这和前代按田产面积或者产量计田租有所不同，它的依据是均田制，这一制度下，男丁田产相同（每人受田一顷），当然就应该缴纳同样的田租。由此我们自然而然可以想到，当均田制破坏，土地兼并发展导致每人田产悬殊时，这一税收制度就不再公平；同时，租庸调制以人丁为收税对象，自然依赖于精密的户籍簿，唐初三年一造户籍簿，按簿授田收田并征租发调，结果公布于县衙门口，使人人皆知，官吏不得作弊。中唐以降，人口变动剧烈，户籍统计工作紊乱，官吏乘机徇私舞弊，随意加派勒索，至此，租庸调制再也难以坚持下去。

到大历十四年（779年）五月唐德宗继位时，均田制已趋于废弛，在农民失去土地的情况下，按丁征收的租庸调已成为他们沉重的负担，进而导致农民破产、逃亡。八月唐德宗以杨炎为宰相，开启了税制改革。建中元年（780年）正月，朝廷废租庸调制，颁行两税法。

所谓"两税"是唐朝实行的"秋夏两征"之税制，即夏税为六月、秋税为十一月交完，故称两税，原有的租庸调三个项目都并入两税，不得另征。两税法的主要原则，是不再区分土户（本籍）和客户（外籍），只向当地有资产和土地的在籍民户征税。

两税制主要有如下特点：

①"先度其数而赋于人，量出以制入"。换言之就是政府要用多少钱，就向百姓征收多少。具体实施时，朝廷参照前几年财政支出，先制定税收总额，再将这一税收额分配到各地，各地按税收配额制定税率。"量入为出"本意是要限制聚敛，但由于支出上没有准则，一旦财政拮据则以任意加征解决，反而造成了横征暴敛。

②"户无主客，以见居为簿"，即取消主籍客籍之分，从法律上承认客户的地位。由于税率并非由中央统一规定，而是由地方根据税收配额制定，造成往往人口越稠密的地区，人均税率就越低。在主客籍不分的情况下，其他地方的百姓纷纷迁入这一低税率地区，这种迁徙又反过来进一步增加了各地人口密度的差异和税率差异，形成恶性循环。

③"人无丁中，以贫富为差"，即按照资产多少决定纳税额，取消原来按人头固定征收造成的不公平。这有赖于对民户的资产状况的严格掌握，常年进行核对自然是应有之义，但自创此制，朝廷直到八年后才重新审定了一次。后来虽作了"三年一定，以为常式"的规定，但并没有执行。官僚贵族、地主富户可以用不报或少报的手段，达到少交赋税的目的。结果某些地区"十分田地，才税二三"，所谓"唯以资产为宗"的原则，实际上很难贯彻。

两税制三个项目合并为一，简单明了，但两税制最大的毛病就出在这上面。本来免役钱已经归入"两税"征收了，再有徭役就应该政府雇人去做，但时间一久，这一含义被人忘记了，各种徭役重新征收，到了宋代又收免役钱，实质上形成了重复征收。这一过程在此后的"一条鞭法""摊丁入亩"等改革中也都可以看到，比如"一条鞭法"将杂税并入正税征收，严禁此外另征。新税法创制之初的确是限制了巧立名目，但时间一久，各种杂税又冒出来了，成为重复征收。

2. 杨维桢诗作里的"以地产为本"的财税制

中国历史上的财政制度大致分为以人丁为本和以地产为本两个阶段。

（1）以人丁为本阶段

中国历史上的早期阶段，生产力水平低下，剩余产品有限且不稳定，国家必然以对劳动者人身的直接控制作为获得财政收入的主要方法，因此形成了以人丁为本的财政收入制度。按人丁征收赋役的财政原则，反映了专制国家在物质财富尚不丰富的条件下，通过控制劳动者人身来控制社会资源的制度取向。比如魏晋南北朝前期，各政权就将人口争夺作为战争的主要目标之一。

（2）以地产为本阶段

由于唐中期均田制度名存实亡、百姓逃避赋役、地主兼并等原因，不少农民远离故土，四处流散，没有固定的产籍，严重冲击了赋役征收，租庸调制难以为继，于是以地产为本获得财政收入的制度开始了，其标志是两税法的实施。以后，宋、元、明、清时期，以地产为本的财政收入格局基本保持不变。

《送经理官黄侯还京》中的鱼鳞图册，就是自宋代以后基本沿用的"以地产为本"的财税制度具体体现。鱼鳞图册是为征派赋役和保护封建土地所有权编制的土地登记簿册。因所绘田亩挨次排列，状如鱼鳞，故名。宋时婺州等地即曾编造。明洪武年间政府命各州县分区编造。至清光绪末年，仍有编造之举。鱼鳞图册亦作"鱼鳞册""鱼鳞图""鱼鳞图籍""鱼鳞簿"等名。《宝谟阁待制赠通议大夫陈公神道碑》记载："熙宁……自有保甲法，鱼鳞簿是也。"《明史·食货志一》："洪武二十年，命国子生武淳等，分行州县，随粮定区。区设粮长四人，量度田亩方圆，次以字号，悉书主名及田之丈尺，编类为册，状如鱼鳞，号曰鱼鳞图册。"清黄宗羲《明夷待访录·田制三》："鱼鳞册字号，一号以一亩准之，不得赘以奇零。如数亩而同一区者，不妨数号；一亩而分数区者，不妨一号。"《清史稿·食货志一》："寻又丈放凤凰、岫岩、安东、苇塘约十余万亩，按地编号，具鱼鳞图册，事在光绪末年。"从以上史料可知鱼鳞图册延续良久。吴晗《朱元璋传》第三章也曾指出，张士诚从起兵到败死，前后十四年，城破前他把征收赋税的鱼鳞图籍全部烧毁。可见鱼鳞图籍在国家财税制度中的重要性。

总之在中国历史的早期阶段，生产力水平低下，商品货币经济脆弱，财富剩余有限，以此为基础，为了维护统治，财政制度与社会经济相适应，与政治状况高度关联，财政制度中对劳动者人身的控制多于对土地的控制，财政收入结构表现为人头税以控制人丁为主。随着农业生产进步和商品货币经济的发展，力役和人头税逐渐被摊入土地，从以控制人丁为主演变为以控制地产为主。

黄仁宇在《我相信中国的前途》一书中写道："威尼斯可算一个特殊的国家，她可算资本主义的最先进。可是中国也是一个特殊的国家，他首先就把农业上的财富发展到世界各国之前，以后几百年却没有进步。"[1] 另外黄仁宇在《万历十五年》自序中写道："以总额而言，17 世纪末期的英国人口为 500 万，税收每年竟达 700 万英镑，折合约银 2000 余万两，和人口为 30 倍的中国大体相当。"[2] 从这些论述可知，古代中国作为一个大一统的专制国家，社会发展一直停留在以土地为主的传统农业生产状态，财税主要局限于地产的收益，缺乏工商业和金融资本等业态，当土地资源枯竭、吏治腐败、法律失衡时，则依然会出现财政紧张，最后沦落至落后挨打。

七、历史上两位财税改革者

历史上不乏国家治理中的理想主义者和改革家，比如"三不畏"的王安石和推行"一条鞭法"的张居正。这里且让我们从诗词里去发现两位财税改革主角的动力和他们的改革思路。

（一）中世纪"市场经济"的探索者——王安石

1. 经世济民的理想是其改革动力的由来

王安石的一生正处于北宋由盛转衰的年代。当时，北宋朝廷每年向契

---

[1] 黄仁宇. 我相信中国的前途 [M]. 北京：中华书局，2015：14.

[2] 黄仁宇. 万历十五年 [M]. 北京：生活·读书·新知三联书店，1997.

丹（后改称辽）、西夏交纳大量银绢作为"岁币"，以求和平。这年年岁岁的沉重经济负担终究是落到边境百姓身上。州县官衙敲诈勒索，百姓苦不堪言，遇到天灾，更无法生存。庆历六年（1046 年），北方遭受严重旱灾，王安石当时感受到这一严酷的社会现实，写下了《河北民》：

> 河北①民，生近二边②长苦辛。
>
> 家家养子学耕织，输与③官家④事夷狄⑤。
>
> 今年大旱千里赤，州县仍催给河役⑥。
>
> 老小相依来就南⑦，南人丰年自无食。
>
> 悲愁天地白日昏，路旁过者无颜色。
>
> 汝生不及贞观中，斗粟数钱⑧无兵戎⑨！

【注释】

① 河北：指黄河以北地区。

② 二边：指北宋与契丹、西夏接壤的地区。

③ 输与：送给，这里指缴税纳赋。

④ 官家：指朝廷。

⑤ 夷狄：这里指契丹和西夏。

⑥ 河役：治理黄河的工役。

⑦ 就南：到南方就食谋生。南，指黄河以南。

⑧ 斗粟数钱：史称贞观年间，境内大治，连年丰收，一斗米价仅三四文钱。

⑨ 兵戎：指战争。

王安石经世济民的理想早在其年轻时就已埋下了种子，在地方上坚守，一等就是 27 年。因此，类似《河北民》诗中这样严酷的社会现实进一步坚定了王安石推动国家改革的决心。

2. 一场以"市场经济"手段解决"三冗"的改革探索

治平四年（1067 年），宋神宗即位。"不抑兼并"的土地政策和冗官冗费造成了严重的社会问题和治理问题，加之辽、西夏的军事威胁和侵扰，当时北宋正面临严重的政治、经济和军事危机。作为"热血青年"的宋神宗为摆脱这一困境，大胆起用其在太子时就看重的王安石。熙宁元年（1068年）四月，王安石再次提出全面改革的想法，指出治国之道，首先要效法先代，革新现有法度，并勉励神宗效法尧、舜，简明法制。熙宁二年（1069年），宋神宗即诏王安石"越次入对"，次年拜参政知事，熙宁四年（1071年）拜王安石为同中书门下平章事。

有皇帝支持，王安石积攒了近半生（任参政知事时48岁）的经世济民的使命感一下迸发出来。他以制置三司条例司为主持变法的机构，统筹财政预算、收、支三个部门，计划用经济改革的方法和手段，解决"冗费、冗兵和冗官"的"三冗"问题。针对"冗费"问题，他推出了青苗法、农田水利法、免役法、均输法和市易法。主要思路是利用金融手段以及国家调控市场的能力，扩大财源，提高货物流转效率，增加国家收入，减少老百姓因高利贷、异地服役所遭受的沉重负担，打击囤积居奇，减少天灾人祸所带来的困苦。针对"冗兵"问题，王安石推出了保甲法、将兵法、裁兵法、保马法。主要思路是通过联防连坐、忙时务农、闲时练兵，实现裁汰老弱兵员、委托养马、战时征召，同时通过统治手段和市场经济手段，解决兵将分离、战马数量不足和军事训练问题，从而提高军队战斗力。针对"冗官"问题，王安石推出了贡举法、三舍法等改革科举、整顿太学的举措，从教育制度层面以及为国家治理服务的角度，进一步理顺人才培养、选拔和任用的机制。

可以说，王安石变法的核心就是富国、富民和强兵，他被列宁誉为"中国11世纪伟大的改革家"。从目前的市场经济理论和现实来看，王安石虽然没有提出市场经济的理论，但其国家治理理念和变法所采取的方法及措施已具备了市场经济的雏形，或许王安石在近代，也会是一个市场经济改革的倡导者和推动者。王安石这么先进的构想和做法会失败的原因，除了既得利益集团的反对、执行中操之过急、用人不当和个人性格等说法外，还有如易中天在《王安石变法》中所提出的"在全社会公民意识还不到位或未达成共识时，动用公权力来强行推动个人的社会理想"[1]这种解释。当然，

---

[1]　易中天. 王安石变法［M］. 杭州：浙江文艺出版社，2017：192.

最根本的原因还是如黄仁宇先生在《我相信中国的前途》一书中所说的当时社会还缺乏市场经济的条件 [1]。因市场经济所需的包括金融体系、财产保护法律制度、交通、信息等一系列经济要素还不具备，这场改革终究失败了。但我们还是要向中世纪"市场经济"的探索者王安石这个天才的改革家致敬！

（二）"一条鞭法"创制者——张居正

1. 理想和现实的反差是其改革动力的由来

张居正（1525—1582 年），字叔大，号太岳，明万历皇帝朱翊钧的老师，曾任首辅。历史上对其褒贬不一，但总的来说可称之为"一代名相"和明代的改革家。嘉靖二十六年（1547 年），张居正中进士，嘉靖四十三年（1564 年）充裕王（即后来的万历皇帝）讲官，这也是后来其"帝师"称号的由来。隆庆元年（1567 年）二月，张居正以吏部左侍郎兼东阁大学士，入值内阁，四月进礼部尚书、武英殿大学士，与高拱并为宰辅。万历初，诏为顾命重臣，与宦官冯保合谋，逐高拱，成为首辅。

张居正少年聪颖过人，是荆州府远近闻名的神童。嘉靖十五年（1536 年），12 岁的张居正参加童试，其机敏伶俐深得荆州知府李士翱的怜爱。李士翱嘱咐小白圭（张居正幼名"白圭"）要从小立大志，长大后尽忠报国，并替他改名为"居正"。张居正心目中的美好生活，可以在他曾经写的一首诗《牧》中有所反映：

> 是处桑麻好，田家乐事同。
>
> 耕夫闲白昼，牧竖趁春风。
>
> 短笛云山外，长林雨露中。
>
> 命俦（chóu）还藉草，相与说年丰。

但现实是他所处的时代正是明代社会矛盾空前尖锐的时期。当时土地兼并，税收难征；吏治腐败，冗员充塞；倭寇侵扰，北边不宁；黄淮时溃，

---

[1]　黄仁宇 . 我相信中国的前途 [M] . 北京 : 中华书局，2020：182-184.

百姓流离。这一社会现实可以反映在其《荒村》一诗中：

> 村落甚荒凉，年年苦旱蝗。
>
> 老翁佣纳债，稚子卖输粮。
>
> 壁破风生屋，梁颓月堕床。
>
> 那知牧民者，不肯报灾伤。

因此当其出任首辅时，其一腔报国济世的理想有望实现，正如他的《恭题文皇四骏图四首·其二》：

> 紫骝马，金络月。朝刷燕，晡秣越。
>
> 倜傥精权奇，超骧走灭没。
>
> 当年万马尽腾空，就中紫骝尤最雄。
>
> 战罢不知身着箭，飞来只觉足生风。
>
> 北风猎猎吹原野，长河水渐血流赭。
>
> 谁言百万倒戈中，犹有弯弧射钩者。

2. 财税改革的"一条鞭法"

明神宗继位时国家已呈没落景象，吏治败坏、军备废弛、财政几乎崩溃，各地民乱、沿海倭寇、东北边扰此起彼落。作为帝师的张居正深得明神宗母亲李太后的信任，使得他能够着手实行一系列改革。在张居正把持朝政的十年，他推动裁汰冗员，提高行政效率；清丈土地，减少支出，改善财政；在全国推行"一条鞭法"，改进赋税制度。另外他在整顿边防、治理河道方面也做了大量的工作。

在张居正推行的诸项改革措施中，"一条鞭法"影响最大。"鞭"亦作"编"，简称"条编法"。此法在嘉靖时期就屡行屡止。庞尚鹏曾行之于江南，海瑞曾行之于闽广，此法对于均平赋税，尤其是徭役颇见成效。其具体内容是"总括一州县之赋役，量地计丁，丁粮毕输于官。一岁之役，官为佥募。力差，则计其工食之费，量为增减；银差，则计其交纳之费，加以赠耗。凡额办、派办、京库岁需与存留、供亿诸费，以及土贡方物，悉并为一条，皆计亩征银，折办于官"。"一条鞭法"的实质是简化税制，先将赋和役分别归并，再将扰民最重的役逐步并入赋内。

通俗来说，"一条鞭法"就是把过去多达几十种的税、役名目都编成一条，通算一省的田租、人丁，通派一省的徭役，官收官解，除秋粮外，一律改折银两缴纳，把原来复杂的制度简化了，把实物赋税的绝大部分改为了货币缴纳。具体而言，首先是简化过去繁杂的环节，如过去南粮北运，运费由农民负担，往往超过正税很多，运输的损耗和路途的费用太多；其次是通过清丈土地，让一般老百姓不会被大户侵占权益，保证了田亩税赋的相对公平；最后是解决了百姓徭役的负担，由官府雇工应差，农民就可以安心生产了。

我们前面说到唐朝将以前的租庸调制改为庸入租调、夏秋两征的两税制，而"一条鞭法"上承唐代两税法下启清代摊丁入亩，是中国历史上具有深远历史影响的一次社会变革。但这一改革既是明代社会矛盾激化的被动之举，也是中国历史上商品经济发展到一定程度的主动选择。

"一条鞭法"的施行极大地触动了大地主以及当朝很多大官僚的自身利益，且将适合江南地区的税赋制度改革一成不变地推行到全国其他地区，造成了水土不服的问题。当然对于专制国家而言，政策支持者和政策执行人缺一不可，万历十年（1582 年）张居正病死后，"一条鞭法"失去了最有力的执行者。此后万历皇帝对张居正的清算和不再有力支持这一财税改革政策，使得"一条鞭法"就在政治斗争、利益争夺和皇帝的消极怠工中逐步瓦解并变质了。

美国历史学家黄仁宇在《十六世纪明代中国之财政与税收》中写道："一条鞭法的失败还有技术上的原因。中央政府既没有建立一个区域性的银库，也没有一个通常的采买机构。尽管地方政府的后勤保障能力有所提高，却仍然不足，还必须由民众无偿应役。税收解运仍然是由专门的接收部门对应专门的供应部门。一条鞭法简化了税收征管但是并未简化税务结构，虽然纳税人可以按总的税额缴纳税银，但在地方政府的账目上，所有税目却一一保留、无法化简，官方文件更为复杂。但根本的原因是国家没有足够的能力在与利益集团的斗争中推行法律。一条鞭法在设计上并不直接针对大户，改革并没有将绝大部分差徭转移到大土地所有者身上，反而是将其扩展到大多数纳税人身上，包括那些可能只有 5 亩地的小户身上，由于一条鞭法使税收征管权集中于地方政府，通过加收，州县官可以得到更多可支配收入，这成为他们破坏税法的重要原因。"[1]

　　作为明朝的国家重臣，张居正与北宋的王安石一样，也是一个有使命感和家国情怀的人。他曾引用于谦的《咏石灰》来表明自己为事业粉身碎骨的勇气和清白干净的情操。虽然张居正死后被剖棺戮尸，但其制定的减轻百姓负担、促进经济发展的制度和改革者的形象，正如其故宅题诗"恩怨尽时方定论，封疆危日见才难"一般，无可质疑。

小　结

　　选人用人制度和财税制度是国家治理的重要基石。从察举制到科举制的文官制度体系的历史演进，体现了中国大一统的制度运行和国家意志的执行，也为中国社会阶层的流动提供了制度保证和润滑剂，更为读书人煲了一壶"朝为田舍郎，暮登天子堂"的心灵鸡汤，但同时也带来了"万般皆下品，唯有读书高"的狭隘社会价值取向，偏离了"德智体美劳"全面素质人才培养的教育轨道。从"齐民编户"的"人丁税"到以土地为主的两税制等财税制度，支撑了传统中国的收支正常运行并加强了中国人的身份认同感。尽管也有像王安石、张居正这样肩负使命的改革者，但中国的财税主要局限于地产的收益，缺乏工商业和金融资本等业态，当社会矛盾积累到一定程度时，仍会爆发危机。

---

[1]　黄仁宇．十六世纪明代中国之财政与税收［M］．北京：生活·读书·新知三联书店，2015：105．

第五讲　从诗词里发现几种典型社会生活场景

　　提要：什么是社会生活？提起社会生活第一时间我们会想到什么？社会生活和我们个人生活是怎样的关系？一幅《清明上河图》，将中国人一千年前的家庭劳作、交通商贸、中医中药、百戏五行的众生百态刻画得淋漓尽致。画卷虽好，但其只能直观反映社会生活的静态和表象。在中国传统文化中，你知道曾经一个时期婚姻聘礼送大雁的寓意吗？同样美丽的女子，为什么刘兰芝为爱投水，花木兰为孝征战？如果要了解社会生活的动态和变迁，如果要理解特定政治环境和文化习俗所呈现的社会生活状态，或许可以循着诗词的韵律和节奏去探寻、发现曾经的文化习俗和典型场景。

一、一幅《清明上河图》所表现的生活百态

　　说到生活，第一时间我们会想到什么？是衣、食、住、行，还是婚姻家庭、男耕女织、工作学习？社会生活广义是指人们一切生活活动的典型方式和特征的总和，包括劳动生活、消费生活和精神生活，精神生活又包括政治生活、文化生活、宗教生活等活动方式。狭义是指个人及其家庭的日常生活的活动方式，包括衣、食、住、行以及休闲娱乐活动等。也可以说，一切反映我们在社会上生存状态的活动都可以称作社会生活。

　　如果用一幅画卷来呈现历史上中国人的社会生活，莫若选择北宋画家张择端的《清明上河图》所展示的社会生活场景。

　　在 5 米多长的画卷里，画家绘制了数量庞大的各色人物，牛、骡、驴等牲畜，车、轿、大小船只，其中房屋、桥梁、城楼等各具特色，体现了宋代建筑的特征。画中有 500 余人（甚至有超过 1000 人之说），牲畜 60 余匹（只），船只 20 余艘，房屋楼宇 30 余栋，树木 180 余棵。画作主要分为两部分：一部分是农村，一部分是街市。其中街市生动地反映了当时城市生活的方方面面。画卷以高大的城楼为中心，辅以两边鳞次栉比的屋宇，铺开了一幅热闹的商业休闲场景，有茶坊、酒肆、脚店、肉铺、庙宇、官署等。商店中有绫罗绸缎、珠宝香料、香火纸马等行当，此外尚有医药门诊、大车修理、看相算命、修面整容的服务门市，各行各业，应有尽有。大的商店还悬挂旗帜，招揽生意，街市行人，摩肩接踵，川流不息。人物刻画方面，有做生意的商贾，有看街景的士绅，有骑马的官吏，有叫卖的小贩，有乘坐轿子的大家眷属，有身负背篓的行脚僧人，有问路的外乡游客，有听说书的街巷小儿，有酒楼中狂饮的豪门子弟，有城边行乞的残疾老人，男女老幼，士农工商，三教九流，无所不有。仅对交通运载工具的描画，就包括轿子、骆驼、牛车、人力车、太平车和平头车，形形色色，样样俱全，把一派商业都市的繁华景象和人们的生存或生活状态绘色绘形地展现于人们的眼前。

　　一幅《清明上河图》，将中国人一千年前的衣食住行、家庭劳作、交通商贸、中医中药、百戏五行等众生百态刻画得淋漓尽致。画卷虽好，但其只能直观反映社会生活的静态和表象，如果要了解社会生活的动态和变迁，如果要理解特定政治环境和文化习俗所呈现的社会生活，或许可以循着诗词的韵律和节奏去探寻、发现。

　　从最早的《诗经》一直到现在，中国历史上的诗词浩若烟海，在言志抒情的同时，都会或多或少反映当时的社会面貌和生活状态，有祥和、有欢乐，也有悲伤。

二、祥和的社会生活场景

（一）表现美好社会生活的两宋诗词三首

望海潮①

北宋　柳永

东南形胜②，三吴③都会，钱塘④自古繁华。烟柳画桥，风帘翠幕，参差十万人家。云树绕堤沙。怒涛卷霜雪，天堑无涯。市列珠玑，户盈罗绮竞豪奢。

重湖⑤叠巘清嘉。有三秋⑥桂子，十里荷花。羌管弄晴，菱歌泛夜，嬉嬉钓叟莲娃。千骑拥高牙⑦。乘醉听箫鼓，吟赏烟霞。异日图将好景，归去凤池⑧夸。

【注释】

① 望海潮：词牌名。双调107字，前段11句五平韵，后段11句六平韵。

② 东南形胜：杭州在北宋为两浙路治所，当东南要冲。

③ 三吴：旧指吴兴、吴郡、会稽三郡，在这里泛指今江苏南部和浙江部分地区。

④ 钱塘：今浙江杭州。

⑤ 重湖：以白堤为界，西湖分为里湖和外湖，所以也叫重湖。

⑥ 三秋：秋季，亦指秋季第三月，即农历九月。

⑦ 高牙：高矗之军旗。

⑧ 凤池：全称凤凰池，原指皇宫禁苑中的池沼。此处指朝廷。

游山西村

南宋　陆游

莫笑农家腊酒①浑，丰年留客足鸡豚②。

山重水复疑无路，柳暗花明又一村。

箫鼓追随春社③近，衣冠简朴古风存。

从今若许闲乘月，拄杖无时夜叩门。

【注释】

① 腊酒：腊月里酿造的酒。

② 豚：小猪，诗中代指猪肉。

③ 春社：古代把立春后第五个戊日作为春社日，拜祭社公（土地神）和五谷神，祈求丰收。

田家谣

南宋 陈造

麦上场，蚕出筐，此时只有田家忙。

半月天晴一夜雨，前日麦地皆青秧。

阴晴随意古难得，妇后夫先各努力。

俟凉骤暖蚕易蛾①，大妇络丝中妇织。

中妇辍闲事铅华，不比大妇能忧家。

饭熟何曾趁时吃，辛苦仅得蚕事毕。

小妇初嫁当少宽，令伴阿姑②顽过日。

明年愿得如今年，剩贮③二麦饶丝绵。

小妇莫辞担上肩④，却放大妇当姑前⑤。

【注释】

① 蚕易蛾：蚕很快结茧，茧破则蛾出。

② 阿姑：即小姑。

③ 剩贮：意为能有多余的大麦、小麦和丝绵。

④ 担上肩：挑起家务的担子。

⑤ 当姑前：在婆婆前侍奉相陪。

（二）诗作背景及作者

1.《望海潮》

吴熊和在《柳永与孙沔的交游及柳永卒年新证》中考证，柳永的《望海潮》一词写于北宋至和元年（1054 年），为柳永在杭州赠资政殿学士，知杭州的孙沔作。

吴的说法见于陈元靓《岁时广记》卷三十一引杨湜《古今词话》："柳耆卿与孙相何为布衣交。孙知杭州，门禁甚严，耆卿欲见之不得，作《望海潮》之词，往谒名妓楚楚。曰：'欲见孙相，恨无门路。若因府会，愿借朱唇歌于孙相公之前。若问谁为此词，但说柳七。'中秋府会，楚楚宛转歌之，孙即日迎耆卿预坐。"由这个故事来看，这首词是一首干谒词，目的是请求对方为自己举荐。

柳永（约 984—1053 年），字耆卿，崇安（今福建武夷山）人。虽为景祐元年（1034 年）进士，但其为人潇洒不羁。其词多描绘城市风光与歌妓生活，尤长于抒写羁旅行役之情。词风婉约，词作甚丰，是一个专力写词的词人，特别是对北宋慢词的兴盛和发展有重要作用。词作流传极广，有"凡有井水处，皆能歌柳词"之说。

2.《游山西村》

陆游的《游山西村》作于南宋乾道三年（1167 年）初春，当时陆游正罢官闲居在故乡山阴（今浙江绍兴）。在此之前，陆游曾任隆兴府（今江西南昌）通判，因在隆兴二年（1164 年）积极支持抗金将帅张浚北伐，符离战败后，遭到朝廷中主和投降派的排挤打击，以"交结台谏，鼓唱是非，力说张浚用兵"的罪名，从而在隆兴府通判任上罢官归乡。陆游回到家乡的心情是相当复杂的，苦闷和激愤的感情交织在一起，然而他并不心灰意冷，在家闲居的日子里，依然从农家知足常乐的生活中感受到温暖和希望，并将这种感受寓于自己的诗歌创作里。

3.《田家谣》

《田家谣》作于南宋庆元二年（1196 年）。

陈造（1133—1203 年），字唐卿，高邮（今江苏金湖闵桥镇）人。南宋淳熙二年（1175 年）进士，曾任繁昌尉、定海知县，官至淮南西路安抚司参议。作此诗时作者在通判房州权知州事任上。因为风调雨顺和辛勤劳作，当地便出现了孟子所说的"乐岁终身饱"的景况。作者看到田家丰收后的喜悦，于是作诗以表赞叹之情。

（三）繁华胜景、平和知足的社会生活的呈现

1.《望海潮》不仅仅表现了江南胜景

《望海潮》上半阕通过对历史、地理、人口、建筑和商业的描写，全面、鸟瞰式地展现了杭州的全貌。"东南形胜"点出杭州重要的战略位置；"烟柳画桥"写出了街巷河桥的美丽；"风帘翠幕"写出了居民住宅的雅致；"参差十万人家"一句表现出整个都市的人口稠密和繁庶。"云树"三句，写出了钱塘江堤迤逦曲折、郁郁苍苍以及钱塘江潮的澎湃与浩荡；"市列"三句，只需"珠玑"和"罗绮"两词，便表现出市场的繁荣、市民的富足。

下半阕重点描写西湖。景物描绘和生活气息的结合，整体勾勒出一派湖山之美，既反映出西湖的秀丽，也体现出灵隐山、南屏山、慧日峰等山岭叠翠的宁静含蓄。而"三秋桂子，十里荷花"则把西湖乃至整个杭州最美的特征概括出来，具有震撼人心的艺术力量。中间数句则将百姓"羌管弄晴，菱歌泛夜"的欢乐神态作了栩栩如生的描绘，生动地描绘了一幅国泰民安、祥和富足的社会生活场景。

人们总认为两宋是中国王朝中疆域较小、并不富强的一个朝代，缺少了汉唐壮阔的气象。但实际上两宋相比中国历史上的其他王朝，也是一个社会相对稳定、经济文化高度繁荣的时代，社会生活也呈现出繁荣富裕的状态。

元初时的杭州没有遭遇战争的破坏，只是经历了政权更迭。来到杭州的

马可·波罗在其游记中感叹道："行在城（指杭州）所供给之快乐，世界诸城无有及之者，人处其中，自信为身处天堂。"[1]他将心中的"华贵天城"描绘下来传播到欧洲，掀起了东方淘金热。关于杭州的社会生活，马可·波罗的观察几乎无所不包，从市井生活到旧市皇城，从鸡鸭供应到丝绸纺织，从桥梁道路到西湖游赏，甚至还有前朝掌故，好像与柳永《望海潮》一诗相映成趣。

费正清在《中国：传统与变迁》一书中认为："（宋朝）都市化是当时社会的又一特点。……这种新型城市化文化的一个主要特点是平民思想的胜利。尽管中国直到初唐时期和其他强大的民族一样富于尚武精神，但从宋朝开始中国文明的特点发生变化，和西方现代都市化社会一样，开始格外重视平民生活水平而对戎马生涯不屑一顾。……在都市化的背景下，高雅文化与前代相比更为精致、多元，参与者也大大增加了。都市的生活方式与娱乐方式自然也兴盛起来。尽管在西方，打猎和赛马等乡村娱乐方式在某些圈子中一直持续到今天，但高度文明的中国人早在 1000 年前就摒弃了这类活动。"[2]这段话让我们更好地理解了《望海潮》所反映的宋代社会生活以及所表现出的高度文明。

2. 平和知足一直是中国人追求的社会生活

①《游山西村》是一首纪游抒情诗，抒写江南农村日常生活。全诗初记村社农家，次描村社景物，复述村社生活，末写村社夜游，以所见所闻"游"的笔触刻画了村社的社会生活全貌，将宁静的山村自然风光与淳朴的村民习俗和谐地表现出来，构成了一幅九百年前中国人民在宁静的自然环境下的平和、恬淡的社会生活画作。"山重水复疑无路，柳暗花明又一村"不仅反映了诗人对前途所抱的希望，道出世间事物消长变化的辩证观念，也体现出中国人世界观中"玉汝于成、否极泰来"的坚韧不拔的普遍精神。

②《田家谣》这首诗通过描写一户农家在春末夏初劳动、生活的场景，呈现了一幅充溢着浓郁生活情趣、质朴纯美的风俗画，反映了一个农桑相对

[1] 马可·波罗. 马可·波罗游记 [M]. 大陆桥翻译社，译. 北京：远方出版社，2003：169-171.

[2] 费正清，赖肖尔. 中国：传统与变迁 [M]. 张沛，张源，顾思兼，译. 北京：世界知识出版社，2002：158-161.

丰饶之年，通过对农家的生活状态以及季节更替的生活和劳作的直观描述，表现了三个方面的生活场景：一是通过三个媳妇、一个少女（小姑）四位女子生活场景的刻画，反映了全家男女老少各有分工、共同努力的亲情。二是通过耕种、浇灌、养蚕、缫丝、织布等紧张劳动的场面，反映了中国农民的勤劳以及忙里偷闲的欢愉。三是通过"麦上场，蚕出筐"的场景和"明年愿得如今年，剩贮二麦饶丝绵"的愿望，表达了古代中国农民对未来美好生活向往的朴素理想。

（四）《望海潮》竟让完颜亮梦断江南

多情才子柳永的这首词将江南的美景和繁华的生活刻画得如此生动，怎不令人神往？据说，当此词流播到金国后，金主海陵王完颜亮读后，周身热血沸腾，有慕于"三秋桂子，十里荷花"的人间天堂，遂起投鞭渡江之志，亲任统帅，组织了一支浩浩荡荡的征南大军，欲征服南宋，夺取临安。谁知半路上金国宫廷政变，完颜亮命送南征之途，梦断江南。当然这首词引发一场战争的故事只是一种说法，实际上是中华优秀传统文化对我国古代周边民族的一种吸引和辐射，无论是否有柳永这首词，金国与南宋的战争都是不可避免的。

在正史中，完颜亮这个金朝皇帝名声很不好，被杀身亡后只被称为海陵王。实际上，他在推动民族融合、加速经济社会文明进程方面功不可没。他力主迁都北京，结束所谓的"南北对峙"，以南北融合的方式重新规划了中华帝国的区域平衡，由内陆中国向着"天下中国"的历史进程跨出了关键的一步[1]。在定都北京的时候，完颜亮曾说了这样一段深刻的话："国家凶吉，在德不在地。使桀、纣居之，虽卜善地何益。使尧、舜居之，何用卜焉！"[2]

由此可知，完颜亮是一个欲成就大业的人物。据传，完颜亮曾作《念奴娇·天丁震怒》（又称《念奴娇·咏雪》）一首，写金宋水战。其借漫天大雪的场景，抒发了作为一名战士和帝王诗人的豪情与杀气。词曰：

---

[1]　韩毓海 . 天下：包纳四夷的中国 [M] . 北京：九州出版社，2011：125.

[2]　脱脱，等 . 金史：第一册 [M] . 北京：中华书局，1975：100.

天丁震怒，掀翻银海，散乱珠箔。六出奇花飞滚滚，平填了山中丘壑。皓虎颠狂，素麟猖獗，掣断真珠索。玉龙酣战，鳞甲满天飘落。

谁念万里关山，征夫僵立，缟带沾旗脚。色映戈矛，光摇剑戟，杀气横戎幕。貔虎豪雄，偏裨英勇，共与谈兵略。须拼一醉，看取碧空寥廓。

尤其结尾"须拼一醉，看取碧空寥廓"句，清刘逢禄说此句为"华夏乃一新夷狄也"的绝唱。刘说之意，即推动中国而变为"天下"者，就是胡化的汉人和汉化的胡人。自此，所谓中国正统的标准，就成为一个多民族混合的标准，进一步强化了中华文明一元多体的属性。

史学家陈寅恪在《李唐氏族之推测后记》中也强调了这一说法，认为李唐一族之所以崛兴，是取塞外野蛮精悍之血，注入中原文化颓废之躯，旧染既除，新机重启，扩大恢张，因此能再创空前之世局。这正是"胡马新风入汉来"的文明融合与文明传承、发展的历史呈现。

三、不同地域女子的社会生活场景

（一）表现南方、北方女子生活的诗词两首

孔雀东南飞

汉乐府

孔雀东南飞，五里一徘徊①。

"十三能织素②，十四学裁衣，十五弹箜篌③，十六诵诗书。十七为君妇，心中常苦悲。君既为府吏，守节情不移。贱妾留空房，相见常日稀。鸡鸣入机织，夜夜不得息。三日断五匹，大人故嫌迟④。非为织作迟，君家妇难为！妾不堪驱使，徒留无所施。便可白公姥⑤，及时相遣⑥归。"

府吏得闻之，堂上启阿母："儿已薄禄相⑦，幸复得此妇。结发⑧同枕席，黄泉共为友。共事二三年，始尔未为久。女行无偏斜，何意致不厚⑨？"

阿母谓府吏："何乃太区区⑩！此妇无礼节，举动自专由⑪。吾意久怀忿，

汝岂得自由！东家有贤女，自名秦罗敷。可怜体无比，阿母为汝求。便可速遣之，遣去慎莫留！”

府吏长跪告：“伏惟^⑫启阿母，今若遣此妇，终老不复取^⑬！”

阿母得闻之，槌床便大怒：“小子无所畏，何敢助妇语！吾已失恩义，会不相从许！”

府吏默无声，再拜还入户。举言谓新妇^⑭，哽咽不能语：“我自不驱卿，逼迫有阿母。卿但暂还家，吾今且报府^⑮。不久当归还，还必相迎取。以此下心意，慎勿违吾语。”

新妇谓府吏：“勿复重纷纭^⑯。往昔初阳岁^⑰，谢家来贵门。奉事循公姥，进止敢自专？昼夜勤作息，伶俜萦苦辛^⑱。谓言无罪过，供养卒大恩；仍更被驱遣，何言复来还！妾有绣腰襦^⑲，葳蕤^⑳自生光；红罗复斗帐，四角垂香囊；箱^㉑帘^㉒六七十，绿碧青丝绳，物物各自异，种种在其中。人贱物亦鄙，不足迎后人，留待作遗施^㉓，于今无会因。时时为安慰，久久莫相忘！”

鸡鸣外欲曙，新妇起严妆^㉔。著我绣夹裙，事事四五通。足下蹑^㉕丝履，头上玳瑁^㉖光。腰若流纨素，耳著明月珰^㉗。指如削葱根，口如含朱丹。纤纤作细步，精妙世无双。

上堂拜阿母，阿母怒不止。“昔作女儿时，生小出野里。本自无教训，兼愧贵家子。受母钱帛多，不堪母驱使。今日还家去，念母劳家里。”却^㉘与小姑别，泪落连珠子。“新妇初来时，小姑始扶床；今日被驱遣，小姑如我长。勤心养公姥，好自相扶将。初七^㉙及下九^㉚，嬉戏莫相忘。”出门登车去，涕落百余行。

府吏马在前，新妇车在后。隐隐何甸甸，俱会大道口。下马入车中，低头共耳语：“誓不相隔卿，且暂还家去；吾今且赴府，不久当还归。誓天不相负！”

新妇谓府吏：“感君区区^㉛怀！君既若见录^㉜，不久望君来。君当作磐石，妾当作蒲苇，蒲苇纫^㉝如丝，磐石无转移。我有亲父兄，性行暴如雷，恐不任我意，逆以煎我怀。”举手长劳劳，二情同依依。

入门上家堂，进退无颜仪。阿母大拊掌^㉞，不图子自归："十三教汝织，十四能裁衣，十五弹箜篌，十六知礼仪，十七遣汝嫁，谓言无誓^㉟违。汝今何罪过，不迎而自归？"兰芝惭阿母："儿实无罪过。"阿母大悲摧。

还家十余日，县令遣媒来。云有第三郎，窈窕世无双。年始十八九，便言多令才。

阿母谓阿女："汝可去应之。"

阿女含泪答："兰芝初还时，府吏见丁宁^㊱，结誓不别离。今日违情义，恐此事非奇。自可断来信^㊲，徐徐更谓之。"

阿母白媒人："贫贱有此女，始适还家门。不堪吏人妇，岂合令郎君？幸可广问讯，不得便相许。"

媒人去数日，寻遣丞请还，说有兰家女，丞籍有宦官。云有第五郎，娇逸未有婚。遣丞为媒人，主簿^㊳通语言。直说太守家，有此令郎君，既欲结大义，故遣来贵门。

阿母谢媒人："女子先有誓，老姥岂敢言！"

阿兄得闻之，怅然心中烦。举言谓阿妹："作计何不量！先嫁得府吏，后嫁得郎君，否泰^㊴如天地，足以荣汝身。不嫁义郎^㊵体，其往欲何云？"

兰芝仰头答："理实如兄言。谢家事夫婿，中道还兄门。处分适兄意，那得自任专！虽与府吏要，渠会^㊶永无缘。登即相许和，便可作婚姻。"

媒人下床去，诺诺复尔尔。还部白府君^㊷："下官^㊸奉使命，言谈大有缘。"府君得闻之，心中大欢喜。视历复开书，便利此月内，六合^㊹正相应。良吉三十日，今已二十七，卿可去成婚。交语速装束，络绎如浮云。青雀白鹄舫^㊺，四角龙子幡^㊻。婀娜随风转，金车玉作轮。踯躅青骢马^㊼，流苏^㊽金镂鞍。赍^㊾钱三百万，皆用青丝穿。杂彩三百匹，交广^㊿市鲑⁽⁵¹⁾珍。从人四五百，郁郁登郡门。

阿母谓阿女："适得府君书，明日来迎汝。何不作衣裳？莫令事不举！"

阿女默无声，手巾掩口啼，泪落便如泻。移我琉璃榻⁽⁵²⁾，出置前窗下。左手持刀尺，右手执绫罗。朝成绣夹裙，晚成单罗衫。晻晻⁽⁵³⁾日欲暝，愁思出门啼。

府吏闻此变，因求假暂归。未至二三里，摧藏(54)马悲哀。新妇识马声，蹑履相逢迎。怅然遥相望，知是故人来。举手拍马鞍，嗟叹使心伤："自君别我后，人事不可量。果不如先愿，又非君所详。我有亲父母，逼迫兼弟兄。以我应他人，君还何所望！"

府吏谓新妇："贺卿得高迁！磐石方且厚，可以卒千年；蒲苇一时纫，便作旦夕间。卿当日胜贵，吾独向黄泉！"

新妇谓府吏："何意出此言！同是被逼迫，君尔妾亦然。黄泉下相见，勿违今日言！"执手分道去，各各还家门。生人作死别，恨恨那可论？念与世间辞，千万不复全！

府吏还家去，上堂拜阿母："今日大风寒，寒风摧树木，严霜结庭兰。儿今日冥冥(55)，令母在后单。故作不良计(56)，勿复怨鬼神！命如南山石，四体康且直！"

阿母得闻之，零泪应声落："汝是大家子，仕宦于台阁。慎勿为妇死，贵贱情何薄！东家有贤女，窈窕艳城郭，阿母为汝求，便复在旦夕。"

府吏再拜还，长叹空房中，作计乃尔立。转头向户里，渐见愁煎迫。

其日牛马嘶，新妇入青庐(57)。奄奄(58)黄昏(59)后，寂寂人定初。"我命绝今日，魂去尸长留！"揽裙脱丝履，举身赴清池。

府吏闻此事，心知长别离。徘徊庭树下，自挂东南枝。

两家求合葬，合葬华山(60)傍。东西植松柏，左右种梧桐。枝枝相覆盖，叶叶相交通。中有双飞鸟，自名为鸳鸯。仰头相向鸣，夜夜达五更。行人驻足听，寡妇起彷徨。多谢后世人，戒之慎勿忘！

【注释】

① 徘徊：汉代乐府诗常以飞鸟徘徊起兴，以写夫妇离别。

② 素：白绢。

③ 箜篌（kōng hóu）：古代的一种弦乐器，形如筝、瑟。

④ 大人故嫌迟：婆婆故意嫌我织得慢。

⑤ 白公姥（mǔ）：禀告婆婆。

⑥ 遣：女子出嫁后被夫家休弃回娘家。

⑦ 薄禄相：官禄微薄的相貌。

⑧ 结发：束发。古时候的人到了一定的年龄（男子20岁，女子15岁）才把头发结起来，算是到了成年，可以结婚了。

⑨ 致不厚：招致不喜欢。

⑩ 区区：小，这里指见识短浅。

⑪ 自专由：自作主张的意思。

⑫ 伏惟：趴在地上想。古代下级对上级或小辈对长辈说话表示恭敬的习惯用语。

⑬ 取：通"娶"，娶妻。

⑭ 新妇：媳妇（不是新嫁娘）。"新妇"是汉代末年对已嫁妇女的通称。

⑮ 报府：赴府，指回到庐江太守府。

⑯ 勿复重（chóng）纷纭：不必再添麻烦吧。也就是说，不必再提接她回来的话了。

⑰ 初阳岁：农历冬末春初。

⑱ 伶俜（pīng）萦（yíng）苦辛：孤孤单单，受尽辛苦折磨。伶俜，孤单的样子。萦，缠绕。

⑲ 绣腰襦（rú）：绣花的齐腰短袄。

⑳ 葳蕤（wēi ruí）：草木繁盛的样子，这里形容短袄上刺绣的花叶繁多而美丽。

㉑ 箱：衣箱。

㉒ 帘：通"奁"，古代妇女梳妆用的镜匣。

㉓ 遗（wèi）施：赠送，施予。

㉔ 严妆：整妆，郑重地梳妆打扮。

㉕ 蹑（niè）：踩，踏，这里指穿鞋。

㉖ 玳瑁（dài mào）：一种海龟，甲壳可制成装饰品。

㉗ 珰（dāng）：耳坠。

㉘ 却：从堂上退下来。

㉙ 初七：指农历七月七日，旧时妇女在这天晚上在院子里陈设瓜果，向

织女星祈祷，祈求提高刺绣缝纫技巧，称为“乞巧”。

㉚下九：古人以每月的二十九为上九，初九为中九，十九为下九。在汉朝时候，每月十九日是妇女欢聚的日子。

㉛区区：这里是诚挚的意思，与上面“何乃太区区”中的“区区”意思不同。

㉜若见录：如此记住我。

㉝纫：通“韧”，柔韧牢固。

㉞拊（fǔ）掌：拍手，这里表示惊异。

㉟誓：似应作“諐”。諐，古“愆”（qiān）字，愆违，过失。

㊱丁宁：同“叮咛”。

㊲断来信：回绝来做媒的人。断，回绝。信，使者，指媒人。

㊳主簿：太守的属官。

㊴否（pǐ）泰：都是《易经》中的卦名。这里指运气的好坏。否，坏运气。泰，好运气。

㊵义郎：男子的美称，这里指太守的儿子。

㊶渠会：同他相会。渠，他。一说是那种相会。渠，那。

㊷府君：对太守的尊称。

㊸下官：县丞自称。

㊹六合：古时候迷信的人，结婚要选好日子，要年、月、日的干支（干，天干，甲、乙、丙、丁……支，地支，子、丑、寅、卯……）合起来都相适合，这叫“六合”。

㊺舫（fǎng）：船。

㊻龙子幡（fān）：绣龙的旗帜。

㊼青骢（cōng）马：青白杂毛的马。

㊽流苏：用五彩羽毛做的下垂的缨子。

㊾赍（jī）：赠送。

㊿交广：交州、广州，古代政区名，这里泛指今广东、广西一带。

(51)鲑（xié）：这里是鱼类菜肴的总称。

○52 榻：坐具。

○53 晻晻（yǎnyǎn）：日色昏暗无光的样子。

○54 摧藏：摧折心肝。藏，脏腑。

○55 日冥冥：原意是日暮，这里用太阳下山来比喻生命的终结。

○56 不良计：不好的打算（指自杀）。

○57 青庐：用青布搭成的篷帐，举行婚礼的地方。

○58 奄奄：通"晻晻"。

○59 黄昏：古时计算时间按十二地支将一日分为十二个"时辰"。"黄昏"是"戌时"（相当于现代的晚上 7 点至 9 点）。下句的"人定"是"亥时"（相当于现代的晚上 9 点至 11 点）。

○60 华山：庐江郡内的一座小山。

木兰诗

北朝民歌

唧唧①复唧唧，木兰当户织。不闻机杼声，唯闻女叹息。问女何所思，问女何所忆？女亦无所思，女亦无所忆。昨夜见军帖②，可汗③大点兵，军书十二卷，卷卷有爷④名。阿爷无大儿，木兰无长兄，愿为市鞍马，从此替爷征。

东市买骏马，西市买鞍鞯，南市买辔头，北市买长鞭。旦辞爷娘去，暮宿黄河边，不闻爷娘唤女声，但闻黄河流水鸣溅溅。旦辞黄河去，暮至黑山⑤头，不闻爷娘唤女声，但闻燕山胡骑⑥鸣啾啾。

万里赴戎机，关山度若飞。朔气传金柝⑦，寒光照铁衣。将军百战死，壮士十年归。

归来见天子，天子坐明堂。策勋十二转，赏赐百千强。可汗问所欲，木兰不用尚书郎⑧，愿借明驼千里足，送儿还故乡。

爷娘闻女来，出郭相扶将；阿姊闻妹来，当户理红妆；小弟闻姊来，磨刀霍霍向猪羊。开我东阁门，坐我西阁床。脱我战时袍，著我旧时裳。当窗理云鬓⑨，对镜帖花黄⑨。出门看火伴，火伴⑩皆惊惶。同行十二年，不知木兰是女郎。

雄兔脚扑朔，雌兔眼迷离，双兔傍地走，安能辨我是雄雌！

【注释】

① 唧唧：纺织机的声音。

② 军帖：征兵的文书。

③ 可汗：古代北方少数民族对君主的称呼。

④ 爷：和下文的"阿爷"一样，都指父亲。当时北方呼父亲为"阿爷"。

⑤ 黑山：今呼和浩特东南。

⑥ 胡骑（jì）：胡人的战马。胡，古代对北方少数民族的称呼。

⑦ 朔气传金柝（tuò）：北方的寒气传送着打更的声音。朔，北方。金柝，即刁斗。古代军中用的一种铁锅，白天用来做饭，晚上用来报更。一说金为刁斗，柝为木柝。李善注："金，谓刁斗也。卫宏《汉旧仪》曰：昼漏尽，夜漏起，城门击刁斗，周庐击木柝。"

⑧ 尚书郎：官名，魏晋以后在尚书台（省）下分设若干曹（部），主持各曹事务的官通称尚书郎。

⑨ 帖花黄：当时流行的一种化妆款饰，把金黄色的纸剪成星、月、花、鸟等形状贴在额上，或在额上涂一点黄的颜色。帖，同"贴"。花黄，古代妇女的一种面部装饰物。

⑩ 火伴：古时兵制，十人为一火，火伴即同火的人。

（二）诗作背景及作者

1.《孔雀东南飞》

原题为《古诗为焦仲卿妻作》，取材于东汉时期发生在庐江郡（今安徽怀宁、潜山一带）的一桩婚姻悲剧。因诗作首句为"孔雀东南飞，五里一徘徊"，故又有《孔雀东南飞》诗名。该诗主要描述了焦仲卿、刘兰芝夫妇新婚伊始，便因婆媳关系和家庭琐事被迫分离并双双自杀的故事，反映了自古以来的婆媳矛盾及婚嫁方式，同时也体现了焦刘夫妇的真挚感情和反抗精神。

　　《孔雀东南飞》最早见于南朝陈国徐陵（507—583 年）编《玉台新咏》卷一，题为《古诗为焦仲卿妻作》。《乐府诗集》载入"杂曲歌辞"，原题为《焦仲卿妻》。《孔雀东南飞》是中国文学史上第一部长篇叙事诗，也是乐府诗发展史上的高峰之作，后人将其与北朝的《木兰诗》并称为"乐府双璧"。

　　2.《木兰诗》

　　该诗是一首北朝民歌，北宋郭茂倩《乐府诗集》将其归入《横吹曲辞·梁鼓角横吹曲》中。这是一首长篇叙事诗，讲述了一个叫木兰的女孩女扮男装，替父从军，在战场上建立功勋，回朝后不愿作官，只求回家团聚的故事，热情赞扬了这位女子忠孝善良的品质、保家卫国的热情和英勇无畏的精神。

　　《木兰诗》产生的时代众说纷纭，但据其最早见于南朝陈代释智匠所撰的《古今乐录》，可证其产生之时代不晚于陈。诗中称天子为"可汗"，征战地点皆在北方，则其产生之地域在北朝所统治的地区。诗中有"旦辞黄河去，暮至黑山头""但闻燕山胡骑声啾啾"等语。黑山即杀虎山，在今内蒙古呼和浩特东南，距黄河不远。燕山指燕然山，即今蒙古国杭爱山。据此，《木兰诗》中之战事，当发生于北魏与柔然之间。柔然是北方游牧民族，与北朝诸政权发生过多次战争。而最主要之战场，正是黑山、燕然山一带。429 年，北魏太武帝北伐柔然，便曾经过黑山和燕然山。此诗至唐代已广为传诵，唐代韦元甫有拟作《木兰歌》，可以为证。因此，学者们大都认为民歌《木兰诗》产生于北朝后期。

（三）南方北方，不一样的女子生活状态

　　实际上《木兰诗》已是汉乐府进一步走向民间艺术的创作方式，即南北朝民歌。在不同的时代和文化语境下，其诗歌也自然呈现出不同的色彩和情感。两首诗除了集中描写了女子的成长、所思所想和生活状态以外，还反映出当时的社会制度、礼制、日常生活、女子装束、婚姻感情等各方面的社会生活。因此会出现同样美丽的女子，因为南北地域和文化习俗的不同，其生活状态和命运也不一样。

1. 呈现了不同的社会文化习俗

（1）《孔雀东南飞》所表现的社会文化习俗

《孔雀东南飞》的创作背景可推断为东汉末年，是根据流传于庐江郡（今安徽安庆）的一个真实故事改编而成。此地属于淮河以南、长江之滨，在中国历史上属于标准的南方。

自汉武帝时期大儒董仲舒提出"罢黜百家，独尊儒术"后，儒家那套伦理纲常在国家社会治理和文化习俗方面逐渐占据了统治地位，并发展到了相当完备严密的程度。在婚姻制度方面就有"七出""天下无不是之父母"等规定。所谓"七出"是指家庭中的妻子如果表现出不孝顺父母、无子、淫、妒、有恶疾、口多言、窃盗等七种行为之一，丈夫及其家族便可以要求休妻（即离婚）。

从家世可知，按中国"门当户对"嫁娶的传统文化习俗，刘兰芝应属于官宦家庭，故有后面太守欲为其子娶之一说。从"十三能织素，十四学裁衣，十五弹箜篌，十六诵诗书"的诗句可知，刘兰芝从小除习女红外，还饱读诗书以及学习音律，其文化教育程度和艺术修养都很高，但其所背负的传统礼教的包袱仍异常沉重，"天下无不是之父母"的礼教正是产生焦刘悲剧的主要原因。

（2）《木兰诗》所反映的社会文化习俗

《木兰诗》的创作背景可推断为南北朝时期。北魏自建国以来，经过五十余年的征战，于北魏太延五年（439年）统一了北方，其制度基本沿袭了秦汉以来传统的君主专制的政治制度。

府兵制也称军户制，就是把军籍与民籍分开，列入军户籍的人家世世代代要出人当兵。府兵制起源于北魏时期鲜卑人当兵、汉人务农的政策，完善于北朝西魏权臣宇文泰大统年间（535—551年）。历北周、隋至唐初期而日趋完备，唐太宗时期达到鼎盛，唐玄宗天宝年间（742—755年）停废，历时约二百年。其制度特点是府兵全家可以免除赋役，当兵成为鲜卑人的专利。

府兵制正式成为制度大致分为三个阶段：第一阶段，西魏宇文泰当政时期（535—556 年），主要是把乡兵和增募豪右纳入六柱国统领系统之内，构成一个新的军事体系；第二阶段，北周明帝元年至建德元年（557—572 年），主要是乡兵经过初步整顿，二十四军得到确立和巩固；第三阶段，建德元年至大象二年（572—580 年），主要是进一步扩充府兵，府兵担任侍卫及制度化。

从木兰的家世可知，木兰的家庭属于北朝的一个普通军户家庭，即家中世代有人从军。从"唧唧复唧唧，木兰当户织"可知，无论是北方、南方，对于女子而言，习女红依然是共同的传统教育和习俗。终北朝近二百年，虽然在北魏孝文帝时期整体上实现了"去胡入汉"，但其前期崇尚道教、后期崇尚佛教，儒家的礼教并未成为社会生活行为规制的主流。因此，木兰少了一些礼教束缚，加之木兰也是军户子弟，因此无论是思想上还是行动上，都体现了北朝女子社会生活与南朝的不同。

2. 呈现了不同的嫁娶制度及容妆状况

（1）历史上传统的婚嫁文化

当代社会讲究男女平等，尤其是中华人民共和国成立后，"女人能顶半边天"的口号让女性的社会地位提升到全新的高度，关于婚嫁的历史传统和风俗已被相对淡化。这两首诗尤其是《孔雀东南飞》可让我们再一次回顾历史上女子婚嫁的相关礼仪。

历史上女子的嫁娶对于大户人家或士绅以上阶层而言，通常要经过"三书六礼"的过程，对于平民百姓而言通常讲求"三媒六聘"。当然不是所有家庭的女子婚嫁时都需要或能够实现"三媒六聘"，更多时候会根据实际生活状态对过程进行适当简化。

"三书"是结婚过程中所用的文书，可以说是过去保障婚姻有效的文字记录，包括聘书、礼书和迎书。聘书是订亲之文书，是在纳吉（男女订立婚约）时，男家交予女家之书束。礼书是过大礼时所用的文书，列明过大礼的物品和数量。迎书是迎娶新娘之文书。

"三媒"是指平民家庭的父母包办婚姻中，通常都会有三个媒人出现，一个男方家庭聘请的媒人，一个女方家庭聘请的媒人，还有一个双方搭线牵桥的媒人，这就是"三媒"。

"六礼"和"六聘"是指婚嫁过程的六种礼法或六个程序，包括：纳采、问名、纳吉、纳征、请期、亲迎。也就是说在经过了这六种礼仪或程序后，婚姻才正式成立。"纳采"俗称"说媒"，是指男方家长请媒人向物色好的女方家提亲时送礼。比如先秦时，男方要以大雁为纳采之礼，寓意着好雁知时节，秋天大雁南归之意——"向男"。"问名"是指女方家长接受提亲后，将女儿的年庚八字带回男方家。"纳吉"是指男方家将庚帖置于神前或祖先案上请示吉凶，以肯定双方年庚八字没有相冲相克。"纳征"也称"纳成"，是指男家纳吉往女家送聘礼。"请期"也称"乞日"，是指男方家择定合婚的良辰吉日，并征求女方家的同意。"亲迎"也称"迎亲"，是指在结婚吉日完婚的程序。一般是穿着礼服的新郎会偕同媒人、亲友亲自往女方家迎娶新娘。新郎在到女方家前需到女方家的祖庙行拜见礼，之后才用花轿将新娘接到男方家。在男方家完成拜天、地、祖先的仪式后，二人便入洞房共享春宵。

《孔雀东南飞》中的诗句"媒人下床去，诺诺复尔尔。还部白府君：'下官奉使命，言谈大有缘。'府君得闻之，心中大欢喜。视历复开书，便利此月内，六合正相应。良吉三十日，今已二十七，卿可去成婚。交语速装束，络绎如浮云。青雀白鹄舫，四角龙子幡。婀娜随风转，金车玉作轮。踯躅青骢马，流苏金镂鞍。赍钱三百万，皆用青丝穿。杂彩三百匹，交广市鲑珍。从人四五百，郁郁登郡门"正是反映了"三书六礼"中的前五礼。

（2）历史上的女子妆容

自古以来，文学作品中的女性往往展现出种种美丽的形象，一如《诗经》中"窈窕淑女，琴瑟友之。窈窕淑女，钟鼓乐之"（《国风·周南·关雎》）、"有美一人，清扬婉兮"（《国风·郑风·野有蔓草》）等诗句。

《孔雀东南飞》中对刘兰芝离开婆家欲回娘家的妆容有这样一段描述："鸡鸣外欲曙，新妇起严妆。著我绣夹裙，事事四五通。足下蹑丝履，头上玕珸光。腰若流纨素，耳著明月珰。指如削葱根，口如含朱丹。纤纤作细步，精妙世无双。"这组诗句生动地反映了女子化妆环节和美丽形象。该诗对刘兰芝这一位一千七百年前的女子的妆容进行了细致的刻画：脸上画的、脚下穿的、头上戴的、耳边挂的、腰间束的、身上穿的。为这一妆容，兰芝反复打扮端详，以至于四五遍才觉妥当。只见她唇若涂朱、十指如葱、步态盈盈，好一个美丽无双的女子。

《木兰诗》中没有关于木兰谈情说爱或婚嫁的生活描写，只有对十年征战、英勇杀敌的豪迈精神与残酷战场的刻画，但对女子的柔情和容妆还是做了一些描绘。比如对柔情和孝道的描写："阿爷无大儿，木兰无长兄，愿为市鞍马，从此替爷征。……可汗问所欲，木兰不用尚书郎，愿借明驼千里足，送儿还故乡。"比如对容妆的描写："阿姊闻妹来，当户理红妆；……开我东阁门，坐我西阁床。脱我战时袍，著我旧时裳。当窗理云鬓，对镜帖花黄。"应该说胭脂、云鬓和花黄都是当时北朝女子的妆饰，有一定的规范。比如说云鬓就大不同于今天的披肩发或扎起来的马尾发。花黄则是南北朝曾经流行的"额黄妆"，即在额头上画上一个金色的月亮。

脸上的化妆，无论国内国外、不同民族，都是女性所重视的。其中的胭脂这一化妆品最早来源于匈奴女人所用的"焉支"，还有"烟支""燕支""燕脂"等别名。汉武帝时期，霍去病在祁连山对匈奴人作战的空前胜利，使得匈奴人传唱起一支哀怨的曲子："亡我祁连山，使我六畜不繁息。失我焉支山，使我嫁妇无颜色。"牧场可以重新寻找，金人可以重新铸造，但焉支山的失去则使女人失去化妆的颜料。

游牧民族的生活状态是逐水草而居，天当房、地当床，大部分时间奔波于风吹日晒的大自然中，故女人的皮肤也就易受影响。但爱美是天下女人的共性。历史上焉支山（即祁连山）上生长着一种"红蓝花"，现在别名"指甲花"，花瓣中含有红、黄两种色素，在石钵或石碗中捣碎淘去黄汁，晾干便可制成鲜艳的红色颜料。最初是单于的阏氏（即妻子）用这种颜料混合油脂敷在脸上，使得干涩粗糙的面颊立刻红润起来。据说油脂以鹅油为上乘，羊油次之，牛油最差。这一妆容的秘密一经披露，立马成为匈奴贵族妇女以及整个匈奴女人的主流化妆品。由此可知中国古代北方女子妆容的状况。

3. 呈现了不同的教育

（1）历史上传统的女子教育

前面第四讲选人用人制度已经提到，直到春秋时代和孔子的出现，教育才从"王官之学"真正逐渐走向平民、走向社会，并形成了中国传统教育模式，私塾和官学并存。但这一教育主要针对的是有继承权的男子。

至于女子的教育，除了皇家宫廷设有专门的教育机构，对宗室女子进行德行教育之外，社会上并未开设官办或民办的专门教育机构如私塾对平民百姓的女子开展教育。在中国历史上，由于儒家尊崇的是"克己复礼"，因此"礼"成为规范人们社会行为和国家治理的重要因素。大部分时间中国女子在社会生活中都居于从属的地位。"夫为妻纲""三从四德"等理念都在一定程度上限制了女子通过正式渠道接受教育的权利，重要的女子教育可以说绝大部分来自家庭，梳理一下可知有以下几种类型：

一是受教于父兄。尤其那些青史留名的女子多由父兄启蒙而才华卓著、流芳于今。比如才女班昭受益于其父班彪与其兄班固，蔡文姬则受教于其父蔡邕，李清照受教于其父李格非，均属此类。

二是受教于母亲。家庭为人生最初的学校，父母是子女天然的第一任老师，而母亲是人生最初之环境和适应未来社会生活的领路人。孝敬长辈、恭顺善良、勤快能干、慈爱温柔，这些品质也是传统社会大部分母亲对女儿教育的主流，当然母亲的示范尤其是"女红"的能力和水平也影响着女子出嫁后在夫家的地位。

三是受教于社会传统伦理道德。比如"三从四德""相夫教子""女子无才便是德"的传统思想和要求直接影响和约束着女子的行为规范以及生活方式。所谓"三从"是指妇女未嫁从父、出嫁从夫、夫死从子；"四德"是指妇德、妇言、妇容、妇功。"三从"出自《仪礼丧服·子夏传》："妇人有三从之义，无专用之道。故未嫁从父，既嫁从夫，夫死从子。""四德"

出自《周礼·天官冢宰·九嫔》："九嫔掌妇学之法，以九教御：妇德、妇言、妇容、妇功。""妇功"主要指妇女的一些家务。

此外，还有类似职业教育的秦楼楚馆的师徒授受和佛寺道观中对尼姑、道姑的宗教教育等。

（2）诗作中家庭教育及情感差异

《孔雀东南飞》和《木兰诗》均通过不同诗句反映了南北方的家庭教育。比如《孔雀东南飞》中有"十三能织素，十四学裁衣，十五弹箜篌，十六诵诗书"和"阿母大拊掌，不图子自归：十三教汝织，十四能裁衣，十五弹箜篌，十六知礼仪，十七遣汝嫁，谓言无誓违。汝今何罪过，不迎而自归？"从诗中可知，习女红是排在第一位的，因为当时能够接受文化教育的人群还是少数，尤其是女子的比例就更低。此时女子在家中的地位更多体现在是否掌握织布裁衣、抚育持家技能和孝敬公婆、爱护姑叔的德行方面。另外，诗中的箜篌是中国古代传统弹弦乐器，又称拨弦乐器。由此可知，刘兰芝不仅学习女红，而且还学习音乐和诗书。这一类学习在当时应属于士绅以上家庭才可能实施的教育，主要是培养"大家闺秀"、提升个人修养。

《木兰诗》曰："唧唧复唧唧，木兰当户织。不闻机杼声，唯闻女叹息。……阿爷无大儿，木兰无长兄，愿为市鞍马，从此替爷征。"从这些诗句可知，地无分南北，木兰作为女子依然也要学习女红。只是因为此时木兰家庭属于北方胡化家庭或汉化的鲜卑家庭，少了许多儒家的礼法规定，家庭对子女的教育更为自由粗放，女子在成长过程中有许多时间在自然环境中历练，或和兄弟姐妹以及男女玩伴共同玩耍交流，男女不存在严格意义上的授受不亲的状态，因此女子无论是在体格、性格还是行为上或许都比南方女子更加豪爽奔放，所以才有花木兰从军一说。

另外，从这两首诗还可以看出不同女子在家庭门第以及所表现的情感方面的差异。在家庭门第方面，从刘兰芝被焦家休后，县令与郡守为其公子提亲可知，按照中国门当户对的传统，刘兰芝的家庭应该属于高门大户。因此除了一般的女红教育外，还增加了诗书、礼仪和音乐的教育。而木兰的家庭没有介绍太多背景，仅从字面角度看应该属于北朝的一个军户人家，无论是从文化传统还是家庭条件，都未进行更多的文化教育和艺术修养培训。在女子情感方面，《孔雀东南飞》中的刘兰芝文化水平更高，加之有一定的艺术修养，因此情感上更加细腻，诗书中的浪漫故事、才子佳人形象和"琴瑟和鸣"都会是她憧憬向往的美好生活，婚姻不仅仅是女红和孝敬公婆，还应该是夫妻恩爱的爱情篇章。正因为得不到，才会有"揽裙脱丝履，举身赴清池"的人间悲剧。《木兰诗》中的花木兰则是生长在军户家庭，从小就有点"女汉子"的模样，缺乏才子佳人等情节的熏陶，其所听所感所处更多是边关、戎马等慷慨悲歌的故事环境。因此我们就不难理解，在情感方面，花木兰和刘兰芝完全是两种类型的女子，同时也就不难理解木兰的女英雄形象了。

四、战乱时期百姓的社会生活场景

兴，百姓苦；亡，百姓苦。在战争、动荡和国家治理腐朽、失控的社会阶段，百姓的生活更是充满了悲惨和痛苦。

（一）呈现战乱时期社会生活场景的唐诗一首

石壕[①]吏

唐　杜甫

暮投石壕村，有吏夜捉人。

老翁逾[②]墙走，老妇出门看。

吏呼一何怒！妇啼一何苦！

听妇前致词：三男邺城[③]戍[④]。

一男附书至，二男新战死。

存者且偷生，死者长已矣！

室中更无人，惟有乳下孙。

有孙母未去，出入无完裙。

老妪⑤力虽衰，请从吏夜归。

急应河阳役⑥，犹得备晨炊。

夜久语声绝，如闻泣幽咽。

天明登前途，独与老翁别。

【注释】

① 石壕：村名，在今河南三门峡。

② 逾：越过；翻过。

③ 邺城：即相州，在今河南安阳。

④ 戍：防守，这里指服役。

⑤ 老妪：老妇人。

⑥ 应河阳役：到河阳去服差役。河阳，今河南孟州，当时唐王朝官兵与
　　叛军在此对峙。

（二）诗作背景及作者

《石壕吏》写于唐乾元二年（759年）春，杜甫由左拾遗贬为华州司功
参军。他离开洛阳，历经新安、石壕、潼关，夜宿晓行，风尘仆仆，赶往华
州任所。所经之处，哀鸿遍野，民不聊生，这引起诗人感情上的强烈震动。
他在由新安县西行途中，投宿石壕村，遇到吏卒深夜捉人，于是就其所见所
闻，写成这首诗。

杜甫（712—770年），字子美，自称少陵野老，唐代现实主义诗人。
年轻时举进士不第，曾任检校工部员外郎，世称"杜工部"。宋代以后被
尊为"诗圣"，与李白并称"李杜"。其诗大胆揭露当时社会矛盾，对穷
苦人民寄予深切同情，内容深刻。许多优秀作品，显示了唐代由盛转衰的
历史过程，因此被称为"诗史"。

（三）战乱时期一个老妇人的悲惨生活的呈现

1. 故事背景

事件发生在唐乾元元年（758 年），为平息安史之乱，郭子仪、李光弼等 9 位节度使，率兵二十万围攻安庆绪所占的相州（今河南安阳），胜利在望。但在第二年春天，由于史思明派来援军，加上唐军内部矛盾重重，形势发生逆转，在敌人两面夹击之下，唐军全线崩溃。郭子仪等退守河阳（今河南孟州），并四处抽丁补充兵力。

2. 征战地区百姓的悲惨生活

这首诗通过作者亲眼所见的石壕村吏卒乘夜捉人的现实，反映了唐代"安史之乱"引起的战争给广大人民带来的深重灾难，表达了诗人对劳动人民的深切同情。唐朝由"贞观之治""开元盛世"到"安史之乱"，国家和社会一下从繁荣昌盛滑落到哀鸿遍野、民不聊生。《石壕吏》作为"三吏三别"之一，生动入微地刻画了一幅"安史之乱"征战地区人民生死离别、困苦不堪的社会生活场景，其悲惨生活场景主要体现在以下几个方面：

一是通过暗夜中吏卒捉人的场面描写，反映出兵荒马乱、鸡犬不宁、一切脱出常轨的社会面貌，表明官府"捉人"之事时常发生，人民白天躲藏或者反抗，无法"捉"到；为了征兵，官府只好乘百姓入睡的夜晚搞突然袭击。

二是通过老妇人悲苦的倾诉，表明老妇人家中的三个儿子均已被征，且两个儿子已经战死的事实，反映出战争的残酷以及国家治理的缺失和混乱。

三是通过老妇人悲苦的倾诉，反映了老妇人家中还有正在吃奶的孙子和没有完整衣服、无法出门的媳妇这一悲惨境遇，可见人民生活困苦到吃饭、穿衣都成了问题。

四是通过"老妪力虽衰，请从吏夜归。急应河阳役，犹得备晨炊"等句，表明战争已经使生灵涂炭，老妪亦不能幸免。

五、底层百姓社会生活的部分场景

（一）呈现底层百姓社会生活场景的唐诗一首

卖炭翁①

唐 白居易

卖炭翁，伐薪烧炭南山②中。

满面尘灰烟火色，两鬓苍苍十指黑。

卖炭得钱何所营？身上衣裳口中食。

可怜身上衣正单，心忧炭贱愿天寒。

夜来城外一尺雪，晓驾炭车辗冰辙。

牛困人饥日已高，市南门外泥中歇。

翩翩两骑来是谁？黄衣使者③白衫儿④。

手把文书口称敕⑤，回车叱牛牵向北。

一车炭，千余斤，宫使驱将惜不得。

半匹红绡一丈绫⑥，系向牛头充炭直⑦。

【注释】

① 此诗题注："苦宫市也。"宫市，指唐代皇宫里需要物品，就向市场
上去拿，随便给点钱，实际上是公开掠夺。唐德宗时有太监专管此事。

② 南山：城南之山，诗中指的是长安终南山。

③ 黄衣使者：指皇宫内的太监。

④ 白衫儿：指太监手下的爪牙。

⑤ 敕（chì）：皇帝的命令或诏书。

⑥ 半匹红绡一丈绫：唐代商务交易，绢帛等丝织品可以代货币使用。当
时钱贵绢贱，半匹纱和一丈绫，和一车炭的价值相差很远。这是官方
用贱价强夺民财。

⑦ 直：通"值"，指价格。

（二）诗作背景及作者

《卖炭翁》是白居易组诗《新乐府五十首》中的第 32 首，其题下作者自注云："苦宫市也。"白居易写作《新乐府》是在唐元和初年，这正是宫市为害最深的时候。皇宫所需的物品，本来由官吏采买。中唐时期，宦官专权，横行无忌，连这种采购权也抓了过去，常有数十百人分布在长安东西两市及热闹街坊，以低价强购货物，甚至不给分文，还勒索"进奉"的"门户钱"及"脚价钱"。名为"宫市"，实际是一种公开的掠夺。

（三）底层百姓的困苦

1. 故事背景

唐宪宗时期，唐朝已从盛唐走向中晚唐，社会经济则从繁荣走向衰败。而国家治理则从贞观之治和开元盛世走向了藩镇割据、宦官专权、南衙北司之争和牛李党争的政治乱象，社会凋敝，人民生活日趋困顿。

2. 底层百姓的困苦生活

《卖炭翁》作为组诗之一，通过卖炭翁的遭遇，深刻地揭露了"宫市"的剥削本质，描写了一个烧木炭的老人谋生的艰难和悲苦，揭露了当时国家治理的腐败现实和底层人民困苦的生活状态，表达了作者对下层劳动人民的深切同情。

这一事例在中唐时期并非个别现象，而是具有普遍性。其中，韩愈在《顺宗实录》云："旧事，宫中有要，市外物，令官吏主之。与人为市，随给其直。贞元末，以宦者为使，抑买人物，稍不如本估。末年不复行文书，置白望数百人于两市并要闹坊，阅人所卖物，但称宫市，即敛手付与，真伪不复可辨，无敢问所从来，其论价之高下者，率用百钱物，买人直数千钱物，仍索进奉门户并脚价钱。将物诣市，至有空手时归者。名为宫市，而实夺之。尝有农夫以驴负柴至城卖，遇宦者称宫市取之，才与绢数尺，又就索门户，仍邀以驴送至内。农夫涕泣，以所得绢付之，不肯受。曰：须汝驴送柴至内。

农夫曰：我有父母妻子，待此然后食。今以柴与汝，不取直而归，汝尚不肯，我有死而已。遂殴宦者。街史擒以闻，诏黜此宦者，而赐农夫绢十匹。然宫市亦不为之改易。"

小　结

　　前面提到文明于国家社会而言是普遍精神和社会生活方式，本章描述的几种典型生活场景正是中国社会生活方式的表现。柴米油盐仅仅是生活的表象，社会生活的内涵和本质实际上是普遍精神下特定的社会制度、文化教育和婚姻习俗以及思想情感等社会场景的综合反映。所以才会出现同样是美丽的女子，南方的刘兰芝为爱而殉情，北方的花木兰为孝而征战并成为英雄。柳永的《望海潮》一词虽写太平盛景，但仍与后世的战争有着联系。在战争、动荡和国家治理腐朽、失控的社会阶段，下层百姓的生活充满悲惨和痛苦。以上诗词，反映的是中国古代的不同切面。

第六讲　从诗词里发现音乐、舞蹈和绘画

　　提要：何谓艺术？无论世界何地、何民族，可以没有文字，但一定有音乐、舞蹈和绘画。出土于约五千年前的属于马家窑文化的彩陶舞蹈纹盆，以黑彩描绘了5人一组共3组人手牵手载歌载舞的热烈场面，是庆祝胜利、丰收或是祭拜先祖，令人不得而知。因为只是轮廓的勾勒，跳舞人的面貌、衣饰都无从辨识，不知伴随着怎样的音乐、反映了怎样的社会活动。但我们依然可以透过简单的线条感受到舞者欢快、热烈的气氛。中国传统的艺术形式无论是音乐、舞蹈还是绘画，我们都可以从诗词中去感受、了解并挖掘其背后的故事。虽然历史上几乎都是"文安邦、武定国"的文人武士能够封侯拜将，但依然有以演奏琵琶伶人之身封王的传奇。如果说在祭祀、劳动和战争中产生的舞蹈反映着一定的历史场景和社会面貌，那么唐朝兼容并蓄的舞蹈类型则是"盛唐气象"的表现之一，进一步体现了中国文化的自信和文明的包容。中国人的笔墨丹青、山水写意在一定程度上反映了中华文明中特有的"天人合一"的世界观和普遍精神。不同的时代、不同的人生际遇，带来了不同的画风。

一、传统中国音乐、舞蹈和绘画简析

　　对于一般人而言，艺术就是音乐、绘画、戏曲、歌舞、电影等。实际上，艺术的种类繁多，同一类别也可能因民族、国家不同在表现形式上有差异。艺术使人们休闲娱乐时体验到心灵愉悦,在满足我们精神追求和生活旨趣的同时,

不断提升我们对真、善、美的认知。

想要欣赏音乐，必然要有通过各种方式发声的乐器。中国古典乐器一般按"八音"分类。"八音"就是我国最早按乐器的制造材料来对乐器进行分类的方法，最早见于《周礼·春官宗伯》，分为"金、石、土、革、丝、木、匏（páo）、竹"八类，按照"八音"，中国古代十大乐器可划分为多类，"金"类如钟；"土"类如埙（xūn）；"革"类如鼓；"丝"类如琴、瑟、胡琴、琵琶等；"匏"类如笙；"竹"类如箫、笛……其实，中国在几千年的文明发展历程中，乐器种类可以两汉为际进行划分。两汉前，更多乐器属原创，比如古琴、笛、埙、编钟等。汉代因张骞"凿空西域"，西域的胡乐开始传入中国，中国乐器进入了吸收融合的阶段，比如琵琶、胡琴等。魏晋南北朝时期，更有西域的大量胡乐传入中国内地，《太平御览·乐部》载有吕光灭龟兹后西域乐器和乐工进入中原之事。由此可知，中国的传统音乐也因我们文化的包容性不断吸收融合。

据艺术史学家考证，人类最早产生的艺术就是舞蹈。在远古人类尚未产生语言以前，人们就用动作、姿态来进行情感、思想的交流。在各种声音发展出语言和音调以后，才相继产生了诗歌和音乐。在劳动中，由于制造工具，人的手逐渐变得灵巧起来，绘画和雕刻诞生了。随着人类的进化，思维能力进步，认知水平提高，曲艺、小说、戏剧等艺术形式相继被创造出来。舞蹈起源于远古人类对求生存、求发展过程中活动的再现，是随劳动生产（狩猎、农耕）、求偶和战斗操练等肢体活动而产生的情感和思想的外化形式。正像提要中所说的五千年前马家窑文化的彩陶舞蹈纹盆，对5人一组共3组人手牵手跳舞轮廓的勾勒，就反映出人们载歌载舞的热闹场面。舞蹈和诗歌、音乐结合在一起，是人类历史上最早产生的艺术形式之一。

根据舞蹈的目的和作用，舞蹈可分为宗教祭祀舞蹈、军事战争舞蹈、艺术欣赏舞蹈、娱乐舞蹈、民俗舞蹈、社交舞蹈、体育舞蹈、教育舞蹈等。几千年的历史长河，在有摄影、录像手段之前，历史上的舞蹈艺术只能通过文字记载或绘画来体现，我们或许可以从诗词里去感受历史上曾经曼妙、玄幻的舞姿。

　　我国素有书画同源之说，有人认为伏羲画卦、仓颉造字，为书画之先河。文字与画图初无分别。

　　中国画历史悠久，早在两千余年前的战国时期就出现了画在丝织品上的绘画——帛画，这之前有原始岩画和彩陶画。如西安半坡村出土的新石器时代的彩陶鱼盆、船形陶壶，青海大通上孙家寨的舞蹈彩盆，以及新石器时代晚期的青铜器饰纹，有晏吞纹、云雷纹、夔纹、龙纹、虎纹等，也有用人体形象作为装饰的花纹。

　　春秋战国最为著名的是《御龙图》帛画，反映了早期的原始崇拜。两汉和魏晋南北朝时期，传世的宗教画作较多。隋唐时期社会经济、文化高度繁荣，绘画也随之呈现出全面繁荣的局面。山水画、花鸟画已发展成熟，宗教画达到了顶峰，并出现了世俗化倾向。五代两宋的绘画，又进一步成熟和更加繁荣，人物画已转入描绘世俗生活，宗教画渐趋衰退，山水画、花鸟画跃居画坛主流。元、明、清三代水墨山水和写意花鸟得到进一步发展，文人画和风俗画成为中国画的主流。社会经济的稳定也会使文化艺术领域空前繁荣，因此涌现出很多热爱生活、崇尚艺术的伟大画家，历代画家们创作出了名垂千古的传世名画。

　　几千年的历史长河，在有摄影、录像手段之前，历史上的音乐、舞蹈艺术只能通过文字记载或绘画来体现，有些画作也早已失传，但还存有不少题画诗。我们或许可以从诗词里去发现和追寻历史上曾经曼妙的音乐、玄幻的舞姿和充满神来之笔的丹青。

二、发现和感受诗词里的音乐

（一）表现音乐和乐器的诗三首

商颂·那

猗^①与那^②与，置^③我鞉鼓^④。

奏鼓简简，衎⑤我烈祖⑥。

汤孙⑦奏⑧假⑨，绥⑩我思成。

鞉鼓渊渊，嘒嘒⑪管声。

既和且平，依我磬声⑫。

於赫⑬汤孙！穆⑭穆厥声。

庸⑮鼓有斁⑯，万舞有奕⑰。

我有嘉客，亦不夷⑱怿。

自古在昔⑲，先民有作。

温恭朝夕，执事有恪⑳。

顾予烝尝㉑，汤孙之将㉒。

【注释】

① 猗（ē）：叹词。

② 那（nuó）：多。一说猗那皆美盛之貌。

③ 置：植；树立。

④ 鞉鼓（táo gǔ）：古时一种有柄的小鼓。

⑤ 衎（kàn）：乐也。

⑥ 烈祖：指商之先祖成汤。

⑦ 汤孙：一说太甲。

⑧ 奏：进。

⑨ 假：神人来至曰假。

⑩ 绥：安。

⑪ 嘒（huì）嘒：象声词。形容清亮的声音，或蝉鸣声。

⑫ 依我磬声：指奏乐时依磬声相始终。

⑬ 赫：盛。

⑭ 穆：美。

⑮ 庸：同"镛"，大钟。

⑯ 斁（yì）：盛貌。

⑰ 奕：舞影闪动貌。

⑱ 夷：悦。

⑲ 自古在昔：从古到远古。

⑳ 恪（kè）：恭敬。

㉑ 烝尝（zhēng cháng）：本指秋冬二祭。后亦泛称祭祀。

㉒ 将：奉；奉祀。

听蜀僧浚弹琴

唐　李白

蜀僧抱绿绮①，西下峨眉峰。

为我一挥手，如听万壑松。

客心洗流水，余响入霜钟。

不觉碧山暮，秋云暗几重。

【注释】

① 绿绮：古琴样式。一说为古琴别称。传闻汉代司马相如得"绿绮"，
　　如获珍宝。司马相如精湛的琴艺配上"绿绮"绝妙的音色，使"绿绮"
　　琴名噪一时。后来，"绿绮"就成了古琴的别称。

琵琶行
（节选）

唐　白居易

　　元和十年，予左迁①九江郡司马。明年秋，送客湓浦口②，闻舟中夜
弹琵琶者，听其音，铮铮然有京都声③。问其人，本长安倡女，尝学琵琶
于穆、曹二善才④，年长色衰，委身为贾人妇。遂命酒⑤，使快弹数曲。
曲罢悯然，自叙少小时欢乐事，今漂沦憔悴，转徙于江湖间。予出官二
年，恬然自安，感斯人言，是夕始觉有迁谪意。因为长句，歌以赠之，凡
六百一十六言，命曰《琵琶行》。

　　浔阳江头夜送客，枫叶荻花秋瑟瑟。

　　······

千呼万唤始出来，犹抱琵琶半遮面。

……

低眉信手续续弹，说尽心中无限事。

轻拢慢捻抹复挑，初为《霓裳》后《六幺》。

大弦嘈嘈如急雨，小弦切切如私语。

嘈嘈切切错杂弹，大珠小珠落玉盘。

间关莺语花底滑，幽咽泉流冰下难。

冰泉冷涩弦凝绝，凝绝不通声暂歇。

别有幽愁暗恨生，此时无声胜有声。

银瓶乍破水浆迸，铁骑突出刀枪鸣。

曲终收拨当心画，四弦一声如裂帛。

东船西舫悄无言，唯见江心秋月白。

……

【注释】

① 左迁：指降职、贬官。

② 湓浦口：湓水与长江的汇口，在今九江市西。

③ 京都声：首都长安的韵味，一方面指曲调的地域特征，一方面也指演
　　技高超，非一般地方所有。

④ 善才：唐代用以称琵琶演奏家。

⑤ 命酒：派人整备酒宴。

（二）诗作背景和相关乐器

1.《那》

　　此诗是《商颂》的第一篇，同《商颂》中的其他几篇一样，都是殷商后
代祭祀先祖的颂歌。关于其成诗年代，有两种说法。一说认为成于商代，另
一说则认为成于东周。20 世纪 80 年代以来，对这个问题的研究又有一批新
的成果，商诗说重新得到重视。《商颂研究》也是持商诗说："细详（《那》）

诗义，似是一组祭歌的序曲，所谓《商颂》十二，以《那》为首。诗中没有专祀成汤的内容，却描述了商时祭祀的情形和场面，大约是祭祀包括成汤在内的烈祖时的迎神曲。"[1]

《那》中的乐器有鞉鼓（手柄小鼓）、大鼓、管乐、磬、庸（大钟）等。

2.《听蜀僧浚弹琴》

此诗作于唐天宝十二年（753 年）清秋。52 岁的李白在今安徽宣城近郊敬亭山上的灵源寺，竟出人意外地碰到了阔别近 30 年的蜀僧广浚，广浚再次为李白抚琴一曲。

《听蜀僧浚弹琴》中的乐器是古琴。

3.《琵琶行》

此诗作于唐元和十一年（816 年）秋天，时白居易 45 岁，任江州司马。白居易在元和十年（815 年）以前先是任左拾遗，后又任左赞善大夫。元和十年（815 年）六月，唐朝藩镇势力派刺客在长安街头刺死了宰相武元衡，刺伤了御史中丞裴度，朝野大哗。藩镇势力在朝中的代言人又进一步提出要求罢免裴度，以安抚藩镇。这时白居易挺身而出，坚决主张讨贼，认为否则国将不国。白居易这种主张本来是对的，但因为他平素写讽喻诗得罪了许多朝廷的权贵，于是有人就说他官小位卑，擅越职分，再加上有人给他罗织罪名，于是白居易被贬为江州司马。

诗前的小序介绍了长诗所述故事发生的时间、地点、琵琶女其人以及作者写作此诗的缘起，实际上它已经简单地概括了后面长诗的基本内容。

《琵琶行》中的乐器是琵琶。

（三）诗里表现的音乐及活动

1.《那》所反映的祭礼乐舞及活动

与《颂》诗中的大多数篇章不同，《那》主要表现的是祭祀祖先时的音

---

[1]　张松如，夏传才 . 商颂研究［M］. 天津：南开大学出版社，1995.

乐舞蹈活动，以乐舞的盛大来表达对先祖的尊崇，以此求取祖先之神的庇佑。《那》小序也明确："《那》，祀成汤也。"

在中华文明演进过程中，在祭祀活动里，与鬼神相沟通和交流的方式除了早期的巫师通灵、献祭（太牢、少牢）、祷告（祭文、祷词）、占卜（龟甲卜、蓍草卜）外，音乐包括与之伴随的舞蹈被认为是最能与天地鬼神沟通的一种语言和工具，在各种祭祀仪礼中发挥着独特的功能。秦以前，尤其整个周朝，对贵族子弟的教育是学习和掌握"礼、乐、射、御、书、数"六艺。《周礼·地官司徒》："养国子以道。乃教之六艺：一曰五礼，二曰六乐，三曰五射，四曰五御，五曰六书，六曰九数。"因此，在中国文化中，音乐不仅起到了愉悦身心的作用，还起到了陶冶和教化的作用，更是一种敬奉鬼神和祖先的形式。历史上的祭祀音乐有着极强的实用功能，祭祀用乐的范围相当广泛。祭祀音乐主要用于祭孔、祭祖、祀天地鬼神等，既有官方祭祀，也有民间祭祀。至于其后的演化，宋代以后的迎神赛社等，同样是以乐舞酬神祈福。民间祭祀中的祈雨、祈祷丰年等以"乐"来与天地神灵沟通也是必需，这是万物有灵原始宗教观念的深化与延续。"六艺"中的所谓六乐均属于祭祀用乐。《诗经》中的《颂》，亦用于祭祀。至于《楚辞》中的《国殇》，是祭祀为国捐躯者用乐的范例。

从音乐角度看，可以说《那》不但文字是配合乐舞的歌词，而且其内容恰恰又是描写这些乐舞情景的。诗中所叙述的作为祭祀仪式的乐舞，按照先奏鼓乐，再奏管乐，再击磬节乐，再钟鼓齐鸣，高唱颂歌跳起万舞这样的顺序进行，最后，主祭者献祭而礼成。

诗中应用了相当多的描绘乐声的叠字词来表现动听的音乐氛围，比如鼓声简简、鞉鼓渊渊、管声嘒嘒、磬声穆穆、庸声斁斁。

2.《听蜀僧浚弹琴》与《琵琶行》反映的音乐及活动

《听蜀僧浚弹琴》表现了李白和蜀僧广浚的深厚友情以及人生感怀。拥有"明月肺肠"的诗仙李白与峨眉山的因缘颇深，25岁出川前曾在峨眉山驻足了半年之久。在峨眉山时，他曾住在万年寺的毗卢殿，并常在殿旁的白水池边聆听志趣相投的广浚和尚弹琴。"月出峨眉照沧海，与人万里长相随"，这次与广浚的相遇，这两句也正是人世的映照，百感交集中，广浚再次为李白抚琴一曲。悠远的琴声如万壑松风涤荡心灵，成为至真的情谊和感怀。

白居易的《琵琶行》对弹奏手法做了详细的描述，比如：轻轻地拢，慢慢地捻，一会儿抹，一会儿挑。比如：大弦浑宏悠长嘈嘈如暴风骤雨，小弦和缓幽细切切如有人私语，嘈嘈声切切声交错地弹奏，就像大珠小珠一串串掉落玉盘。琵琶声一会儿像花底下宛转流畅的鸟鸣声，一会儿又像水在冰下流动受阻艰涩低沉、呜咽断续的声音，或又好像水泉冷涩，琵琶声开始凝结，凝结而不通畅声音渐渐地中断。琵琶声也像另有一种愁思幽恨暗暗滋生；此时闷闷无声却比有声更动人，突然间好像银瓶撞破水浆四溅，又好像铁甲骑兵厮杀刀枪齐鸣……除此之外，还有诗人对弹奏者身世及社会现实的感受。

三、诗词里的音乐传奇

（一）传说中的"绿绮"

诗中"绿绮"为古琴，相传通体黑色，隐隐泛着幽绿，有如绿色藤蔓缠绕于古木之上，因而名为"绿绮"。古琴琴体需用疏松的木头（最合适的是桐木）制作，琴弦用动物（如牛）完整的筋或马尾制作。"绿绮"承受不起岁月摩挲，早已消逝于茫茫历史长河中。

另据历史记载，"绿绮"是汉代著名文人司马相如的一张琴。司马相如原本家境贫寒，徒有四壁，但他的诗赋极有名气。梁孝王刘武（汉景帝刘启之弟）慕名请他作赋，司马相如写了一篇《如玉赋》相赠。此赋词藻瑰丽，气韵非凡。梁孝王极为高兴，就把自己收藏的"绿绮"琴回赠与他。"绿绮"是一张传世古琴，琴内有铭文曰："桐梓合精。"司马相如得"绿绮"，如获珍宝。他精湛的琴艺配上"绿绮"绝妙的音色，使"绿绮"古琴名噪一时。后来，"绿绮"就成了古琴的别称。

（二）以演奏琵琶伶人之身封王第一人

诗中"琵琶"二字中的"^{王王}"意为"二玉相碰，发出悦耳碰击声"，表示这是一种以弹碰琴弦的方式发声的乐器。中国琵琶更传到东亚其他地区，发展成现代日本琵琶、朝鲜琵琶和越南琵琶。到了唐代后期，琵琶从演奏技法到制作构造都得到了很大的发展。在演奏技法上最突出的改革是由横抱演奏变为竖抱演奏，由手指直接演奏取代了用拨子演奏。琵琶构造方面最明显的改变是由 4 个音位增至 16 个（即四相十二品）。同时它的颈部加宽，下部共鸣箱由宽变窄，便于左手按下部音位。由于以上这两项改革，琵琶演奏技法得到了空前的发展。至 15 世纪左右，琵琶已拥有一批以《十面埋伏》《霸王卸甲》为代表的武曲以及以《月儿高》《思春》《昭君怨》为代表的文曲。中国近代民族音乐史上有"海派"（浦东派）琵琶和"浙派"（平湖派）琵琶两大流派。

由白居易的《琵琶行》可知演奏者高超的艺术水平，之所以有此水平，关键在于师承于名师。引言中写道演奏者"尝学琵琶于穆曹二善才"，也就是说师承于穆曹琵琶世家。

这就不能不说到历史上以弹奏琵琶而封王的传奇，不能不提到南北朝时的曹氏琵琶世家。南北朝时，迁入汉地的西域曹国人（系历史上西域昭武九姓之一，今乌兹别克斯坦境内）曹婆罗门从一个商人处学得精妙的龟兹琵琶，传艺于儿子曹僧奴，再传孙子曹妙达和孙女曹昭仪，四人合称"四曹"。北齐文宣帝高洋和北齐后主高纬酷爱胡乐，高洋喜欢亲自打鼓，曹氏父子常穿着胡服为其伴奏。后主高纬身边有个佞臣叫和士开，是西域胡族后裔，既会操琵琶，又会玩"握朔"（类似一种棋盘掷骰子的双陆游戏），极得高纬宠信。他引导高纬整日沉溺于吃喝玩乐，悠游无度。在音乐方面，高纬对龟兹琵琶更是无比喜爱。一次宫廷宴会上，琵琶圣手曹妙达应召弹奏。在金色瑞兽喷出的袅袅香雾中，清越的琵琶声曼妙，如玉珠落盘，如百鸟婉转，后主高纬斜倚龙榻、龙目微闭，合着音乐轻拍慢击，文武大臣屏息敛气。一曲奏罢，众人齐声喝彩，如痴如醉的后主兴奋之余起身，声称要封曹妙达为王。

群臣闻言惊诧，妙达如梦初醒，赶紧伏地谢恩。时有诗曰："乐工封王侯，妙达唯一人。"这就是曹妙达以伶人之身封王的传奇。

四、发现和欣赏诗词里的舞蹈

（一）表现不同舞蹈风格的诗六首

杂曲歌辞 · 高句丽

唐　李白

金花折风帽[①]，白马小迟回。

翩翩舞广袖，似鸟海东来[②]。

【注释】

① 折风帽：形如弁（biàn），我国古时男人戴的帽子，但当时我国东北和朝鲜半岛的士人加插两鸟羽，富贵者改插金羽。

② 海东来：应指海东青，又名鹘鹰，即肃慎语"雄库鲁"，意为世界上飞得最高和最快的鸟，有"万鹰之神"的含义。

酒泉[①]太守席上醉后作 · 其一

唐　岑参

酒泉太守能剑舞，高堂置酒夜击鼓。

胡笳[②]一曲断人肠，座上相看泪如雨。

【注释】

① 酒泉：即肃州，今甘肃酒泉。

② 胡笳：古代管乐器。

胡腾儿①

唐　李端

胡腾身是凉州②儿，肌肤如玉鼻如锥。

桐布③轻衫前后卷，葡萄长带一边垂。

帐前跪作本音语④，拾⑤襟搅⑥袖为君舞。

安西⑦旧牧⑧收泪看，洛下⑨词人抄曲与。

扬眉动目踏花毡⑩，红汗交流珠帽偏。

醉却东倾又西倒，双靴柔弱满灯前。

环行急蹴⑪皆应节⑫，反手叉腰如却月⑬。

丝桐⑭忽奏一曲终，呜呜画角⑮城头发⑯。

胡腾儿，胡腾儿，家乡路断知不知？

【注释】

① 胡腾儿：指的是西北少数民族一位善于歌舞的青年艺人。胡腾，中国西北地区的一种舞蹈。

② 凉州：今甘肃武威一带。

③ 桐布：即桐华布，梧桐花细毛织成的布。

④ 音语：言语。东汉班固《白虎通·情性》："耳能遍内外，通音语。"

⑤ 拾：一作"拈"。

⑥ 搅：一作"摆"。

⑦ 安西：指安西都护府。

⑧ 牧：泛指地方军政长官。

⑨ 洛下：指洛阳城。南朝梁刘令娴《祭夫徐敬业文》："调逸许中，声高洛下。"

⑩ 花毡：西域少数民族的一种工艺品，把彩色的布剪成图案，用羊毛线缝制在白色的毡子上。

⑪ 蹴：踏，踩，踢。

⑫ 应节：符合音乐节拍。

⑬ 却月：半圆的月亮。《南史·侯景传》："城内作迂城，形如却月以捍之。"

⑭ 丝桐：指琴。古人削桐为琴，练丝为弦，故称。

⑮ 画角：古管乐器，传自西羌，形如竹筒，本细末大，以竹木或皮革等制成，因表面有彩绘，故称。

⑯ 发：响起。

柘枝词

唐　白居易

柳暗长廊合，花深小院开。

苍头铺锦褥，皓腕捧银杯。

绣帽珠稠缀，香衫袖窄裁。

将军拄毬杖，看按柘枝来。

观柘枝舞二首

唐　刘禹锡

其一

胡服何葳蕤①，仙仙登绮墀。

神飙猎红蕖②，龙烛映金枝。

垂带覆纤腰，安钿当妩眉。

翘袖中繁鼓，倾眸溯华楼。

燕秦有旧曲，淮南多冶词。

欲见倾城处，君看赴节时。

其二

山鸡③临清镜，石燕赴遥津。

何如上客会，长袖入华裀④。

体轻似无骨，观者皆耸神。

> 曲尽回身处，层波犹注人。

【注释】

①葳蕤（wēi ruí）：草木繁盛或仪表华美。

②蕖（qú）：芙蕖，荷花之别名。

③山鸡：指雉。

④华裑：华丽的夹衣。裑，指夹袄。

（二）诗作背景及作者

①《杂曲歌辞·高句丽》写于天宝元年（742 年），高句丽是公元前 1 世纪至 7 世纪在今中国东北地区和朝鲜半岛存在的一个政权。梁元帝《职贡图》云："高丽妇人衣白，而男子衣缬（xié）锦，饰以金银。贵者冠帻（zé），而后以金银为鹿耳加之帻上。贱者冠折风。"故高句丽人"插金羽以明贵贱"。唐朝在总章元年（668 年）攻灭高句丽。高句丽亡国后，相当多的高句丽人内迁，其中就有许多乐舞之人。唐玄宗时期，岐王李范经请示皇帝李隆基，组建起一个高句丽乐舞班子。金花帽和白马广袖，这是当时乐舞之人的标准服饰。时李白在李范家做客，目睹高丽舞蹈，结合所见而咏之。

②《酒泉太守席上醉后作·其一》作于唐至德二年（757 年），岑参离开边塞东归。过酒泉，酒泉太守置酒相待，这篇作品即是记叙此次宴会之作。

③《胡腾儿》作于唐大历五年（770 年）以后，李端任秘书省校书郎至其外放杭州司马时期。胡腾儿是其所观赏胡旋舞的一名舞者。

李端（约 737—784 年），字正已，赵州（今河北赵县）人，唐代诗人。大历五年（770 年）进士，授秘书省校书郎，官终杭州司马。晚年辞官隐居衡山，自曰衡岳幽人。为"大历十才子"之一。

④《柘枝词》是唐长庆二年至宝历二年间（822—826 年），白居易外放苏州、杭州时期所作。白居易还有一首《看常州柘枝，赠贾使君》：

> 莫惜新衣舞柘枝，也从尘污汗沾垂。

> 料君即却归朝去，不见银泥衫故时。

由此可以推断，这时胡旋舞已从长安、洛阳两京传播到江苏一带，且已从胡姬酒家转入私人宅邸。

⑤《观柘枝舞二首》是刘禹锡任苏州刺史时期所作，年代大概在唐长庆四年（824年）。

刘禹锡（772—842年），字梦得，洛阳（今属河南）人。一说系出中山，中山靖王刘胜之后；一说系出汉赵刘渊，有匈奴血统。唐贞元九年（793年），和柳宗元同榜进士及第。永贞年间，与柳宗元、陈谏、韩晔等结交于王叔文，参与王叔文革新运动。贞元末年，改革失败，被贬连州刺史，再贬朗州司马。后受裴度推荐，晚年任太子宾客。故后世称"刘宾客"。

刘禹锡诗文俱佳，涉猎体裁广泛，与柳宗元并称"刘柳"，与韦应物、白居易合称"三杰"，并与白居易合称"刘白"，有《陋室铭》《竹枝词》《杨柳枝词》《乌衣巷》等名篇。其哲学著作《天论》三篇，论述天的物质性，分析"天命论"产生的根源，颇具唯物主义特质。

（三）表现出的舞蹈风格

1.《杂曲歌辞·高句丽》中的鹤舞飞翔

此诗用金花、折风帽、广袖等服饰来刻画高句丽舞者俊朗、轻盈的形象，用"海东青"这一"万鸟之神"来表现舞者如飞如翔的高妙舞姿。寥寥数语，形神具备。东北民族舞蹈具有浓郁的民族色彩，此诗描写得十分生动。

2.《酒泉太守席上醉后作·其一》中的剑舞豪迈

此诗描绘了边关戎旅以"剑舞""击鼓"为特色的酒会，在胡笳声起、乐歌齐合的乐舞和推杯换盏、慷慨悲壮的饮宴场面中，刻画出边关将士守边卫国的豪迈。诗中的乐器包括胡笳、琵琶、长笛，舞蹈为"剑舞"，歌者为"羌儿胡雏"。

"剑舞"历史悠久，汉唐时代最为流行。由于剑术动作英外武内、韵律优美，自古就有健身和抒情表演的功能；不仅有长剑之舞，还有短剑之戏。《孔子家语》记载，子路戎装见孔丘时，曾拔剑起舞；《史记·项羽本纪》中也记载了在鸿门宴上，项伯与项庄对舞长剑的故事。四川汉画像砖上有长剑独舞的画面，山东嘉祥秋胡山的汉画像砖上有两人击剑对舞的场面。剑舞的发展与流行的高光时刻应该是唐朝公孙大娘的剑舞，形成了中国古代"剑舞"代表作。杜甫《观公孙大娘弟子舞剑器行》中的"来如雷霆收震怒，罢如江海凝清光"，仿佛让人们看到了剑舞出神入化的神采和气派，千百年来，脍炙人口。据说书法家张旭看了公孙大娘的剑舞，草书大进，画家吴道子看了裴将军的剑舞，挥毫作画。

3.《胡腾儿》中的旋转如风

此诗描写的是当时唐代最盛行的舞蹈之一——胡旋舞。胡旋舞节拍鲜明，奔腾欢快，多旋转蹬踏，故名胡旋。伴奏音乐以打击乐为主，以适应其快速的节奏、刚劲的风格。《通典》一四六卷记载："笛鼓二，正鼓一，小鼓一，和鼓一，铜钹二。"

《胡腾儿》先是详细描述了舞蹈者的长相和穿着。舞者是"肌肤如玉"的白种人，隆准稍尖，鼻型很美；身着桐布舞衣，镶着的宽边前后卷起，以葡萄为图案的围腰，带子长长地垂到地面。然后该诗极其生动地描写了跳舞蹈的情景。这种舞是在一块织花毡毯或地毯上，在音乐伴奏下，舞者合着音乐的节拍不停跳跃或旋转。比如其"醉步"看似如醉如痴，飘忽不定，实则缓促应节，刚柔相济。舞蹈的灵动尤其体现在双腿飞旋，双靴闪动，恍如眼前闪烁出一层层微弱的光圈。"胡旋舞"属于健舞，因其跳舞时须快速不停地旋转而得名。胡旋舞的特点是动作轻盈、急速旋转、节奏鲜明。

在龟兹壁画中也有大量的旋转舞女形象，舞女两脚足尖交叉、左手叉腰、右手擎起，同时通过全身彩带飘逸、裙摆旋为弧形，表现出旋转的瞬间姿态。胡旋舞传入中原后，风靡一时，在宫廷尤为流行，长安人人学舞，学胡舞成了一时的风尚，大约五十年的时间盛行不衰。

《华灯乐舞　袅袅飞天：临摹复原出敦煌壁画之美》一文对莫高窟第220窟北壁所绘的《药师净土经变》图进行了详细的解读[1]。该壁画也反映

---

[1]　周冉. 华灯乐舞　袅袅飞天：临摹复原出敦煌壁画之美 [J]．国家人文历史，2022（4）：118-125.

了由早期西域流传到长安的胡旋舞，该窟由敦煌大族翟氏家族营建，建造时间为唐贞观十六年（642 年）。壁画的乐舞部分位于《药师净土经变》图的下部。乐舞图布局严谨，场面宏大，纵长 238 厘米，横宽 430 厘米，包含乐队和舞者，属汉、胡融合的团队。其中，乐队中央有四个舞伎翩翩起舞，两两相对。舞者在一小圆毯（毡）上不断旋转。舞者脚下的小圆毯（舞筵）正是胡旋舞的标志性物品。

舞者所穿衣服，衣料应该质地柔软，上身大概是宽袖贴身衣服，下身多为长裙或紧身裤，从而能够形成"回风乱舞当空霰"的效果。这一点可以从元稹《和李校书新题乐府十二首·胡旋女》"柔软依身著佩带，裴回绕指同环钏"一句得到印证。舞者袖子上绣着花边，下着绿裤、红皮靴，披着纱巾，身上有佩带，舞的时候，纱巾和佩带也都飘扬起来，此外，舞者还戴着戒指、镯子、耳环等许多装饰品。

如今新疆维吾尔族、哈萨克族、乌兹别克族的民间舞蹈仍然保留着急速旋转的特点。伴奏也以鼓（如手鼓、纳格拉、冬巴鼓等）为主，舞者穿着薄薄的纱衣，戴着戒指、耳环、手镯，从舞姿、服饰、音乐诸方面看，我们都可以回想唐代胡旋舞的面貌。这些正是古代龟兹"管弦伎乐，特善诸国"舞艺的继续。胡旋舞传入中原历久未衰，作为舞蹈本身它已经融于中华艺术长河之中，促进了祖国音乐舞蹈的发展。

4.《柘枝舞》中的婀娜柔软

柘枝舞是从胡旋舞演变而来的。无论是白居易笔下的柘枝舞，还是刘禹锡笔下的柘枝舞，都是他们在江南看到的，已和大唐长安洛阳两京的胡旋舞大为不同。此时舞蹈场所已非两京的酒家邸店，更多是在达官贵人家庭。舞者也大都从西域少数民族女子变为汉族女子。比如中唐诗人殷尧藩（唐元和年间进士）也曾在潭州（今湖南长沙）看到过柘枝舞。有诗《潭州席上赠舞柘枝妓》：

> 姑苏太守青娥女，流落长沙舞柘枝。
> 坐满绣衣皆不识，可怜红脸泪双垂。

　　从这首诗可知，此时在潭州跳柘枝舞的舞者已非胡姬，而是从其家乡苏州流落到潭州的舞女。白居易在《胡旋女》中提到"中原自有胡旋者，斗妙争能尔不如"，可见胡旋舞已在中国遍地开花并不断演变发展。此外，本来属于健舞之一的胡旋舞在流传和演进过程中已逐渐变成软舞并流行于南方，这时胡旋舞在诗人笔下也就变成了柘枝舞。

　　以上所引胡旋舞、柘枝舞的诗词只是唐代的一小部分，从此可知这一类型舞蹈当时已流行于中国大江南北，但到了宋代，有关这类舞蹈的诗词已难以见到。时过境迁，朝代改换，舞蹈也会更新演进。

五、舞蹈的融合和体现出的文化自信

　　从以上唐诗可知，诗人们描写的歌舞形式丰富多彩，尤以西域所传歌舞为主。终唐一朝，中国在文化艺术方面兼收并蓄，包容自信，尽显海纳百川之气度。唐代舞蹈在继承传统的基础上，广采博收，敢于创新。其中宫廷祭祀和庆功的大型舞蹈，人数多至数百人，远远超过古制"八佾（yì）"——64 人的惯例，服饰豪华，场面富丽堂皇、宏伟壮观。小型表演舞蹈在充分吸收外来乐舞的基础上，按教坊乐舞种类分为健舞和软舞两大类。健舞动作矫捷雄健，节奏明快，曲目包括岑参所写的剑舞，李端、白居易所写的胡腾舞和胡旋舞，以及从西域、漠北传来的"阿辽""大渭州""达摩支"等。武术亦在健舞之列。软舞抒情柔婉，节奏舒缓，曲目包括从朝鲜半岛、中国南方、南亚、西亚传来的"高丽舞""垂手罗""春莺啭""乌夜啼""回波乐""兰陵王""绿腰""苏合香"等。甚至由健舞之一的胡旋舞演变而来的柘枝舞在南方流行的时候也变成了软舞。

　　在中国历史上，最有名的舞曲当数由唐玄宗结合印度"婆罗门曲"改编的《霓裳羽衣曲》，直到现在，它仍无愧于音乐舞蹈史上的一颗璀璨的明珠。此舞曲是唐玄宗为祭献道教始祖老子所作。《霓裳羽衣曲》描写唐玄宗向往神仙而去月宫见到仙女的神话，其舞、乐、服饰都着力描绘虚空缥缈的仙境和舞姿婆娑的仙女形象，反映了"上元点鬟招萼绿，王母挥袂别飞琼"等道教神话场景，给人以身临其境的艺术感受。

关于它的来历，则有三种说法。一是《杨太真外传》认为《霓裳羽衣曲》是唐玄宗登三乡驿望女几山所作。故刘禹锡《三乡驿楼伏睹玄宗望女几山诗，小臣斐然有感》诗云：

> 开元天子万事足，唯惜当时光景促。
>
> 三乡陌上望仙山，归作霓裳羽衣曲。
>
> 仙心从此在瑶池，三清八景相追随。
>
> 天上忽乘白云去，世间空有秋风词。

三乡驿是唐连昌宫（洛阳宜阳县的离宫）所在。

二是《唐会要》载：天宝十三年（754年），唐玄宗以太常刻石方式，更改了一些从印度传入的乐曲，此曲就是根据《婆罗门曲》改编的。

三是折中于前两种说法，认为此曲前部分（散序）是唐玄宗望见女几山后悠然神往，回宫后根据幻想而作，后部分（歌和破）则是他吸收河西节度使杨敬述进献的印度《婆罗门曲》的音调而成。

唐代舞蹈虽形式多样，风格各异，但总体表现为开朗明快、健康挺拔的基调。这在一定程度上反映了强盛的唐帝国昂扬向上的时代风貌。唐代舞蹈曾流传至日本、朝鲜半岛、越南、印度等地。日本至今仍将唐代传去的中国乐舞称"唐乐"。

唐朝无论是诗歌、音乐、舞蹈、绘画、书法、石窟雕塑等文化艺术都体现出"盛唐气象"，这是因为天宝年以前的唐朝正处于经济繁荣、开放包容、民族融合、万邦仰慕的时代。这一时代的特征体现了中华文明对周边国家和民族的吸引以及吸收借鉴其他文明的优秀内容。唐代文化艺术既延续了传统文化的精髓，又吸纳了许多新的元素，从而形成了更为璀璨夺目的成果，中国的文化自信在一千余年前的盛唐得到了很好的体现。

六、发现和感受诗词里的绘画与人生

（一）不同画风和情怀的题画诗三首

画　鹰

唐　杜甫

素练①风霜②起，苍鹰画作殊③。

㧐身④思狡兔⑤，侧目⑥似愁胡⑦。

绦⑧镟⑨光堪摘⑩，轩楹⑪势可呼⑫。

何当击凡鸟，毛血洒平芜⑬。

【注释】

① 素练：作画用的白绢。

② 风霜：指秋冬肃杀之气。这里形容画鹰神态凶猛如挟风霜。

③ 殊：特异，不同凡俗。

④ 㧐（sǒng）身：即竦身，收敛躯体准备搏击的样子。

⑤ 思狡兔：想捕获狡兔。

⑥ 侧目：斜视。《汉书·李广传》："侧目而视，号曰苍鹰。"

⑦ 似愁胡：形容鹰的眼睛色碧而锐利。因胡人（指西域人）碧眼，故以此为喻。

⑧ 绦：丝绳，指系鹰用的丝绳。

⑨ 镟（xuàn）：金属转轴，指鹰绳另一端所系的金属环。

⑩ 光堪摘（zhāi）：言绦镟之色鲜明可爱。堪，可以。摘，同"摘"。

⑪ 轩楹：堂前廊柱，指画鹰所在地点。

⑫ 势可呼：样子似乎可以呼之去打猎。

⑬ 平芜：荒原。

屏风绝句

唐　杜牧

屏风周昉①画纤腰，岁久丹青色半销。

斜倚玉窗鸾发女②，拂尘犹自妒娇娆③。

【注释】

① 周昉：早约杜牧一个世纪，是活跃在盛唐、中唐之际的画家。善画仕女，擅长精描细绘、层层敷色，比如头发的勾染、面部的晕色、衣着的装饰，都极尽工巧之能事。相传《簪花仕女图》出自他的手笔。杜牧此诗所咏的"屏风"上当有周昉所作的一幅仕女图。

② 鸾发女：据《初学记》，鸾为凤凰幼雏。"鸾发女"当是一贵家少女。

③ 妒娇娆：意为忘记她自个儿的"娇娆"，反在那里妒忌画中人。

画　鸡

明　唐寅

头上红冠不用裁①，满身雪白走将②来。

平生③不敢轻④言语⑤，一叫千门万户开。

【注释】

① 裁：裁剪，这里是制作的意思。

② 将：助词，用在动词和来、去等表示趋向的补语之间。

③ 平生：平素，平常。

④ 轻：随便，轻易。

⑤ 言语：这里指啼鸣。

（二）诗作背景及作者

①画上题诗是中国绘画艺术特有的一种文化风格。历史上中国的文人画家，为了抒发感情，阐释画意，往往于作品完成以后，在画面上题诗赋词，以达到诗情画意相得益彰的效果。题画诗自唐代始，其中，杜甫的题画诗数

量之多与影响之大，对后世产生了极大的影响。题画诗最初只是以诗赞画，真正画家自己把诗题在画上，是宋代以后的事。

《画鹰》这首题画诗，是杜甫青年时期的作品，作于唐开元（713—741年）末期，与《房兵曹胡马》约作于同时。此时诗人正年少，富有理想，想着过快意人生的生活，充满着青春活力，富有积极进取之心。

②《屏风绝句》作于唐宝历元年（825年），时杜牧在成都教坊游玩，看见了周昉的侍女屏风，诗兴大发，创作了该诗。

杜牧（803—852年），字牧之，京兆万年（今陕西西安）人，唐代文学家，唐大和年间进士。杜牧自负经略之才，性刚直，不拘小节，不屑逢迎，诗文均有盛名，文以《阿房宫赋》为代表，诗作明丽隽永，绝句诗尤受人称赞，世称"小杜"。与李商隐齐名，合称"小李杜"。晚年尝居樊川别业，世称"杜樊川"，著有《樊川文集》。

③前面说到，题画诗最初在唐朝只是以诗赞画，真正画家自己把诗题在画上，是宋代以后的事。《画鸡》就是明代诗人唐寅为自己的画作题写的一首七言绝句。

唐寅（1470—1524年），字伯虎，后字子畏，自号六如居士，吴县（今属江苏）人。明代著名的画家，诗人，"吴中四才子"之一。弘治十一年（1498年），乡试第一。唐寅曾因事下狱，后游名山大川，寄情山水，致力绘画，兼善书法、诗文。他作诗别具一格，不拘成法，多用口语，敢于突破格律限制，大胆表达真情实感。其为人不拘礼法，晚年尤其明显，这在他的诗里常有流露，他玩世出奇的故事在民间广为流传，有《六如居士全集》。

（三）题画诗反映的画风

①通过《画鹰》的描写和刻画，我们看到了雄鹰那挟风带霜、矫健不凡、搏击长空的生动形象和气势，高超的绘画手法得以充分体现。

②《屏风绝句》是从少女出神的姿态刻画了画中仕女对少女心理产生的影响。画作通过对头发的勾染、面部的晕色、衣着的装饰进行精描细绘、层层敷色，竟能叫一位妙龄娇娆的少女怅然自失，从而表现出画作的精巧和画

艺的精妙以及传神。

③《画鸡》开头两句"头上红冠不用裁，满身雪白走将来"，反映了画作从局部到全面的构图方式，将公鸡大面积的白色身体与公鸡头上的大红冠相比，其色彩对比强烈。"平生不敢轻言语，一叫千门万户开"，则勾勒了一幅清晨雄鸡报晓的场景。意境动静结合，好一副雄鸡报晓的昂扬姿态。

（四）感受题画人所表达的感情

①《画鹰》既是一首赞画的题画诗，又是杜甫借鹰言志的情怀表达。此时杜甫正处在以科举而博取功名、以献诗而闻于贵人的阶段。通过描绘画中雄鹰的威猛姿态和神情，表现了作者青年时代昂扬奋发的斗志和不甘平庸的精神。

②《屏风绝句》虽说是杜牧游玩时，因见周昉侍女屏风，为其高超的画艺和绝色仕女所作的赞画诗（表面意思是即使屏风上所画的仕女颜色消褪，也能引起当下少女的嫉妒和爱慕），但实际上是杜牧借画作反映了对早年盛唐气象的怀念和对当下时代没落的感慨。

杜牧写此诗的时间是唐宝历元年（825年），这个时期正是唐朝的宦官专权时代。为争权夺利，朝官和宦官形成了"南衙北司"之争，又因为宦官党派之别引起朋党之争。这种情形严重影响了朝廷的政治生态，对国家治理和社会生活也产生了极恶劣的影响。

唐朝宦官掌权从唐玄宗后期高力士开始，而宦官拥立皇帝则从唐肃宗亲信李辅国拥立唐代宗李豫开始。唐顺宗之后的宪、穆、敬、文四帝的废立都与宦官有关。《新唐书》载：唐自穆宗以来八世，而为宦官所立者七君。唐敬宗李湛是唐穆宗李恒之长子，不到16岁登基别殿，其游乐无度之形较之其父有过之而无不及，尤其喜欢打马球，又善手搏，对观赏摔跤、拔河、龙舟竞渡之类的游戏从来都是乐此不疲。宝历二年（826年），唐敬宗仅17岁就死于宦官之手。

③《画鸡》是唐寅为自己的画作题写的一首七言绝句，描绘了雄鸡的优美形象，表达了自己欲不拘世俗、一鸣惊人的品格和情怀。

七、不一样的人生际遇、不一样的画风

杜牧诗中的周昉，其何人也？他的画风如何影响后世的？唐寅真如影视作品中那么潇洒风流吗？且让我们通过他们的人生际遇来做一些探寻。

（一）周昉的人生际遇与画风

1. 周昉的人生际遇

周昉，字仲朗、景玄，京兆（今陕西西安）人，出身于仕宦之家，生卒年不详，是盛唐至中唐著名的画家，先后任越州、宣州长史。其长兄周皓受家庭尚武风气的影响，善于骑马射箭，随从名将哥舒翰西征吐蕃，在攻取石堡城的战役中，骁勇善战立了军功，因此被授任执金吾。

周昉的艺术活动期较长，近40年，即唐大历至贞元年间（766—805年），其活动范围主要集中在长安和江南两地。他能书，擅画人物、佛像，尤其擅长画贵族妇女，其贵妇画容貌端庄，体态丰腴，色彩柔丽，为当时宫廷士大夫所喜爱。周昉是盛唐中唐时期继吴道子之后而起的重要人物画家，属当时有名的宗教画家兼人物画家，早年效仿过张萱，后来加以变化，别创一体又极能写真。

仕女画方面，周昉笔下的女性形象体态丰腴，曲眉丰颊，以丰满为美，衣冠全是贵妇之状，用笔简劲，色彩柔丽。很多画作反映了宫中仕女单调寂寞的生活，如扑蝶、抚筝、对弈、挥扇、演乐、欠身（打哈欠）等。

周昉的艺术影响是通过"周家样"传播于后世的。他的仕女画早被当时的评论家称作"画士女，为古今冠绝"（唐朱景玄《唐朝名画录》）。"周家样"几乎席卷了晚唐仕女画坛。至五代，这种艺术格局仍继续留存在周昉曾活动过的江南地区，如南唐的周文矩，传播发扬了周昉的仕女画艺术。南宋牟益是承传张萱、周昉画风的仕女画家，《捣衣图》卷（台北故宫博物院藏）是其代表作。元代宫廷画家周朗，他的《杜秋图》卷全然是得自"周家样"之形，但用笔一展元人飘逸洒脱的韵律。

　　画像方面，在唐德宗朝修章敬寺时，德宗曾召见作为执金吾的周昉长兄周皓，请他弟弟周昉为章敬寺画神像。过了一些天，唐德宗又让周皓请了一次，周昉才开始画。最初画出来的神像，周昉将它像屏风一样放在寺院里，整个京城的人都可以去看。章敬寺就在皇宫门前，不论是贤良的人，还是愚鲁的人，都去看画像。有的人说画得好，有的人说画得不好。有人挑出毛病来，周昉随时进行修改。历经一个多月，评论好坏的人没有了，人们都赞叹这幅神像画得太好了！周昉创造的最著名的佛教形象是"水月观音"，他创制出体态端严的"水月观音"，将观音绘于水畔月下，该画以笔法柔丽、形象端严而闻名，故后人称作"水月观音"，有极高的艺术魅力。张彦远评价说："衣裳劲简，采色柔丽，菩萨端严，妙创水月之体。"

　　写真方面，相传唐朝名将郭子仪的女婿、侍郎赵纵约请韩幹和周昉先后为他画像，画完后，赵纵将画像置于坐侧，一时难定优劣。赵夫人回府后点评道："两画皆似，前画者空得赵郎状貌，后画者兼移其神气，得赵郎性情笑言之姿。"一语道出周昉的艺绝之处。

　　2. 由人生见画风

　　早在唐代"周家样"的艺术影响就已超出了中原，它的艺术为邻国新罗（今朝鲜半岛中部）的画家所倾倒。唐贞元年间（785—805 年）以来，新罗人到周昉曾活动过的江淮一带以高价求购周昉的画迹。"周家样"不仅影响到新罗的人物画，而且漂洋过海至东瀛，影响日本奈良时代的佛教造像，如藏于日本东京国立博物馆的《吉祥天女像》。这个时期日本仕女画的造型更是直取"周家样"之形，如藏于日本东京国立博物馆的《鸟毛立女屏风》等。

　　总体而言，周昉的画风可归纳为"衣裳简劲，彩色柔丽，以丰厚为体"，以及写真传神。画风如此，与画家周昉的人生经历有关。

　　一是他"初效张萱，后则小异"（唐张彦远《历代名画记》）。周昉的官宦生涯和贵族地位使他长期交游于贵胄子弟间，故有机缘接受张萱的绘画主题和艺术手法影响。绘画的师承对画风的影响极大，但能否"青出于蓝而胜于蓝"又取决于传承者的个人艺术天赋和创新能力。从"周家样"的海外流传和对后世的影响力看，周昉做到了这一点。

二是周昉所处的时代所展现的繁荣的社会景象和雍容、华贵的个人形象。女子们云鬟高耸、长裙窄裤、色彩缤纷地踏青、游戏画面，给了画家鲜活的、不一样的视觉冲击和感受，进而体现在画作上的"衣裳简劲，彩色柔丽"。

三是至晚唐以前，整个大唐社会对女人的审美观念是以丰腴为美，尤其是唐玄宗和杨贵妃的宫廷爱情将这种审美推向了高峰。女子的丰腴成为女性人物的基本底色。此外多彩的社会生活所展现的丰富场景进一步增加了画面的内容和厚度，故其画风落脚到"以丰厚为体"。

（二）唐寅的人生际遇与画风

1. 唐寅的人生经历

唐寅因其祖上出过两位名人，一为前凉晋昌郡人、陵江将军唐辉；一为跟随李渊起兵受封"莒国公"的唐俭，所以唐寅也自称"鲁国唐生"，且其书画题名常用"晋昌唐寅"落款。

作为江南四大才子之一的唐寅从小性极聪颖（四大才子还包括祝枝山、文徵明和徐祯卿）。明成化二十一年（1485 年），他考中苏州府试第一名，进入府学读书。弘治七年（1494 年），唐寅的父亲去世，其母亲、妻子、儿子、妹妹亦在这一两年内相继离世，家境逐渐衰落，在好友祝枝山的规劝下潜心读书准备科举。弘治十一年（1498 年），考中应天府乡试第一（解元）。唐寅中举后其风流旷达的性情并没有改变，常常呼朋唤友悠游无度。他的朋友纷纷规劝他，祝允明对唐寅说："夫谓千里马，必朝秦暮楚，果见其迹耳。非谓表露骨相，令识者苟以千里目，而终未尝一长驱，骇观于千里之人，令慕服赞誉，不容为异词也。"文徵明写信给唐寅，借文徵明父亲之口进行规劝："子畏之才宜发解，然其人轻浮，恐终无成；吾儿他日远到，非所及也。"但唐寅并没有把朋友的规劝放在心上，他回信正是那篇《与文徵明书》，信中的意思是：我生来就是如此，你看我不顺眼，那就别和我交朋友。态度十分嚣张，言辞尖刻，对文徵明的劝告不但不领情，还要与文徵明断绝关系。

弘治十二年（1499 年），唐寅与江阴徐经入京参加会试，因牵连徐经科场案下狱。弘治十三年（1500 年），唐寅出狱后被黜为浙藩小吏，个人深以为耻坚决不去就职。唐寅归家后夫妻失和，休妻。从此，丧失科场进取心，游荡江湖，沉浸于诗画之中。正德九年（1514 年）秋，唐寅应宁王朱宸濠之聘去了南昌。不到半年，宁王不时暴露出谋反之意，唐寅才发现自己上了贼船，正德十年（1515 年），唐寅装疯被宁王放还。唐寅晚年生活穷困，依靠朋友接济。

2. 由人生见画风

如果说唐朝周昉的画风是有迹可循和明确的，那么唐寅的书画风格则变化不定、规律性不强。之所以如此，同样与唐寅的人生经历有关。

一是唐寅作画很少注明年份，由此难以推测作画时间，也难以按照时间来划分他的画风变化进程，单就题材来看，唐寅的画作主要有山水画、人物画、花鸟写意画等。

二是其放荡不羁和风流旷达的性格，使其做事做人隐含了变动不居的因素，画作或书法上也必然有求变求新的踪迹。

三是科场一案带来的跌宕起伏，使得唐寅的人生态度从儒家的入世变为佛家的出世，从而其画风格尤其是书法在不同时期有所不同，从模仿赵孟頫、颜真卿等大家到找到挥洒自如的自我。

唐寅的艺术风格可以分为三个时期。第一时期是 30 岁以前，与同年龄的苏州同乡文徵明交善，甚受文氏影响。如 20 余岁所绘《黄茅渚小景图卷》（上海博物馆藏），湖石、平坡、树丛均极似文氏细笔；书法亦俱从赵孟頫入手，均结体严整，用笔圆润，其《高人深隐图》上款字，也极似文徵明。

第二时期是 30 ~ 36 岁，唐寅科场被黜，妻子离异，无奈借诗文、书画谋生。其时书法效法唐人，力求规范，尤崇尚颜真卿的楷书，用笔稳重，圆硕多肉，结体偏于长方，点画横细竖粗，并吸纳隶法，横笔收尾似"蚕头"，捺笔收笔之顿近"燕尾"，极富力度，如弘治乙丑（1505 年）36 岁所作《落花诗册》。

第三时期是 37 ～ 45 岁，唐寅正值壮年，居住在桃花庵，专心从事诗文书画，创作达到顶峰。其时书法又返归赵孟頫，并上追唐代李邕，遂形成了自身的成熟风格，以结体俊美、用笔娟秀流转的赵体为根基，并融入了李邕斜长的字姿、有力的笔法和生动的布局，于秀丽中见遒劲，端庄中见灵动。《七言律诗轴》（台北故宫博物院藏）、《山路松声图轴》（台北故宫博物院藏）上的款题和《行书三绝卷》（丁念先藏）等作品，均呈赵孟頫与李邕相融合的面貌。

第四时期是 46 ～ 54 岁去世，已属唐寅晚年。自江西宁王处装疯逃回，他进一步看透世事，书法亦变为率意，并吸取了米芾求意取势的书风，用笔迅捷而劲健，沉着痛快，八面出锋，率真自如，追求力量、速度和韵味；同时又融诸家笔法于一体，使结体、用笔均富于变化，并达到了挥洒自如的境地。代表作品有 50 岁以后作的《西洲话旧图轴》（台北故宫博物院藏）上的款题、《看泉听风图轴》（南京博物院藏）上的款题等。

就画而言，唐寅人物画拥有形象准确而神韵独享的画风。唐寅水墨山水和写意花鸟画拥有墨韵明净、格调秀逸洒脱的画风。其绘画作品融宋代院体技巧与元人笔墨韵味于一体，呈现出俊峭而又不失秀雅的风格。构图简约清朗，画面层次分明，疏密有致，用笔清隽，纤而不弱，寓有刚柔相济之美。墨色多变，意境平淡朗逸，清雅幽丽，超凡脱俗。

小　结

无论世界何地何民族，可以没有文字，但一定有音乐、舞蹈和绘画。本讲所选的音乐、舞蹈和绘画三种艺术形式，都与唐诗相关。唐诗不仅是中国历史上格律诗的顶峰，其反映的艺术形式也是五千年历史长河里中华文明的典范。日本至今仍将唐代传去的中国乐舞称"唐乐"；"周家样"的艺术魅力为邻国新罗的画家所倾倒；日本奈良时代的佛教造像、仕女画的造型更是直取"周家样"之形。唐朝无论是诗歌、音乐、舞蹈、绘画、书法、石窟雕塑等文化艺术都体现出了中华文化的博大精深。这一时代的特征是中华文明对周边国家和民族的吸引以及又不断吸收借鉴其他文明的交流融合过程。此时中华文化既延续了传统文明的精髓，又吸纳了许多新的文明元素，从而形成了更为璀璨夺目的成果，中国的文化自信在一千余年前的唐代得到了极好的体现。

第七讲　从诗词里发现不一样的情怀

提要：什么是情怀？是国人的普遍精神投射到个体身上并体现出的个人信念吗？"穷则独善其身，达则兼善天下"是中国历史上传统读书人的情怀吗？在不同社会状态下古人都会有建功立业、勇往直前或功成身退、归隐山林的选择吗？如果说"直挂云帆济沧海"是浪漫主义的情怀；"明月何时照我还"是思乡心切的情怀；那么"醉卧沙场君莫笑，古来征战几人回""黄沙百战穿金甲，不破楼兰终不还"则是笑傲生死的英雄主义情怀；"三十功名尘与土，八千里路云和月"更是反映了爱国主义情怀。当今社会给了人们建功立业、实现理想和抱负的环境，所谓的入仕与归隐已成为历史的符号。但我们这个时代依然要呼唤英雄、树立爱国情怀，并向拥有伟大情怀的诗人和其所体现的情怀致敬！

一、历史上中国人的传统情怀简析

（一）什么是情怀

《先遣连》是一部感人至深的电影。故事发生在西藏和平解放前夕（1951年5月23日签订和平解放协议），为了保卫祖国西藏的领土安全，王震将军命令新疆军区一个先遣连去西藏阿里地区戍守。这是一个带有秘密和试验的军事任务。所谓秘密是在没有确定西藏是战是和的背景下，派军队进驻西藏属于"不宣而进"。所谓试验是指当时的解放军几乎没有进入过平均海拔近 5000 米的高原，还不清楚高原反应对人的影响。这个连队驻守八个月后，135 人、150 余匹马的连队只剩 69 人和 3 匹马。其间近一半的战士因为高原反应、缺医少药和舍己为人而永远地长眠在了这片土地上。当时全国几乎已全部解放，但这些年轻的战士却再也看不到明媚的天空、呼吸不到新鲜的空气、感受不到年轻的活力和快乐。1951 年 6 月西藏和平解放后，大部队前来接应先遣连，当连长向上级指挥员集合点名全体指战员，呼唤那一个个为祖国的解放、为人民的幸福而献出年轻宝贵生命的战友名字时，这些再也无法站立和应答的战士却以一种爱国英雄的形象矗立在我们的面前。

　　什么是情怀？这一故事中的战士是否就体现出英雄主义和爱国主义的情怀呢？情怀作为个人感情的境界和胸怀，大者可达"先天下之忧而忧，后天下之乐而乐"，小者可为"各人自扫门前雪，莫管他人瓦上霜"。无论是"人是上帝的仆人"这一西方神学世界观，还是中国人的"王侯将相宁有种乎"的人本主义世界观，情怀均闪耀于不同种族的人性之中，或为夸父逐日的豪气，或为精卫填海的坚韧，又或为葛朗台的贪婪残忍。情怀不仅取决于世界观及其普遍精神，还取决于当时的国家社会运行状态和所呈现的人文面貌。《论语》有"笃信好学，守死善道。危邦不入，乱邦不居。天下有道则见，无道则隐。邦有道，贫且贱焉，耻也，邦无道，富且贵焉，耻也"一句，这是孔子针对不同社会现实给学生的告诫。无论是文人还是武将，在不同社会状态下都会存在建功立业、勇往直前或功成身退、归隐山林的选择，是克勤克己还是浪漫达观，这些也是历史上多数人对人生选择的一种情怀体现。如果说"直挂云帆济沧海"是浪漫主义的情怀，"明月何时照我还"是思乡心切的情怀，那么"醉卧沙场君莫笑，古来征战几人回""黄沙百战穿金甲，不破楼兰终不还"则是笑傲生死的英雄主义情怀，"三十功名尘与土，八千里路云和月"更是反映了爱国主义情怀。

　　（二）"达则兼善天下"的传统情怀

　　我们在前面第四讲已说到，《神童诗》有"万般皆下品，惟有读书高"

这一名句，其实这句诗还包含了孟子所说的"穷则独善其身，达则兼善天下"这一士子或读书人所追求的情怀。

笔者的一个学生曾在贵阳附近的一个水电工程项目任职，工程有断面很大的引水隧洞，因此请笔者去考察指导。后面我们还抽空到贵阳花溪区的青岩古镇转了一下。当笔者一个人静静地走在青岩背街的石板路上，看着印着岁月痕迹由青变黑的片麻石墙面时，当笔者坐着小板凳与街上几个老人攀谈并听他们谈青岩的历史时，就深深地感叹于青岩的历史底蕴和人文气息。状元府、书院、祠堂、城门……无不体现着古人的情怀和文化的传承。

青岩镇迄今已经有六百余年的历史，因其出了贵州历史上第一位状元，也被称为状元镇。其中"九寺、八庙、三洞、二祠、一宫、一院、一府"为其著名的景点。

这里的状元指的是赵以炯（1857—1906 年），字仲莹，号鹤林。清光绪五年（1879 年）中举人，光绪十二年（1886 年）中进士，殿试一甲第一名，中状元，大魁天下，成为云贵两省有科举以来"以状元及第而夺魁天下"的第一人。赵以炯在保和殿参加殿试时，光绪帝出上联："东津明、西长庚、南箕北斗，谁能为摘星汉？"赵以炯对下联："春牡丹、夏芍药、秋菊冬梅，臣愿作探花郎。"此联对仗工整贴切，久久盛传。

赵以炯科举高中，文化知识不仅改变了他的命运，还塑造了他"兼善天下"的情怀，并进一步改善了他家乡的发展环境，改变了家乡许多青少年的命运。

一是他的夺魁给读书人形成了标杆和示范。赵以炯中状元后，带动了更多后生子弟向学。仅他们一家，其哥哥和两个弟弟分别考中了两个进士、一个举人经魁。赵家一门一状元、两进士、一经魁，这在科举时代绝对是光耀门庭、显赫家族的殊荣。

二是他的中举进一步加强了青岩尊师重教的学风。在中国历史上，除了数量有限的官学以外，广大民众子弟绝大部分都是在私塾等地接受教育，这是他们学习知识、博取功名的重要途径。赵以炯中状元后，青岩原有的书院的力量大大增强，以赵家祠堂为核心扩大了书院的场地，并为贫穷家庭天资聪颖的孩子提供资助，使得更多的家族子弟有了学习和改变命运的机会。赵以炯本人也在 1900 年丁忧回籍时在学古书院讲学，1904 年辞官返乡回青岩讲学。

三是他的中举给家乡带来了更多的社会资源。赵以炯中状元对于被人视为文化发展相对落后的贵州来说，确实是一件了不起的大事。当时贵州为云贵总督抚制，因此这不仅是贵州的喜事，也是云贵两省的喜事。一场科举的胜利，变成一场科举的盛宴。名人雅士来之，督抚奖励有之，书院扩充、城门城楼修缮资金给之。总之，人才、资金、物资等要素和资源都在一段时间内汇聚到青岩，从而极大地促进了青岩的发展。

四是他的中举进一步改善了青岩文化开放的氛围。在当下，我们常常说有知识不一定有文化，那是因为知识的范畴和文化的范畴已与过去大不相同，它们只存在交集。而在长达千年的科举时代中，知识和文化基本上是一个范畴，就是通过对"四书五经"的学习，培养一个"修齐治平"的君子。因为赵以炯的高中，青岩通过文化再造培养了更广大的知识阶层，并通过知识和文化的力量进一步营造出尊师重教、开放包容和保持传统的文化环境与氛围。

赵以炯的生平和青岩古镇的发展进一步生动地阐明了《神童诗》诗句中"莫道儒冠误，诗书不负人；达而相天下，穷则善其身"的情怀。

《神童诗》应该说对历史上的读书人或士子的心路历程、精神世界和责任使命作了完整的诠释。如果说"柳色浸衣绿，桃花映酒红；长安游冶子，日日醉春风"表现的是士子们刚刚中举后的得意，那么"春水满泗泽，夏云多奇峰；秋月扬明辉，冬岭秀孤松。诗酒琴棋客，风花雪月天；有名闲富贵，无事散神仙"则反映了部分读书人的浪漫生活状态。而"朝为田舍郎，暮登天子堂；将相本无种，男儿当自强。……慷慨丈夫志，生当忠孝门；为官须作相，及第必争先"则充分体现了儒家"修齐治平"的进取心和使命情怀。但这些还不足以全面表现读书人的心路历程和精神境界。还有"墙角一枝梅，凌寒独自开；遥知不是雪，为有暗香来。柯干如金石，心坚耐岁寒；平生谁结友，宜共竹松看。居可无君子，交情耐岁寒；春风频动处，日日报平安"等诗句进一步反映了读书人追求人格独立、思想自由的情怀，体现了"君子固穷，小人穷斯滥矣"的境界。

因此，不管任何时代和社会，"穷则独善其身，达则兼善天下"这一服务国家、做好自己的情怀会继续照耀中国人前进的道路。

二、浪漫主义的李白：直挂云帆济沧海

（一）反映李白浪漫主义情怀的诗二首

行路难三首·其一

唐　李白

金樽清酒斗十千，玉盘珍羞直万钱。
停杯投箸不能食，拔剑四顾心茫然。
欲渡黄河冰塞川，将登太行雪满山。
闲来垂钓碧溪上，忽复乘舟梦日边[①]。
行路难，行路难，多歧路，今安在？
长风破浪会有时，直挂云帆济沧海。

【注释】

① "闲来"二句：表示诗人自己对从政仍有所期待。这两句暗用两个典故：姜太公吕尚曾在溪边钓鱼，得遇周文王，助周灭商；伊尹曾梦见自己乘船从日月旁边经过，后被商汤聘请，助商灭夏。

将进酒

唐　李白

君不见黄河之水天上来，奔流到海不复回。
君不见高堂明镜悲白发，朝如青丝暮成雪。
人生得意须尽欢，莫使金樽空对月。
天生我材必有用，千金散尽还复来。

烹羊宰牛且为乐，会须①一饮三百杯。

岑夫子②，丹丘生③，将进酒，杯莫停。

与君歌一曲，请君为我倾耳听。

钟鼓馔玉不足贵，但愿长醉不复醒。

古来圣贤皆寂寞，惟有饮者留其名。

陈王④昔时宴平乐⑤，斗酒十千恣欢谑。

主人何为言少钱，径须沽取对君酌。

五花马、千金裘，呼儿将出换美酒，与尔同销万古愁。

【注释】

① 会须：应当，应该。

② 岑夫子：岑勋，南阳人，李白好友。

③ 丹丘生：元丹丘，唐时隐士，李白好友。

④ 陈王：即曹植，因封于陈（今河南淮阳一带），死后谥"思"，世称
陈王或陈思王。

⑤ 平乐（lè）：平乐观，汉明帝所建，在洛阳西门外，为汉代富豪显贵
的娱乐场所。

（二）诗作背景和作者

① 《行路难三首·其一》为唐天宝年间李白前往长安时所作。

② 《将进酒》按黄锡珪《李太白编年诗集目录》，写于天宝十一年（752
年），是李白天宝年间离京后，漫游梁、宋，与友人岑勋、元丹丘相会时所作。

李白（701—762年），字太白，号青莲居士，被贺知章称为"谪仙人"。
作为唐代伟大的浪漫主义诗人，被后人誉为"诗仙"，与杜甫并称为"李杜"。
《新唐书》记载，李白为凉武昭王兴圣皇帝李暠九世孙。其人豪爽大方，爱
饮酒作诗，喜交友。

（三）李白浪漫主义情怀的来源

1. 家世带来的光环和豪气

祖先崇拜和重视家族血缘是中华文明的底色或核心特征之一。中国人崇拜祖先，讲究祖先有灵、祖先保佑。中国人看重家族和血缘关系，世界上主要民族的语言中，只有我们汉语的亲属称谓多达数百个。周朝立国八百年，与家族血缘分封有一定关系。历史上，每个人出生在什么样的家族或祖先有什么名号，在一定程度上影响了其在社会上的地位和可能的前途，这一点在夏商周三代和魏晋南北朝时期尤其明显。因此，历朝历代上至皇帝下至平民百姓，都喜欢攀上高门大姓的祖先，以光耀门庭。

《新唐书》记载，李白祖籍陇西成纪（今甘肃秦安），为兴圣皇帝（凉武昭王李暠）九世孙，与李唐诸帝同宗。李暠（351—417 年），字玄盛，小字长生，陇西成纪人，自称西汉飞将军李广十六世孙，十六国时期西凉开国国君，为唐朝皇室认定的先祖。天宝二年（743 年），唐玄宗李隆基追尊李暠为兴圣皇帝。

李白祖上曾迁徙到中亚碎叶城，李白即诞生于此。唐神龙元年（705 年），其家迁入绵州彰明县（今四川江油），时李白 5 岁，开始发蒙读书。从李白的家世可知，一是他具备了一般人不及的高门大姓，二是他家很有钱。因为其父经商，所以家资颇丰。唐朝是当时万邦来朝的国度，高度发达和高度自信带来了高度开放和高度多元化，整个西域的丝绸之路上，商队和人员络绎不绝。李白父祖正是这些商人中的一员，正是此时积累的财富使李白家境优渥。

2. 道家普遍精神养成其浪漫豪放的情怀与风格

从早期经历看，景龙四年（710 年），李白开始读诸子、史，随后去戴天山（今绵阳江油境内）大明寺看奇书、作诗赋、习剑术，开元三年（715 年），李白曾写道："十五观奇书，作赋凌相如。"他同时接受道家思想的影响，尤其是道家道法自然和修道成仙的世界观影响了他的浪漫主义情怀，进一步养成了其自由任侠、思绪浩渺的行事风格，与《庄子》中的开阔无涯相近。

因此，道家的浪漫主义情怀在《梁甫吟》《蜀道难》《梦游天姥吟留别》《望庐山瀑布》等诗作中都有所体现。他的豪放体现在其仗义疏财、任侠好酒和喜交朋友上。开元十三年（725年），李白出蜀，携金数万，"仗剑去国，辞亲远游"，开始了他追求功名、报效国家的游历生活。体现这一段生活经历和豪放任侠个性的诗篇也有许多，比如《侠客行》中的诗句"赵客缦胡缨，吴钩霜雪明。银鞍照白马，飒沓如流星。……千秋二壮士，烜赫大梁城。纵死侠骨香，不惭世上英"，以及《将进酒》中"千金散尽还复来。……主人何为言少钱，径须沽取对君酌。五花马、千金裘，呼儿将出换美酒，与尔同销万古愁"。

3. "直挂云帆济沧海"的浪漫主义情怀贯穿于许多诗篇中

从《行路难三首·其一》可知，李白原本才高志大、积极入世，欲效管仲、张良、诸葛亮等杰出人物干一番大事业。可是入京后，除了场面上的风光，并未被唐玄宗重用，还受到权臣的谗毁排挤，两年后被"赐金放还"，变相撵出了长安。《将进酒》的创作距李白被唐玄宗"赐金放还"已有八年之久。这些年，李白虽然悠游于好友名士、放歌于大自然，但道家思想、儒家思想仍然流淌在像李白一类的文人名士血液之中，尽管在政治上被排挤、受打击，理想不能实现，常常借饮酒来发泄胸中的郁闷，但其浪漫主义的情怀和豪放风格并未改变，其性格中的浪漫主义情怀与豪放风格依然通过诗作将历史的遗存和现实的阴暗交织在一起，表达出忧国伤时的感情。

三、使命系身的王安石：明月何时照我还

（一）反映王安石使命系身情怀的诗词二首

泊船瓜洲

北宋　王安石

京口瓜洲一水间，钟山只隔数重山。

春风又绿江南岸，明月何时照我还。

桂枝香^①·金陵^②怀古

北宋　王安石

登临送目，正故国晚秋，天气初肃。千里澄江似练，翠峰如簇。归帆去棹^③残阳里，背西风，酒旗斜矗。彩舟云淡，星河鹭起，画图难足。

念往昔，繁华竞逐，叹门外楼头^④，悲恨相续。千古凭高对此，谩嗟荣辱。六朝旧事随流水，但寒烟衰草凝绿^⑤。至今商女^⑥，时时犹唱，后庭遗曲^⑦。

【注释】

① 桂枝香：词牌名，又名"疏帘淡月"，首见于王安石此作。

② 金陵：今江苏南京。金陵为六朝故都，也称故国。

③ 棹（zhào）：划船的一种工具，形似桨，也可引申为船。

④ 门外楼头：指南朝陈亡国惨剧。语出杜牧《台城曲》："门外韩擒虎，楼头张丽华。"

⑤ "六朝"两句：六朝的往事像流水般消逝了，如今只有寒烟笼罩衰草，凝成一片暗绿色，繁华无存。六朝，指三国吴、东晋、南朝宋、齐、梁、陈六个朝代。

⑥ 商女：酒楼茶坊的歌女。

⑦ 后庭遗曲：指歌曲《玉树后庭花》，传为陈后主所作，其辞哀怨绮靡，后人将它看成亡国之音。最后三句化用杜牧《泊秦淮》"商女不知亡国恨，隔江犹唱《后庭花》"的诗意。

（二）诗作背景和作者

①《泊船瓜洲》写于北宋熙宁七年（1074 年），是王安石第一次罢相自京还金陵，途经瓜洲时所作。

②《桂枝香·金陵怀古》写于北宋治平四年（1067 年），是王安石第一次任江宁知府期间的作品。

王安石（1021—1086 年），字介甫，号半山，抚州临川（今江西抚州）

人，北宋政治家、文学家、思想家、改革家。庆历二年（1042 年），王安石进士及第。王安石潜心研究经学，著书立说，创"荆公新学"，促进宋代疑经变古学风的形成。在哲学上，他用"五行说"阐述宇宙生成，丰富和发展了中国古代朴素唯物主义思想；其哲学命题"新故相除"，把中国古代辩证法推到一个新的高度。在文学上，王安石具有突出成就，名列"唐宋八大家"。

（三）王安石使命系身情怀的来源

在唐宋八大家中，苏轼堪称中国历史上的天才大文豪，可与之媲美的则是苏轼同时代的、既为政敌亦为好友的王安石。王安石不仅是大文豪，同时还是大思想家和大政治家，是八大家中唯一做过宰相的文豪，所谓"宰相肚里能撑船"就是指的王安石。作为一代文宗的欧阳修对王安石评价甚高，晚年在《赠王介甫》中写道："老去自怜心尚在，后来谁与子争先。"

1. 王安石的经历

王安石出身官宦家庭，19 岁丧父，家境并不太好。他是天才少年，过目不忘，出口成章，庆历二年（1042 年）考取进士，进入仕途，在地方任职，先后任淮南判官、鄞县知县、舒州通判、常州知州、提点江东刑狱和知江宁府（1067 年）等地方官吏。在远离中央的这些年中，王安石除了干好本职工作外，还与多名学者交往，埋头读经，著书立说，因其学识渊博，王安石广为人知，被称为"通儒"。与此同时，他更多是在体会着社会的积弊并思考着国家的命运。嘉祐三年（1058 年），王安石向宋仁宗呈送了《上仁宗皇帝言事书》，提出了"视时势之可否，因人情之患苦，变更天下之弊法，以趋先王之意"的政治主张，中心思想是变法。但因为仁宗久病在床，加之朝廷缺乏改革动力，王安石的万言书自然没有下文。其间，朝廷多次征召其入朝为官，均被王安石拒绝。与同时代的士大夫推崇一篇绝世好文的认识不同，于王安石而言，他更在意的是文字的力量，如在《次韵信都公石枕蕲簟》中就写道："天方选取欲扶世，岂特使以文章鸣。"因此他一直身体力行地坚守在地方，探索着如何解决当时国家"三冗两积"的病根。

这一等就是二十多年，治平四年（1067 年），王安石应召入对，力陈改革之必要性。满怀治国理想的年轻皇帝被王安石描述的"民不加赋而国用饶"的前景深深吸引了，旋召王安石为翰林学士。王安石所上《本朝百年无事折子》，彻底吹响了改革变法的冲锋号。熙宁二年（1069 年），王安石被提为参知政事，从熙宁三年（1070 年）起，两度任同中书门下平章事。

2. 具有强烈的经世济民的政治抱负和使命情怀

《桂枝香·金陵怀古》通过对金陵（今江苏南京）景物的赞美和历史兴亡的感叹，表现王安石作为一个改革家、思想家对当时朝政积弊的担忧和对国家政治改革的使命感。金陵为六朝古都所在，虎踞龙蟠，雄伟多姿，长江千里西来奔流入海。市廛（chán）栉比，灯火万家，呈现出一派繁荣的景象。面对这样一片大好河山，作者想到江山依旧、人事变迁，怀古而思今，表达了一种"处江湖之远则忧其君"沉郁悲壮的使命情怀。

而《泊船瓜洲》则反映出王安石尽管已被罢相，但依然心怀理想，希冀皇上召他回朝，继续他强国富民、经纬国家、改革时弊的使命。他早期的另一首《登飞来峰》中写道：

> 飞来山上千寻塔，闻说鸡鸣见日升。
>
> 不畏浮云遮望眼，自缘身在最高层。

这首诗也深刻反映了他的政治抱负。为了政治改革，他提出了"天变不足畏，祖宗不足法，人言不足恤""三不畏"的政治宣言，对"天不变，道亦不变"的传统观念进行了大无畏的挑战。进一步体现出他背负使命、追求理想不惜粉身碎骨的勇气和决心。

3. 诗词中透出的孤傲和独立特行

王安石一向具有孤傲之性格和独立的人格与思想，这从他还在地方任职时期的诗篇就可以看出。王安石在《龙泉寺石井二首》中曾言：

> 山腰石有千年润，海眼泉无一日乾。

天下苍生待霖雨，不知龙向此中蟠。

此时王安石还不到 40 岁，还未步入不惑之年，但诗篇中的文字已充分体现了王安石宏大志向和充满战斗精神的正能量。

熙宁九年（1076 年），即便再次被罢相，王安石在退居钟山时依然写下《梅花》一诗：

墙角数枝梅，凌寒独自开。

遥知不是雪，为有暗香来。

雪是高洁的，但梅花除有雪一般的高洁外，还具有芳香沁人的特质。尤其是"凌寒"一词更反映出作者借梅花所表达的对独立之人格、独立之思想和不流于世俗的追求。

古人常言：吾不畏其刚，吾畏其廉。刚生勇，廉生威。王安石很会为国家理财，但自己为官清廉，加之他孤傲，从而造成了"水至清则无鱼"的局面，工作上缺乏可以指出其不足的同仁。同时在选人用人方面，王安石也稍有不足，从而造成了其首席助手吕惠卿成为日后对"变法"落井下石的第一人。当然，同时代变法的反对者司马光也遇到了类似的情况，其铁杆拥护者蔡京日后成为对"元祐党人"疯狂清算的第一人。

四、独善其身的高启：雪满山中高士卧

（一）反映高启独善其身情怀的诗一首

咏梅·其一

明　高启

琼姿只合在瑶台，谁向江南处处栽？

雪满山中高士卧①，月明林下美人来。

寒依疏影萧萧竹，春掩残香漠漠苔。

自去何郎无好咏，东风愁寂几回开。

【注释】

①雪满山中高士卧：出自《后汉书》的"袁安卧雪"。

（二）诗作背景及作者

《咏梅·其一》为高启于明代开国未久之际即明洪武二年（1369年）所作。

高启（1336—1374年），江苏吴中（今江苏苏州）人，出身富家，童年时父母双亡，生性机敏，读书过目成诵，久而不忘，尤精历史，长于诗作。高启与宋濂、刘基并称为明初诗文三大家，同时，与杨基、张羽、徐贲同被誉为"吴中四杰"，甚至有"明初四杰"之誉。

（三）高启独善其身情怀的来源

明朝文学成就更多体现于戏曲和小说，比如汤显祖的《牡丹亭》、罗贯中的《三国演义》，诗词方面虽然远不及唐宋时代，但依然有佳作美篇。比如高启于明洪武二年（1369年）所作的《登金陵雨花台望大江》，其中有"我生幸逢圣人起南国，祸乱初平事休息。从今四海永为家，不用长江限南北"的诗句。就是这样一个对明太祖歌功颂德的大诗人竟然在洪武七年（1374年）被皇帝所杀，高启死时年仅37岁。为什么在明初用人之际，皇帝要杀一个他所看重的文人？其中原因错综复杂。

元朝末年，天下大乱，张士诚据吴称王。淮南行省参知政事饶介据守吴中，礼贤下士。闻高启才名，多次派人邀请，延为上宾，招为幕僚，时年高启仅16岁。但他厌恶官场，23岁那年便借故离开，携家归依岳父周仲达，隐居于淞江河畔的青丘，并自号青丘子，曾作有《青丘子歌》。

高启以其才学和诗词中体现的正能量，受到明太祖赏识，被请来教授诸王。洪武三年（1370年）秋，朝廷拟委任其为户部右侍郎，高启固辞不受，被赐金放还。高启返青丘后，以教书治田自给。苏州知府魏观修复府治旧基，请高启撰写了《上梁文》。因府治旧基原为张士诚宫址，有人诬告魏观有反心，且诗文中有"龙蟠虎踞"四字，被疑为歌颂张士诚，魏观被诛，高启也受到株连，被处以腰斩而亡。

　　高启童年父母早亡，从小经历的世态炎凉培养了他不等不靠的独立个性。他生性机敏，读书过目成诵，长于诗作，少年盛名导致他性格孤傲。儒道思想的浸染，又使其具备了不愿同流合污和追求人格独立的品格。从其23岁离开张士诚阵营的官场到34岁离开大明皇朝的中枢，我们都可以看出高启孤高耿介的为人和独善其身的君子情怀。

　　伟大领袖毛泽东最喜欢这首诗中的"雪满山中高士卧"，该典故出自《后汉书》的"袁安卧雪"。

　　正是因高启所表现出的独善其身情怀，其诗词中的文字力量可能会让某些人不喜欢，甚至刺痛皇帝，最终招致杀身之祸。

五、笑傲生死的大唐诗人们：不破楼兰终不还

（一）反映英雄和爱国主义情怀的唐朝边塞诗五首

凉州词①二首·其一

唐　王翰

葡萄美酒夜光杯，欲饮琵琶马上催。

醉卧沙场君莫笑，古来征战几人回。

【注释】

① 凉州词：唐乐府名。《乐苑》："凉州宫词曲，开元中，西凉都督郭知运所进。"属《近代曲辞》，是《凉州曲》的唱词，盛唐时流行的一种曲调名。

从军行①七首

唐　王昌龄

其四

青海②长云暗雪山③，孤城④遥望玉门关⑤。

黄沙百战穿金甲，不破楼兰⑥终不还。

其五

大漠风尘日色昏，红旗半卷出辕门。

前军⑦夜战洮河⑧北，已报生擒吐谷浑⑨。

其六

胡瓶⑩落膊紫薄汗，碎叶城西秋月团。

明敕⑪星驰⑫封宝剑，辞君一夜取楼兰。

【注释】

① 从军行：乐府旧题，属相和歌辞平调曲，多是反映军旅辛苦生活的。

② 青海：指青海湖，在今青海省。唐朝大将哥舒翰筑城于此，置神威军戍守。

③ 雪山：即祁连山，山巅终年积雪。

④ 孤城：即玉门关。

⑤ 玉门关：汉置边关名，在今甘肃敦煌西。

⑥ 楼兰：汉时西域国名，即鄯善国，在今鄯善县东南一带。西汉时楼兰国王与匈奴勾结，屡次杀害汉朝通西域的使臣。此处泛指唐西北地区常常侵扰边境的少数民族政权。

⑦ 前军：指唐军的先头部队。

⑧ 洮河：河名，源出甘肃临洮西北的西倾山，最后流入黄河。

⑨ 吐谷浑：中国古代少数民族名称，晋时鲜卑慕容氏的后裔。据《新唐书西域传》记载："吐谷浑居甘松山之阳，洮水之西，南抵白兰，地数千里。"唐高宗时吐谷浑曾经被唐朝与吐蕃的联军所击败。

⑩ 胡瓶：唐代西域地区制作的一种工艺品，可用来储水。

⑪ 敕：专指皇帝的诏书。

⑫ 星驰：像流星一样迅疾奔驰，也可解释为星夜奔驰。

雁门太守行①

唐　李贺

黑云②压城城欲摧，甲光向日金鳞开③。

角④声满天秋色里，塞上燕脂⑤凝夜紫。

半卷红旗临易水⑥，霜重鼓寒声不起。

报君黄金台⑦上意，提携玉龙⑧为君死。

【注释】

① 雁门太守行：古乐府曲调名。古雁门郡在今山西西北部，是唐王朝与北方突厥部族的边境地带。行，歌行，一种诗歌体裁。

② 黑云：此形容战争烟尘铺天盖地，弥漫在边城附近，气氛十分紧张。

③ 甲光向日金鳞开：（铠甲）像金色的鱼鳞一样闪闪发光。

④ 角：古代军中一种吹奏乐器，多用兽角制成，也是古代军中的号角。

⑤ 燕脂：与下文的"夜紫"暗指战场血迹。

⑥ 易水：河名，大清河上源支流，源出今河北易县，向东南流入大清河。易水距塞上尚远，此借荆轲故事以言悲壮之意。战国时荆轲前往刺秦王，燕太子丹及众人送至易水边，荆轲慷慨而歌："风萧萧兮易水寒，壮士一去兮不复还！"

⑦ 黄金台：故址在今河北省易县东南，相传为战国燕昭王所筑。《战国策·燕策》载燕昭王求士，筑高台，置黄金于其上，广招天下人才。

⑧ 玉龙：宝剑的代称。

（二）诗作背景和作者

①王翰借用《凉州词》所作的一组边塞诗，具体创作时间未能确证。《凉州词》是乐府歌词，是按凉州（今甘肃西部）地方乐调歌唱的。《新唐书》说："天宝间乐调，皆以边地为名，若凉州、伊州、甘州之类。"从标题看，凉州属西北边地；从内容看，葡萄酒是当时西域特产，夜光杯是西域所进，琵琶更是西域所产，胡笳也是西北流行乐器。这些无一不与西北边塞风情相关。

王翰（687—726年），字子羽，晋阳（今山西太原）人。唐景云元年（710年）进士，唐玄宗时做过官，后贬道州司马，死于贬所。由其生平可以推知该诗应写于开元年间。

②《从军行七首》是王昌龄采用乐府古题表现军旅豪情的边塞诗。盛唐国力强盛，君主锐意进取、卫边拓土，人们渴望在这个时代崭露头角、有所作为。武将把一腔热血洒向沙场建功立业，诗人则为伟大的时代精神所感染，用其雄壮的豪情谱写了一曲曲雄浑磅礴、瑰丽壮美的诗篇。

王昌龄（698—756年），字少伯，京兆长安（今陕西西安）人，盛唐著名边塞诗人。开元十五年（727年）进士及第，授汜水（今河南荥阳）尉，再迁江宁丞，故世称王江宁。晚年贬龙标（今湖南黔阳）尉。因安史之乱后还乡，途中为刺史闾丘晓所杀。其边塞诗多为七绝，气势雄浑，格调高昂。

③关于《雁门太守行》的年代，有两种说法。第一种说法认为此诗作于唐元和九年（814年）。当年唐宪宗以张煦为节度使，领兵前往平定雁门郡之乱（振武军之乱），李贺即兴赋诗鼓舞士气，作成了这首《雁门太守行》。第二种说法，唐张固《幽闲鼓吹》载，李贺把诗卷送给韩愈看，此诗放在卷首，韩愈看后也很欣赏，时元和二年（807年）。但诗歌属于有感而发的即兴产物，主要反映了朝廷与藩镇之间的战争状态，综合来看应该还是元和四年至元和九年（809—814年）的作品。

李贺（790—816年），字长吉，河南府福昌（今河南宜阳）人，祖籍陇西郡，唐朝中期浪漫主义诗人，与诗仙李白、李商隐并称为"唐代三李"，后世称李昌谷。虽出身唐朝宗室大郑王（李亮）一脉，但仕途不顺、英年早逝。

（三）承载着的英雄和爱国主义情怀

1. 笑看生死的英雄主义情怀

《凉州词二首·其一》意境开阔，语言华美，节奏明快，将浪漫主义情怀与英雄豪迈的精神有机地融合在了一起，渲染出征战前将士们痛快豪饮的状态以及笑看生死的英雄主义情怀。

2. 保家卫国、守边御敌的爱国主义情怀

《从军行七首》第四首通过青海湖的乌云、祁连山的冰雪、玉门关的孤独、风沙的锐利，反映了在艰苦卓绝的环境下，将士们卫国戍边的坚强意志和英勇杀敌的大无畏精神。第五首前两句将风沙漫漫与大军征伐结合在一起，反映出奔赴前线将士们的严明军纪，后两句则反映了先头部队的强大战斗力。第六首则借用西域的文化以及风物景象，描写了将士们欲杀敌报国、立功封侯的想法，充分体现了边防将士在艰苦卓绝的严酷环境下，保家卫国、守边御敌的英雄气概和爱国主义情怀。

3. "风萧萧兮易水寒，壮士一去不复还"的英雄气概和爱国主义情怀

《雁门太守行》是唐代诗人李贺运用乐府古题创作的一首描写战争场面的诗歌，氛围悲壮，意境苍凉。前两句成功地渲染了敌军兵临城下的危急气氛和守城将士披坚执锐、严阵以待的威武雄壮气势。三、四句分别从听觉和视觉两方面描写了角声呜咽、血色铺地的残酷的、惊心动魄的战争场面。后四句写驰援部队"出其不意，攻其不备"的策略以及"风萧萧兮易水寒，壮士一去不复还"的英雄主义情怀和报效国家的爱国主义情怀。这首诗，并未直接刻画悲壮惨烈的战斗场面，但通过运用"黑云""甲光""金鳞""秋色""燕脂""夜紫""红旗""黄金"等色彩和"角声""鼓寒声不起"等声音描写，以及表现特定地点的边塞风光，凸显了战争的残酷、雄壮的军威和将士的勇猛。

六、万世景仰的岳飞：虽千万人吾往矣

（一）一曲慷慨悲歌的宋词

满江红①·写怀

南宋 岳飞

怒发冲冠，凭阑处、潇潇雨歇。抬望眼，仰天长啸，壮怀激烈。三十功

名尘与土，八千里路云和月。莫等闲、白了少年头，空悲切。

靖康耻②，犹未雪。臣子恨，何时灭。驾长车，踏破贺兰山缺。壮志饥餐胡虏肉，笑谈渴饮匈奴血。待从头、收拾旧山河，朝天阙③。

【注释】

① 满江红：词牌名，又名"上江虹""念良游""伤春曲"等。双调共
　93字。

② 靖康耻：北宋靖康二年（1127年），金兵攻陷汴京，掳走徽、钦二帝。
　靖康，宋钦宗赵桓的年号。

③ 朝天阙：朝见皇帝。天阙，本指宫殿前的楼观，这里指皇帝居住的地
　方。明代王熙书《满江红》词碑作"朝金阙"。

（二）诗作背景及作者

岳飞这首词，有人认为约创作于南宋绍兴二年（1132年）前后，也有人认为作于绍兴四年（1134年）岳飞克复襄阳六郡晋升清远军节度使之后。

岳飞（1103—1142年），字鹏举，相州汤阴（今河南汤阴）人。南宋时期抗金名将，位列南宋"中兴四将"之首。岳飞从20岁起，曾先后四次从军。自建炎二年（1128年）遇宗泽至绍兴十一年（1141年）止，先后参与、指挥大小战斗数百次。金军攻打江南时，力主抗金，收复建康。绍兴四年（1134年），收复襄阳六郡。绍兴六年（1136年），率师北伐，顺利攻取商州、虢州等地。绍兴十年（1140年），完颜宗弼毁盟攻宋，岳飞挥师北伐，两河人民奔走相告，各地义军纷纷响应，夹击金军。岳家军先后收复郑州、洛阳等地，在郾城、颍昌大败金军，进军朱仙镇。宋高宗赵构和宰相秦桧却一意求和，以十二道"金字牌"催令班师。在宋金议和过程中，岳飞遭受秦桧、张俊等人诬陷入狱。1142年，因"莫须有"的罪名，与长子岳云、部将张宪一同遇害。宋孝宗时，平反昭雪，改葬于西湖畔栖霞岭，追谥武穆，后又追谥忠武，封鄂王。

（三）"虽千万人吾往矣"的爱国主义情怀来源

《满江红·写怀》上半阕抒发了作者对中原陷入敌手的悲愤，表达了自己不负韶华、努力争取建功立业的理想；下半阕抒发了岳飞对当时的民族敌人金人的深仇大恨，对收复失地的殷切愿望，对国家朝廷的赤胆忠诚。全词情绪激昂，慷慨壮烈，显示出一种浩然正气和英雄气概，表现了作者欲杀敌报国的爱国主义情怀。

岳飞作为武将，写出了不亚于文学家的慷慨豪迈、英勇悲壮的诗词，靠的就是中国传统的国学功底，更靠的是其满腔的爱国主义情怀。那么，岳飞"三十功名尘与土，八千里路云和月"的爱国主义情怀从哪里来？

第一，岳飞修身律己、奋勇当先。岳飞治军严明、纪律严整，以身作则、体恤部属、爱护百姓、优待俘虏。因为他个人的修为和对百姓的体恤，其所率领的"岳家军"有"冻死不拆屋，饿死不掳掠"的口号。尤其是绍兴十年（1140年），岳飞率部北伐中原，一口气收复了颍昌、蔡州、陈州、郑州、河南府、汝州等十余个州郡，并且消灭了金军有生力量，使得金军全军军心动摇，抗金斗争有了重要的转机，再向前跨出一步，沦陷十多年的中原，就可望收复了。金军遂有"撼山易，撼岳家军难"的评语。尽管胜利在望，但岳飞这样一支所向披靡的军队对于偏安江左的南宋朝廷而言反而成了一块心病。

第二，岳飞一生正气、两袖清风。岳飞私德太好，无可挑剔，竟让同僚显得被动和难堪，从而引发对岳飞的排挤和诽谤。靖康二年（1127年），宋室南渡之后，朝中张俊、韩世忠、刘光世、岳飞等四位将领，在抵抗金兵、保证南宋政权的建立与巩固过程中起了重大作用，从而被誉为"中兴四将"。中兴四将之一刘光世是一个官二代，爱财、爱享受，治军不严，名声较差。张俊从一名普通的弓箭手逐渐成长为高级将领，但为了权力，排挤比他小得多的岳飞，后来张俊协助秦桧推行乞和政策，又与其合谋制造了岳飞谋反的冤狱。韩世忠18岁应募入乡兵，曾率人擒获北宋末年起义的首领方腊。岳飞被秦桧以"莫须有"的罪名杀害后，韩世忠曾质问秦桧："'莫须有'三字，何以服天下乎？"为减少朝廷对他的猜忌，后期韩世忠也广置财产、奢华享乐。而岳飞，他是"中兴四将"中最年轻、资历最浅的高级将领。一生不置私产，与将士同甘共苦，心中惟有精忠报国。南宋诸将中，唯有岳飞坚持一妻，且从不去青楼欢娱。吴玠曾花二千贯买了一名士人家（读书人家）的女儿送给岳飞，岳飞以屏风遮挡问她，家里的人都穿布衣，吃粗食，娘子若能同甘苦，便请留下，否则，岳飞不敢留。女子听了窃笑不已，显然不愿。岳飞便遣人送回。部将谏阻说不要伤了吴玠的情面，岳飞说："而今国耻未雪，岂是大将安逸取乐之时？"古语曾说"水至清则无鱼"，还有"吾不畏其刚，吾畏其廉"一语。岳飞这样的品性和为人，在当时南宋朝廷这样一个耽于享乐、偏安江左的官场而言，无疑是一个异类。因此，平时岳飞在朝廷的朋友就少，能替他在皇帝面前说好话的人就更少。当岳飞被"十二道金牌"催回临安蒙难时，除了韩世忠责问秦桧外，几乎再没人在宋高宗面前呈说岳飞的忠心以及安邦治国的作用。也正是这种品格，才使得岳飞的英雄形象更加高大。

第三，岳飞具有"虽千万人吾往矣"的勇往直前的爱国主义情怀。很多人认为岳飞未能理解当时皇帝的心思。岳飞一直以来的心愿和提出的口号是"收复中原，迎回二帝"，这也是当时社会和广大民众对"忠君报国"的普遍认识。"收复中原，迎回二帝"是宋高宗一朝的宣传口号，目的是凝聚民心、恢复国体、抵御金人。但真要迎回宋徽宗、宋钦宗两位皇帝，那置宋高宗于何地？宋徽宗、宋钦宗两位皇帝一个是父亲，一个是哥哥，一旦迎回，宋高宗的帝位就会存疑。宣传口号就是宣传口号，在几千年的中国历史中，权力就是毒药，既可能置自己于死地，也可能置他人于死地，为当皇帝，"杀父弑兄"的案例比比皆是。于是宋高宗下决心杀了岳飞。结果一代名将最终以"莫须有"的罪名被赐死于大理寺狱。

那么岳飞为何如此耿直？以他从军20余年、指挥大小战斗数百次、不到40岁就位居高位的人生经历，什么人没见过？什么艰难困苦未经历过？什么政治斗争不知道？他既是治军、治世之能臣，又有从政之敏锐，只是他的爱国主义情怀促使他"知其不可而为之"，从而唤醒朝廷、振奋民众、力挽江山，也正是这一情怀才使得岳飞的形象更加光辉伟大。

七、以血报国的谭嗣同：去留肝胆两昆仑

（一）一首视死如归的绝句

狱中题壁

清　谭嗣同

望门投止①思张俭②，忍死须臾待杜根③。

我自横刀向天笑，去留肝胆两昆仑④。

【注释】

① 望门投止：望门投宿。

② 张俭：东汉末年高平人，因弹劾宦官侯览，被反诬"结党"，被迫逃亡，在逃亡中凡接纳其投宿的人家，均不畏牵连，乐于接待。见《后汉书·张俭传》。

③ 杜根：东汉末年定陵人，汉安帝时邓太后摄政、宦官专权，其上书要求太后还政，太后大怒，命人以袋装之而摔死，行刑者慕杜根为人，不用力，欲待其出宫而释之。太后疑其死，派人查之，见杜根眼中生蛆，乃信其死。杜根终得以脱身。见《后汉书·杜根传》。

④ 两昆仑：有两种说法，其一是指康有为和浏阳侠客大刀王五；其二为"去"指康有为（按：康有为在戊戌政变前潜逃出京，后逃往日本），"留"指自己。

（二）诗作背景及作者

《狱中题壁》是近代维新派政治家、思想家谭嗣同于光绪二十四年（1898年）在狱中所作的一首七言绝句。光绪二十四年（1898年）是农历的戊戌年，是年六月，光绪皇帝实行变法，八月，谭嗣同奉诏进京，参与新政。九月中旬，慈禧太后发动政变，囚禁光绪帝，并开始大肆捕杀维新党人。九月二十一日，他与杨深秀、刘光第、康广仁、杨锐、林旭等五人同时被捕。

这首诗即是他在狱中所作。

谭嗣同（1865—1898 年），字复生，号壮飞，湖南浏阳人。其父谭继洵曾任湖北巡抚兼署湖广总督。谭嗣同能文章，好任侠，善剑术，积极参与新政，光绪二十四年（1898 年）戊戌变法失败后，与林旭、杨深秀、刘光第、杨锐、康广仁等六人为清廷所杀，史称"戊戌六君子"。

（三）"为民请命"的爱国主义情怀

这首诗表达了对避祸出亡的变法领袖的褒扬祝福，对阻挠变法的顽固势力的憎恶蔑视，同时也抒发了诗人愿为自己国家改革富强的理想而献身的爱国主义情怀。

对于去留问题或者生死问题，"去留肝胆两昆仑"做了最好的注解。在政变第二天，谭氏待捕不至，遂往日本使馆见梁启超，劝梁启超尽快避往海外。梁启超及许多人也劝谭尽快离开，但他却说："不有行者，无以图将来；不有死者，无以酬圣主。今南海（康有为）之生死未可卜，程婴、杵臼、月照、西乡，吾与足下分任之。"他决心留下来营救光绪帝。几位日本友人力请他东渡日本，他说："各国变法，无不从流血而成，今日中国未闻有因变法而流血者，此国之所以不昌也。有之，请自嗣同始！"他出于"道"（变法大业、国家利益），也出于"义"（君臣之义、同志之义），甘愿效法《赵氏孤儿》中的程婴、公孙杵臼、日本德川幕府末期月照和尚及好友西乡，以个人的牺牲来成全心目中的神圣事业，以自己的挺身赴难来酬报当今皇帝的知遇之恩。同时，他也期望自己的一腔热血能够惊醒苟且偷安的芸芸众生，激起变法图强的狂澜。正因为谭嗣同等英雄们舍生取义的爱国主义情怀和热血，浇灌了推翻专制王朝的理想之花，唤醒了千万国民的觉悟，因此最后一个专制王朝——清朝不久就被推翻了。

小　结

普遍精神塑造和培育了个人情怀，而情怀反过来又进一步推动了对普遍精神的现实关照，照亮了中国人前进的道路。我们现在身处一个伟大的时代和社会，所谓历史上的大隐、中隐和小隐的形象已成为消失的背影。有理想、有抱负的人只需在建设国家、复兴民族的事业中充分发挥其使命和责任，而无须在入世与归隐之间选择。但我们依然需要"穷则独善其身，达则兼善天下"这种服务国家、做好自己的情怀，依然需要塑造和培育如"黄沙百战穿金甲，不破楼兰终不还"的英雄情怀和"虽千万人吾往矣"的爱国主义情怀。

第八讲　从诗词里发现爱情、乡愁和友情

提要：什么是情感？人类的感情极为复杂丰富，因为人心能够包容宇宙，情感可以穿越时空。元好问的"问世间、情为何物，直教生死相许"两句词道尽了人世间多少海誓山盟、花好月圆、悲欢离合、依依不舍……爱情在人类文明诞生之前就存在了，文明的演进和文化、地域的不同，使得爱情的表达、表现方式也呈千姿百态。虽然说"此心安处是吾乡"，但思乡会永远萦绕着远离故土的游子们的心头，甚至升华为家国愁绪。"海内存知己，天涯若比邻"道尽了多少惺惺相惜、志同道合的友情——不分国界、民族甚至处于双方敌对的国家。

一、情感简析

金、元之际著名文学家元好问《摸鱼儿·雁丘词》的"问世间、情为何物，直教生死相许"两句词道尽了人世间多少海誓山盟、花好月圆、阴晴圆缺、悲欢离合、依依不舍……有人为之奋发有为，有人敢于慷慨赴死；有人感受春风烂漫，有人为之抑郁癫狂；有人得到心灵抚慰，有人因之身陷囹圄；有人为之心空向佛，有人为之消沉萎靡……因人、因环境、因时代、因修为、因物质、因精神、因信仰，太多解释、太多可能，也许我们可以走进诗词去发现其所反映的爱情、乡情和友情。

说到爱情，古今中外的文学作品和艺术作品浩如烟海，有关这一题材

的诗词也数不胜数。耳熟能详的诗（词）句有：白居易《长恨歌》中的"在天愿作比翼鸟，在地愿为连理枝"；柳永《雨霖铃·寒蝉凄切》中的"多情自古伤离别，更那堪，冷落清秋节"；卓文君《白头吟》中的"愿得一心人，白首不相离"；元稹《离思五首·其四》中的"曾经沧海难为水，除却巫山不是云"；李之仪《卜算子·我住长江头》中的"日日思君不见君，共饮长江水。……只愿君心似我心，定不负相思意"；温庭筠《新添声杨柳枝词二首》中的"玲珑骰子安红豆，入骨相思知不知"；李白《怨情》中的"美人卷珠帘，深坐颦蛾眉"；张先《千秋岁·数声鶗鴂》中的"心似双丝网，中有千千结"。其中既有缠绵悱恻、两情依依，也有生离死别、海枯石烂。新情旧怨，欲说还休。

什么是乡情？月是故乡明。正如本书前面所论述的，我们民族的文明底色之一便是祖先崇拜。祖先在哪儿，根就在哪儿；父母在哪儿，家就在哪儿。中华民族是恋家的民族，"父母在，不远游"。传统文化情感投射到诗歌等文学作品中，体现出的就是浓浓的思乡情结。从屈原的《九章·哀郢》"鸟飞返故乡兮，狐死必首丘"所体现的暮年思念故乡之情，到现代诗人余光中的《乡愁》"小时候，乡愁是一枚小小的邮票。我在这头，母亲在那头"所反映的都是不同语境下的思乡之情，无不展现出中国人那种浓得化不开的乡情、乡愁。

何谓友情？在中国，有关友情的定义和话题太多太多。什么是友情？可能是跟对的人，做对的事，有利益但不唯利益；可能是真水无香，君子之交淡如水的心灵呼应；可能是远隔千山万水但依然念兹在兹的情感，也可能是当身处困境时才显现出来的真情。在中国历史上，三千年前春秋时期的俞伯牙、钟子期"高山流水"遇知音的故事已诠释了友情的最高境界。

二、具有时代和地域烙印的爱情

（一）反映爱情的诗五首

国风·周南①·关雎②

关关③雎鸠④，在河之洲。

窈窕淑女⑤，君子好逑⑥。

参差荇菜⑦，左右流之。

窈窕淑女，寤⑧寐⑨求之。

求之不得，寤寐思服⑩。

悠哉悠哉，辗转反侧。

参差荇菜，左右采之。

窈窕淑女，琴瑟友之⑪。

参差荇菜，左右芼⑫之。

窈窕淑女，钟鼓乐之。

【注释】

① 周南：西周初期周公旦住东都洛邑（今河南洛阳），统摄东方诸侯。"周南"是指周公治下的南方诗歌。

② 关雎：篇名。它是从诗篇第一句中摘取来的，也是《诗经》的第一篇，而《诗经》是中国文学最古老的典籍之一。

③ 关关：象声词，鸟的啼叫声。

④ 雎鸠（jū jiū）：一种水鸟名，即王雎。

⑤ 窈窕（yǎo tiǎo）淑女：贤良美好的女子。窈窕，身材体态美好的样子。窈，深邃，喻女子心灵美；窕，优美，喻女子仪表美。淑，好，善良。

⑥ 逑：意思为"佳偶"。

⑦ 荇（xìng）菜：水生植物，圆叶细茎，根生水底，叶浮在水面，可供食用。

⑧ 寤：觉醒。

⑨ 寐：入睡。

⑩ 思服：思念。

⑪ 琴瑟友之：弹琴鼓瑟来表达对她的爱慕。

⑫ 芼（mào）：摸，选择、挑选的意思。

国风·郑风①·野有蔓草②

野有蔓草，零③露漙④兮。

有美一人，清扬⑤婉⑥兮。

邂逅相遇，适我愿兮。

野有蔓草，零露瀼⑦瀼。

有美一人，婉如清扬。

邂逅相遇，与子偕臧⑧。

【注释】

① 郑风：《诗经》"十五国风"之一，今存二十一篇。

② 蔓草：蔓延生长的草。蔓，一说茂盛。

③ 零：降落。

④ 漙（tuán）：露水圆团的样子。一说形容露水多。

⑤ 清扬：目以清明为美，扬亦明也，形容眉目漂亮传神。

⑥ 婉：美好。

⑦ 瀼（ráng）：形容露水浓、多。

⑧ 偕臧：一同藏匿，指消失这草木丛中。臧，同"藏"；一说善，好。

西洲曲①

南朝民歌

忆梅下②西洲③，折梅寄江北④。

单衫杏子红，双鬓鸦雏色⑤。

西洲在何处？两桨桥头渡⑥。

日暮伯劳⑦飞，风吹乌臼⑧树。

树下即门前，门中露翠钿⑨。

开门郎不至，出门采红莲。

采莲南塘秋，莲花过人头。

低头弄莲子，莲子⑩清如水⑪。

置莲怀袖中，莲心⑫彻底红。

忆郎郎不至，仰首望飞鸿⑬。

鸿飞满西洲，望郎上青楼⑭。

楼高望不见，尽日⑮栏杆头。

栏杆十二曲，垂手明如玉。

卷帘天自高，海水摇空绿。

海水梦悠悠，君愁我亦愁。

南风知我意，吹梦到西洲。

【注释】

① 西洲曲：选自《乐府诗集·杂曲歌辞》。这首诗是南朝民歌。西洲曲，
　 乐府曲调名。

② 下：往。

③ 西洲：当是在女子住处附近。

④ 江北：当指男子所在的地方。

⑤ 鸦雏色：像小乌鸦一样的颜色。

⑥ 两桨桥头渡：从桥头划船过去，划两桨就到了。

⑦ 伯劳：鸟名，仲夏始鸣，喜欢单栖。这里一方面用来表示季节，一方
　 面暗喻女子孤单的处境。

⑧ 乌臼：现在写作"乌桕"。

⑨ 翠钿：用翠玉做成或镶嵌的首饰。

⑩ 莲子：和"怜子"谐音双关。

⑪ 清如水：隐喻爱情的纯洁。

⑫ 莲心：和"怜心"谐音，即爱情之心。

⑬ 望飞鸿：这里暗含有望书信的意思，因为古代有鸿雁传书的传说。

⑭青楼：油漆成青色的楼。唐朝以前的诗中青楼一般用来指女子的住处。

⑮尽日：整天。

捉搦①歌

北朝民歌

其二

谁家女子能行步，反著夹②禅③后裙露。

天生男女共一处，愿得两个成翁姬④。

其四

黄桑柘⑤屐蒲⑥子履，中央有丝⑦两头系。

小时怜母大怜婿，何不早嫁论家计。

【注释】

①捉搦（nuò）：即捉拿，谓男女相捉为戏。

②夹：夹衣。

③禅：单衣。

④成翁姬：成夫妻。含有白头偕老的意思。姬，老妇的通称。

⑤黄桑柘：本为常绿灌木，质地坚硬，叶圆有尖，可以喂蚕，皮可以染黄色，用这种木材做屐（jī），结实耐用，可以登山。

⑥蒲：本为草名，以韧性出名，用它做成鞋子，柔软轻便，适于长途跋涉。

⑦丝：既指系鞋的功能，又有"思"的谐音。

（二）诗作背景及作者

①周代由文、武奠基，成、康繁盛，昭、穆以后，国势渐衰，后来，厉王被逐，幽王被杀，平王东迁，遂进入春秋时期。春秋时期王室衰微，诸侯争霸，夷狄交侵，社会处于动荡不安之中。周代设有采诗之官，每年春天，摇着木铎深入民间收集民间歌谣，把能够反映人民欢乐疾苦的作品，整理后交给太师（负责音乐之官）谱曲，演唱给天子听，作为施政的参考。反映周初至春秋中叶社会生活面貌的《诗经》，就整体而言，正是对这从商至周千

余年间中国社会生活面貌的形象反映，其中有对先祖创业的颂歌，祭祀神鬼的乐章；也有贵族之间宴饮交往的记录，对劳逸不均的怨愤；更有反映劳动、打猎、恋爱、婚姻、社会习俗等方面的动人篇章。

《周南》大多数诗是西周末年、东周初年的作品。其中第一篇《国风·周南·关雎》是一首爱情诗，写一个贵族男子爱上了一个采荇菜的姑娘，思慕她，追求她，想和她结婚。

《郑风·野有蔓草》是一首恋歌，写的是牧歌般的自由之爱。明代季本认为该诗是先民婚恋的真实写照，其《诗说解颐》曰："男子遇女野田草露之间，乐而赋此诗也。"今人多从此说，且更明确提出这是一首情诗恋歌。从诗歌意境看，《郑风·野有蔓草》确是对先民自由婚恋的赋颂。

②《西洲曲》是南朝乐府民歌中的名篇，也是乐府民歌的代表之作。写作时间和背景没有定论，一说是产生于南朝梁代的民歌，收入当时乐府诗集，另一说是南朝三代时期（宋、齐、梁）江淹所作，为南朝梁陈时期徐陵《玉台新咏》所记载。或以为是梁武帝萧衍所作。但此诗具体在何时产生，又出自何人之手，千百年来没有足够的证据来说明，扑朔迷离中一直难以形成定论。

③《捉搦歌》是一组乐府诗，共四首，北宋郭茂倩《乐府诗集》将之归入《梁鼓角横吹曲》，属北朝乐府。这组诗歌也充分表现了中国古代北方广大劳动人民纯朴健康的爱情婚姻追求。

（三）爱情表达的不同方式

1. 写作手法的不同

这几首诗在写作上都应用了借景抒情的手法。比如《国风·周南·关雎》中的"关关雎鸠，在河之洲。……参差荇菜，左右采之"一句先表现了雎鸠相向合鸣、相依相恋，后通过水灵灵的荇菜来表现女子的柔美婉约，从而激起了男子朝思暮想、彻夜难眠的爱慕。《郑风·野有蔓草》则有"野有蔓草，零露漙兮。……野有蔓草，零露瀼瀼"几句，同样借用蓬勃生长的野草和晶莹圆润的露珠来表现勃发的情感和美好的青春。至于《西洲曲》则更以"梅""伯劳""乌臼""莲花""莲子""莲心""南风""海水"等景物表达出女子对情郎刻骨的思念和纯洁的感情。《捉搦歌》则用"反著夹禅后裙露""黄桑柘屐蒲子履"等对女子衣着的描述，表现出女子的健美以及爱慕和向往。

2. 表达方式的不同

从对爱情的表达方式看，这几首诗词或可分为质朴型和委婉型两派。《国风·周南·关雎》《郑风·野有蔓草》《捉搦歌》属于质朴或直率型；《西洲曲》属于委婉或细腻型。《国风·周南·关雎》中"求之不得，寤寐思服。悠哉悠哉，辗转反侧"等语句，使男子朝思暮想、夜不能寐的思念之情跃然纸上；而"窈窕淑女，琴瑟友之。窈窕淑女，钟鼓乐之"等语句，又使男子准备以弹琴鼓瑟的方式展开热烈追求的想法一览无余。《郑风·野有蔓草》中"有美一人，清扬婉兮。……婉如清扬。邂逅相遇，与子偕臧"等句，则直接刻画了一对青年男女在田野间不期而遇，姑娘水汪汪的大眼睛和秀美清纯的面庞让小伙子一见倾心、万般钟情的情景。在男子不由自主地向姑娘倾吐了爱慕之情之后，两情相悦，二人相携相爱。连南宋理学大师朱熹都不免动心地解释说："男女相遇于野田草露之间，故赋其所在以起兴。"《捉搦歌》中"天生男女共一处，愿得两个成翁姬。……小时怜母大怜婿，何不早嫁论家计"的诗句，则在爱情表现方面直截了当，并期待通过爱情进入有生活责任的家庭婚姻。感情表达自由奔放，大方自然，没有什么扭捏做作。由此可以看出，周朝和南北朝中的北方，其时人们爱情的表达方式体现出了纯朴和直率，属于质朴型风格。《西洲曲》则通过"忆梅""折梅""杏子红""鸦雏色""伯劳飞""乌臼树""采莲""弄莲""置莲""飞鸿"等景物和动作，表现出女子对与情郎曾经甜蜜共处的回忆、女子现在的孤独和对情人的思念。而"栏杆十二曲，垂手明如玉。卷帘天自高，海水摇空绿。海水梦悠悠，君愁我亦愁。南风知我意，吹梦到西洲"则进一步表现了女子对美好爱情未来的期盼。这种江南少女婉约含蓄、细腻深情的风格只能用一念三回、一唱三叹、百感交集、九曲回肠来形容。其爱情的表达方式体现出了细腻缠绵，与前面所述四首诗词的风格完全不同，属于委婉型。

（四）不同时代和社会生活的烙印

《诗经》是中国第一部诗歌总集，其中最早的作品为殷商晚期和西周初年，最迟产生的作品为春秋时期，上下跨度达七八百年。产生地域以黄河流域为中心，南到长江北岸，分布在现今陕西、甘肃、山西、山东、河北、河南、安徽、湖北等地。

南北朝《乐府》产生时代，如果从匈奴刘渊建立汉赵（亦称后汉）算起，至隋文帝灭南朝陈，计有281年时间。这一时期属于民族、文化和社会生活大融合的时期。南朝乐府民歌约500首，大部分属于《乐府诗集》的"清商曲辞"，主要是吴歌、西曲，还包括较长的抒情诗《西洲曲》。北朝民歌主要收集在《乐集诗集·梁鼓角横吹曲》中，在"杂曲歌辞""杂歌谣辞"中也有一小部分，共约60余首。北朝民歌是北方各族人民的共同创作成果，除汉人的作品外，还有氐人、羌人、鲜卑人的作品，以鲜卑民歌居多。产生地域则基本包括今天中国北方的大部。从所选五首诗的爱情表现方式和风格，我们还可一窥不同时空中社会生活的烙印。

1. 不同时代的烙印

从时代上看，孔子编纂《诗经》的年代，正处于大发展、大变革和大动荡的年代。政治上，周已从强盛时期走向衰落时期，原有的分封制度正走向瓦解。从思想文化上看，百花齐放，百家争鸣，还没有形成统一的理论。生活环境方面，由于铁器和耕牛的使用，社会上出现了更多的剩余资料供人们进行物质交换和商贸活动。文化方面，一套完整的周礼、周历，使人们在不同的节气开展敬天事祖的祭祀以及踏青赏月的公共娱乐活动。《诗经》中的《风》部分出自各地的民歌，有对爱情、劳动等美好事物的歌颂，也有怀故土、思征人及反压迫、反欺凌的怨叹与愤怒，常用复沓的手法来反复咏叹。从这里所选的两首诗可以看出，无论是《周南》还是《郑风》，其社会生活方式的文化层面都显示出有一个相对宽松自由的生活环境，民风质朴、单纯。因此不管是仲春时节的男女聚会，还是未婚男女的自由相会都属于正常情况，没有受到后世封建礼教的束缚。正是这种文化和民风才会产生单纯美好的爱情诗。

2. 不同地域的烙印

从地理看，北方大多为平原或高原，不管是千里沃野，还是草原大漠，在冬日里都会呈现出毛泽东《沁园春·雪》"北国风光，千里冰封，万里雪飘"的景象。这样的环境，人们极目远望，一览无余。从气象条件看，春夏秋冬四季分明，二十四节气与春种秋收、花开花落的关系明确，因此，人们心胸相对更为开阔，事物发展相对更有秩序、规律，所形成的生活方式和人际交往也更为简单。南方大多山岭谷丘杂错，江河湖泊环绕，加之气象条件不像北方四季分明，人们投向远方的视野常常受到山河、天气的阻碍，思维反而在有限空间下做无限之遐想，以构想山那边或河那边的景致与人物。正是自然环境和条件的不同，使得北方和南方所形成的文化艺术风格也不同。

比如北齐高欢时代的《敕勒歌》：

敕勒川，阴山下。天似穹庐，笼盖四野。

天苍苍，野茫茫，风吹草低见牛羊。

没有风花雪月，没有修辞刻画，短短几句，尽显天高云淡、雄浑辽阔的草原风光。

又如北朝民歌《折杨柳枝歌》：

上马不捉鞭，反拗杨柳枝。

下马吹长笛，愁杀行客儿。

门前一株枣，岁岁不知老。

阿婆不嫁女，那得孙儿抱。

敕敕何力力，女子临窗织。

不闻机杼声，只闻女叹息。

问女何所思，问女何所忆。

阿婆许嫁女，今年无消息。

也是通过白描的景物和肢体语言，对待嫁的女儿心态和期盼进行平铺直叙，纯朴直率。

比如南朝的《三洲歌》：

送欢板桥弯，相待三山头。

遥见千幅帆，知是逐风流。

风流不暂停，三山隐行舟。

愿作比目鱼，随欢千里游。

有山水，有风景，更有人物，也是短短几句，景物的灵动和别情离思，犹如朦胧的水彩泼墨，意蕴丰富，引人遐想。

以上所引几首民歌，我们从中可以看出地域和环境的影响：北方的民歌更为朴实、豪迈和直率，南方的民歌更为委婉、细腻。

3. 唐朝宫女也会写爱情诗

在《全唐诗》收录的诗作中，有一首归为边塞诗的《袍中诗》极为另类。开元年间，有一年深秋，朝廷赐下的御冬棉袍被运至边疆，分发至兵士手中。有一位士兵意外从短袍中发现了这首诗，无名无题。诗中写道：

沙场征戍客，寒苦若为眠。

战袍经手作，知落阿谁边？

蓄意多添线，含情更著绵。

今生已过也，结取后生缘。

士兵不太明白，于是将此事禀告上级，上级又呈送主帅。主帅了解到此批棉袍来自朝廷宫中，便猜到应该是缝制棉袍的宫女所作，既担心宫中有宫女怀春祸乱宫廷，也担心扰乱军心，于是飞马加急将这首诗呈报给远在长安的唐玄宗。

没想到唐玄宗读罢此诗，大为赞叹。他命人将此诗传阅给后宫所有宫女，并召集查问作者，且称绝不怪罪。有一个宫女诚惶诚恐地走出来，当即跪下请罪。唐玄宗大笑道："含情何罪！我与汝结今生缘！"于是，将这个宫女赐婚给发现《袍中诗》的士兵，让二人喜结"今生缘"，可谓是皆大欢喜，成就了一段佳话。

从这一段历史故事中，我们真正体会到正是因为有了盛唐气象的中国，才有了表达爱情的宫女。这首诗还有许多值得注意的点。

一是这不是纯粹意义上的爱情诗，因为她没有爱的对象。作为在宫中服侍的宫女，她有可能终老一生而无法感受爱情的浪漫和美好。但这一生活状态依然不能阻挡她们对爱的向往和追求，今生不遇，来世可追。

二是这首诗体现了社会的文明程度和唐诗的魅力。我们常常为盛唐气象所倾倒、所感染，其实盛唐气象的本质是其高度文明所呈现的兼容并包、开放豪迈的社会环境与文化氛围。"熟读唐诗三百首，不会做诗也会吟。"唐诗的节奏、韵律以及浓缩文字所蕴含的情感、意蕴、事件和历史都体现出文明的发达，由此带来国人和周边各民族对这一文明高度的认同。由是才会有宫女也能写出的这么感情真挚、韵律合拍的格律诗。

三是这首诗反映了唐玄宗李隆基确为一代传奇君主：如他对写《袍中诗》的宫女的态度和做法，如他与杨玉环的爱情故事，又如他任用李白并忍受他的狂傲。正是由于他的开明，唐诗才能在开元、天宝年间达到鼎盛，唐诗这一文化遗产也进一步将盛唐气象推向了顶峰。

三、饱含乡愁和家国愁绪的乡情

（一）反映乡情的诗词五首

卫风·河①广

谁谓河广？一苇②杭③之。
谁谓宋远？跂④予⑤望之。
谁谓河广？曾⑥不容刀⑦。
谁谓宋远？曾不崇朝⑧。

【注释】

① 河：黄河。

② 苇：用芦苇编的筏子。

③ 杭：通"航"。

④ 跂（qǐ）：古通"企"，踮起脚尖。

⑤ 予：而，一说我。

⑥ 曾：乃，竟。

⑦ 刀：通"舠"（dāo），小船。

⑧ 崇朝（zhāo）：终朝，形容时间之短。

拟咏怀·二十七首

南朝（梁）　庾信

其七

榆关^①断音信，汉使绝经过。

胡笳^②落泪曲，羌笛断肠歌。

纤腰减束素^③，别泪损横波^④。

恨心终不歇，红颜无复多。

枯木期填海，青山望断河^⑤。

其十

悲歌度燕水，弭节^⑥出阳关。

李陵从此去，荆卿不复还。

故人形影灭，音书两俱绝。

遥看塞北云，悬想关山雪。

游子河梁上，应将苏武别。

【注释】

① 榆关：犹"榆塞"。古时于边塞植榆树，故称榆塞。这里泛指北方边
地关塞。

② 胡笳：与下文的"羌笛"都是西北少数民族所用的乐器。

③ 束素：系在腰上的白绢。这句说，腰围因悲伤而消瘦。

④ 横波：指眼睛。目光清亮，左右转视，如水波之横流。这句说思念故国，悲伤流泪，以致哭坏眼睛。

⑤ 青山望断河：希望青山崩塌，塞断河流。

⑥ 弭（mǐ）节：驻节，停车。

静夜思

唐　李白

床前明月光，疑是地上霜。

举头望明月，低头思故乡。

虞美人 ① · 春花秋月何时了

五代　李煜

春花秋月何时了？往事知多少。小楼昨夜又东风，故国 ② 不堪回首月明中。

雕栏玉砌 ③ 应犹在，只是朱颜 ④ 改。问君能有几多愁？恰似一江春水向东流。

【注释】

① 虞美人：原为唐教坊曲，后用为词牌名。此调初咏项羽宠姬虞美人死后地下开出一朵鲜花，因此以之为名，又名"一江春水""玉壶水""巫山十二峰"等。

② 故国：指南唐故都金陵（今南京）。

③ 雕栏玉砌：指远在金陵的南唐故宫。

④ 朱颜：亦指红颜，少女的代称，这里指南唐旧日的宫女。

（二）诗作背景及作者

①《卫风·河广》是中国古代第一部诗歌总集《诗经》中的一首诗。这

是一首意蕴丰富的思归诗。全诗二章，每章四句，是《诗经》中一篇优美的思乡抒情短诗。

②《拟咏怀二十七首》是庾信仿阮籍《咏怀八十二首》之作。阮籍五言诗《咏怀八十二首》，写他生在改朝换代之际的内心痛苦，庾信的拟作，虽然寄寓的身世之感有所不同，但抒发内心的痛苦是相似的。尤其这两首诗更是因羁留北地，通过借古喻今，感叹身世、怀念故乡。

庾信（513—581 年），字子山，南阳新野（今河南新野）人。他自幼随父亲庾肩吾出入于萧纲的宫廷，后来又与徐陵一起任萧纲的东宫学士，成为宫体文学的代表作家。他们的文学风格，也被称为"徐庾体"。侯景叛乱时，庾信逃往江陵，辅佐梁元帝。后庾信奉命出使西魏，在此期间，梁为西魏所灭。北朝君臣一向倾慕南方文学，庾信又久负盛名，因而他既是被强迫，又是很受器重地留在了北方，官至车骑大将军、开府仪同三司。北周代魏后，更迁为骠骑大将军、开府仪同三司，封侯。当时陈朝与北周通好，流寓人士并许归还故国，唯有庾信与王褒不得回南方。所以，庾信一方面身居显贵，被尊为文坛宗师，受皇帝礼遇，与诸王结交，一方面又深切思念故国乡土，为自己身仕敌国而羞愧，因不得自由而怨愤。其诗长于用典，讲究对仗和声调色彩，有些诗已暗合唐代五言律诗和绝句的格律，对后世诗人如杜甫等有很大影响。有《庾子山集》。

③李白的《静夜思》创作于唐开元十四年（726 年），李白时年 26 岁，身在扬州旅舍。同时同地所作的还有一首《秋夕旅怀》。在一个月明星稀的夜晚，诗人抬望天空一轮皓月，思乡之情油然而生，写下了这首传诵千古、老幼吟唱的名诗。

④《虞美人·春花秋月何时了》作于李煜被毒死之前，为北宋太平兴国三年（978 年），是时李煜归北宋已近三年。开宝八年（975 年），宋军攻破南唐都城金陵，李煜奉表投降，南唐灭亡。三年后，即太平兴国三年（978 年），徐铉奉宋太宗之命探视李煜，李煜对徐铉叹曰："当初我错杀潘佑、李平，悔之不已！"大概是在这种心境下，李煜写下了这首《虞美人·春花秋月何时了》。

李煜（937—978年），南唐后主，初名从嘉，字重光，号钟隐。李璟第六子。961—975年在位，国破降宋。后为宋太宗毒死。李煜在政治上虽庸弩无能，但其艺术才华却卓绝非凡。工书法，善绘画，精音律，诗和文均有一定造诣，尤以词的成就最高，被誉为"千古词帝"，对后世影响亦大。其词主要收集在《南唐二主词》中。

（三）浓浓的思乡之情

就一般百姓或国人而言，家乡永远是绝大多数人心灵归宿的港湾。

家是人生最柔弱的阶段哺育自己长大、给予自己温暖、关怀以及提供最无私的爱的地方，也是各种习惯和隐私无须遮掩的地方。因此，这一生不管走到哪里，家和家乡总有一盏温暖心灵的灯等待着人的归来并照亮回家的路程。即便对于士大夫和政治人物，按照儒家的"修齐治平"的家国情怀，修身、齐家也是治国理政的基础，修身、齐家都取决于家规、家教和家风等家庭文化环境的构建和养成。

1.《卫风·河广》里游子的思乡之情

该诗反映了春秋时代旅居他乡游子的思乡之情。当时卫国都城在大河以北，和宋国只是"一苇"之隔。一位游子久久伫立在河边，眺望着对岸的祖国和家乡，对家乡的眷恋和亲人的思念与无法返乡的惆怅之情油然而生。

2. 李白突然涌起的乡情

该诗是李白携资出川、游走于达官贵人和豪杰名士的第三年（726年）的一个月明之夜写的。或许是感到功名博取不易、时世维艰的心灵疲惫；或许是任侠豪迈后的身体疲惫；或许是月朗星稀、夜色如水的场景让诗人情感柔软……但见月亮升起，但见夜色宁静，但觉远客思绪万端，但感思乡之情满盈心头。一首千古绝唱就这样诞生了！

当人们在人生旅途中，无论是奋力拼搏、春风得意，还是无所作为、落魄失意，总有一个瞬间让我们怀念家乡、怀念亲人、怀念那片曾经养育我们的地方，那是一个能让我们心灵停靠的温暖港湾。

（四）惆怅的家国愁绪

对于政治人物而言，无论是大臣还是国君，国和家已连为一体。对于历史上的政治人物，比如大臣，于地方而言，他可能是为百姓谋福利的地方官，于朝廷而言，他应该是君王的忠臣、国之栋梁。关于历史上的君王，夏禹传启之前的三皇五帝身负"天下为公"的使命，他们与国家的关系只是服务的关系，能坐上天子之位是他们的德行而非神圣家世。而夏启之后，天子君王变为"天下为家的家长"，他们与国家的关系变为统治的关系。在政治人物身上，"修齐治平"的儒家思想更多体现在治国理政、忠君报国以及忧心社稷安危的使命和担当。当失去祖国后，国家文化、个人气节和修为就会化为文字尤其是诗词中去国怀乡的家国愁绪。

1. 政治人物庾信的乡愁

庾信作为南朝梁旧臣，从壮年至老年的几十年间，因出使西魏而经历西魏灭梁、北周代魏的王朝更替和历史巨变，其人生经历和感悟非常人可以想象，因此其乡情也即家国愁绪也极为复杂。在历史上像庾信这种故国不再，国朝几易的身世还真是绝少见到。

其《拟咏怀二十七首·其七》引用了西汉苏武、李陵滞留胡地塞北以及王昭君远嫁匈奴或刘解忧远嫁西域乌孙的典故，借用这些历史人物的故事来表达自己的去国怀乡之情。作者没有用自己记忆中的南朝景物来表达对故国家乡的思念，而是以塞北云、关山雪这些北国略显萧瑟的风景和胡笳曲、羌笛歌这些胡族沉郁悲凉的曲调来表达对故国和家乡的感怀之情。作为几朝政治人物，其又背负着事君、事国的责任，极度纠结中只能以荆轲易水慷慨悲歌的情感来宣泄思念对故国家乡的一腔愁绪。

2. 亡国之君李煜的乡愁

李煜作为曾经的南唐国主，现已化作阶下囚臣；曾经的亭台楼阁、风花雪月和锦衣玉食变成了没有自由、食不甘味的亡国罪人。这种亡国切肤之痛于"修齐治平"的最高境界"平天下"而言无疑是一种反讽，于曾经的臣民而言无疑是一种耻辱。不仅囿于居住的囚笼，而且囿于心灵的枷锁，国仇家恨怎一个"愁"字了得。史书记载这首词是李煜被毒死前夕所作，一首词将时光流转、朝代更替与人生无常的人生经历，以及亡国的离愁别恨所带来的无尽伤感，幻化为一曲人生感悟和思国怀乡的悲歌，上升为亡国之君对乡愁欲说还休的家国愁绪和精神境界。

正是中国文化中"天命无常，唯有德者居之"的天命观和"处江湖之远则忧其君，居庙堂之高则忧其民"的君子观，使得中国历史上政治人物的家国乡愁不再是一般意义上家的概念，而是家国的概念。这也让我们更好地理解了"有国才有家"的深刻内涵。

四、永远的友情

（一）反映友情的唐诗二首

送杜少府①之任蜀州②

唐　王勃

城阙辅三秦③，风烟望五津④。

与君离别意，同是宦游⑤人。

海内存知己，天涯若比邻。

无为在歧路，儿女共沾巾。

【注释】

① 少府：官名。

② 蜀州：今四川崇州。一作"蜀川"。

③ 三秦：泛指长安城附近的关中之地，即今陕西潼关以西一带。秦朝末年，项羽破秦，把关中分为三区，分别封给三个秦国的降将，所以称三秦。这句是倒装句，意思是京师长安有三秦作保护。

④ 五津：指四川岷江五个渡口白华津、万里津、江首津、涉头津、江南津。

⑤宦游：出外做官。

送元二^①使安西

唐　王维

渭城^②朝雨浥^③轻尘，客舍^④青青柳色^⑤新。

劝君更尽一杯酒，西出阳关^⑥无故人。

【注释】

① 元二：元常，作者的友人，应在兄弟中排老二，所以叫元二。

② 渭城：在今陕西西安西北，渭水北岸，即秦代咸阳古城。

③ 浥（yì）：润湿。

④ 客舍：驿馆，旅馆。

⑤ 柳色：柳树象征离别。

⑥ 阳关：在今甘肃敦煌西南，为古代通西域的要道。

（二）诗作背景及作者

①《送杜少府之任蜀州》作于王勃在长安时期。唐时，人们通常以官名代替名字以示尊重，比如杜甫亦称杜工部。当时王勃一个姓杜的朋友（这里以少府官名称）将到四川去做官，王勃在长安相送，临别时赠送给他这首送别诗。

王勃（649—676年，生卒年有争议），字子安，绛州龙门（今山西河津）人，唐代诗人。唐麟德初年应举及第，曾任虢州参军，后往海南探父，因溺水受惊而死。少时即显露才华，与杨炯、卢照邻、骆宾王以文辞齐名，并称"初唐四杰"。他和卢照邻等皆企图改变当时"争构纤微，竞为雕刻"的诗风。其诗偏于描写个人生活，也有少数抒发政治感慨、隐寓对豪门世族不满之作，风格较为清新。其文《滕王阁序》"落霞与孤鹜齐飞，秋水共长天一色"为千古绝唱。明人辑有《王子安集》。

②《送元二使安西》是王维送朋友去西北边疆时作的诗，后有乐人谱曲，名为《阳关三叠》。安西是唐中央政府为统辖西域地区而设的安西都护府的

简称，治所在龟兹城。元二奉朝廷之命出使安西都护府，王维到渭城为之饯行，故作此诗。

（三）知己在心，天涯何远

《送杜少府之任蜀州》与《送元二使安西》两诗分别是中国历史上送别友人诗的两座高峰。前者"海内存知己，天涯若比邻"两句表现了时空与情感的相对性，尽管远隔千山万水，也可能多少年音信全无，但友情心意相通、无所不在，这两句成为朋友之间表达深厚情谊的不朽名句。后者"劝君更尽一杯酒，西出阳关无故人"只用举杯劝酒的一个动作就表达出朋友之间内心深沉的惜别之情。全诗一字不着离别伤情、唏嘘感叹，但却使人倍感深厚的情谊尽在一杯之中的无言。该诗写成之后便被谱成了《阳关三叠》，后来又被编入乐府，成为饯别的名曲，历代广为流传。

（四）同样的友情，不一样的诗风

以上两首反映友情的诗作，却表现出不同的创作风格，引领了初唐和中晚唐不同时代的诗风。这既与诗作创作的年代、背景有关，也与诗人的人生和经历有关。

1. 王勃引领的诗风

据史书记载，王勃属于天才少年。6 岁便能作诗，10 岁以前已经通读了历史典籍和儒家经典，12 岁拜长安名医兼术士曹元为师，学了 10 个月，"尽得其要"。唐麟德二年（665 年），雄伟的乾元殿落成，朝廷举行盛大的祭礼，15 岁的王勃挥毫而作《乾元殿颂》并献于唐高宗。唐高宗展卷读罢，连称："奇才，奇才，我大唐得此奇才，何幸之有也！" 乾封元年（666 年），16 岁的王勃应幽素科试（唐立国之初，为更大规模地网罗人才，皇帝经常会在常规举行的进士、明经等科的科举考试外，下诏举办一些选贤考试。每次考试的名称都不一样，幽素科就是这样一种考试），一举高中，成为大唐最年轻的进士，授朝散郎，16 岁成为朝廷命官，如果不算传说中战国时代 12 岁拜相的甘罗和三国时代 13 岁为水军都督的周瑜，恐怕是整个封建大一统专制时代最年轻的朝廷命官了！19 岁因其好友杜少府要去蜀中任职，于是，他就写了《送杜少府之任蜀州》这一称颂友谊的千古名篇。

这时唐朝正处于初唐时期，整个国家朝气蓬勃、万象更新，"天可汗"之帝国正处于上升时期。而王勃作为天才少年，也不免恃才傲物，志向高远。尽管当时王勃刚刚经历了沛王、英王斗鸡之祸（王勃写了一篇《檄英王鸡》诗文，唐高宗认为他是蓄意挑拨王子之间关系，将其革职。一夜之间，原来风光无限的大唐最年轻的朝廷命官成了庶民），但王勃依然保持了"修齐治平"、奉礼建功的儒家理想和使命。这篇关于友情的诗作依然体现了乐观豁达的情感和豪迈开阔的胸襟。当他经历藏匿人犯又私自杀掉以至几乎被诛的更大人生巨变后，在前往交趾郡（今越南北部）看望父亲途中，路过洪州（今江西南昌）时，他为新落成的滕王阁写下了另一千古名篇《滕王阁序》。其中"达人知命。老当益壮，宁移白首之心？穷且益坚，不坠青云之志。酌贪泉而觉爽，处涸辙以犹欢。北海虽赊，扶摇可接；东隅已逝，桑榆非晚"等句依然体现了他努力前行、奋发有为的信念。

正是包括王勃在内的"唐初四杰"横空出世，为唐诗注入了一股新鲜血液，突破原有宫廷诗的绵软和纤弱，使诗风更加清新刚健、爽朗豪迈。并且此后诗的题材延伸到市民百姓、乡俗市井、边塞军旅，引领了唐诗的繁荣发展。明代胡应麟说："唐三百年风雅之盛，以四人者为之前导也。"

2. 王维开启的诗风

和天才少年王勃相似，王维也属于少年神童，只是他所处的时代已是安史之乱后的中晚唐。王维与其弟弟王缙从小就聪明过人，15 岁时就去京城应试。由于他能写一手好诗，工于书画，而且还有音乐天赋，所以少年王维一至京城便立即成为京城王公贵族的宠儿。唐开元十九年（731 年），王维状元及第。天宝十四年（755 年），安史之乱爆发。至德元年（756 年），长安被叛军攻陷，王维被捕后被迫出任伪职。战乱平息后，王维被下狱，交付有司审讯。按理投效叛军当斩，但他在任伪职时，曾作《凝碧池》："万户伤心生野烟，百僚何日更朝天。秋槐叶落空宫里，凝碧池头奏管弦。"该诗题名记为"菩提寺禁裴迪来相看说逆贼等凝碧池上作音乐供奉人等举声便一时泪下私成口号诵示裴迪"。题名中的"逆贼"抒发了对叛军的愤恨，又因其弟刑部侍郎王缙平叛有功，故请求削籍为兄赎罪，王维才得宽宥，官终尚书右丞。

《送元二使安西》写于开元二十三年（735 年）到安史之乱（755 年）爆发之前的这段时间，具体写作时间不详。王维曾在张九龄任相时得到任用。开元二十五年（737 年）张九龄罢相后，权相李林甫独揽大权。王维也就受到李林甫的排挤，被派往边塞凉州。自从张九龄离开朝廷，王维看到的朝廷已失去清明的政治环境，其为官的热情大大消退。王维利用空余时间，在京城南的蓝田山麓修建了一所别墅以休养身心。该别墅原为初唐诗人宋之问所有，是一座很宽敞的去处，有山有湖，有树林也有溪谷，其间散布着若干馆舍。"晚年惟好静，万事不关心"，王维过起了半官半隐的生活。

这一时期正是盛唐时期，经济发达、文化繁荣、人民安居乐业、万邦来朝，盛唐诗风浑厚、雄壮。同一时期王维的边塞诗也体现出了这一风格，而《送元二使安西》则反映出王维诗风的转变。

从王维这个时期的经历来看，他大多数时候对朝廷政治都是比较消极的。好友元二奉旨出京即将远赴遥远的塞外边关，王维心中充满不舍，加之他曾经感受过阳关之外的荒原孤旅、大漠飞雪，于是写下这首充满真挚情感的送别诗。此诗语言明朗自然、清新简练，但却情景交融、生动形象。此诗已开始体现出诗中有画、画中有诗的摩诘诗画意境的风格。

尤其安史之乱后，由于人生际遇的变故，尽管仍在朝廷为官，但王维经历了社会从繁荣丰裕到离乱凋敝，人生从威严正义到别人认为的苟且偷生，大起大落让其心灵受到了巨大的冲击，其世界观和思想也从儒道思想转向了佛家思想。寂灭幻化、缘起缘灭、大相无形的佛门理念进一步融入了其诗歌之中。王维透过文字的穿透力来表现诗中有画、画中有诗的灵动意境，开启了佛门正悟与文学意境融合的新时代和新诗风。

五、跨越族群和国家的友情

（一）反映不同族群和国家友情的诗二首

赠范晔诗

北朝（魏）　陆凯

折梅逢驿使，寄与陇头人。

江南无所有，聊赠一枝春。

送秘书晁监①还日本国

唐　王维

积水不可极，安知沧海东②。

九州何处远，万里若乘空。

向国唯看日，归帆但信风。

鳌③身映天黑，鱼眼射波红。

乡树扶桑④外，主人孤岛中。

别离方异域，音信若为通。

【注释】

① 晁监：即晁衡，原名仲满、阿倍仲麻吕，日本人。唐开元五年（717年）
随日本遣唐使来中国留学，改名晁衡。历仕三朝（玄宗、肃宗、代宗），
任秘书监、兼卫尉卿等职。大历五年（770年）卒于长安。天宝十二
年（753年），晁衡乘船回国探亲。

② 沧海东：东海以东的地方，这里指日本。

③ 鳌：传说中的海中大龟，一说大鳖。李白《猛虎行》中有"巨鳌未斩
海水动"的诗句。

④ 扶桑：地名。《南史·列传·夷貊》载："扶桑在大汉国东二万余
里。……其上多扶桑木，故以为名。""扶桑"一词，时而指地名，

时而指神话中树木，有时也作为日本国的代称。这首诗中的"乡树扶桑外"，意思是说日本国比扶桑更远。

（二）诗作背景及作者

①《赠范晔诗》当是陆凯率兵南征度梅岭时所作。他在戎马倥偬中登上梅岭，正值岭梅怒放，立马于梅花丛中，回首北望，想起了陇头好友范晔，又正好碰上北去的驿使，就出现了折梅赋诗赠友人的一幕，于是写下这首诗。

陆凯（？—504 年），本姓步六孤，字智君，代郡（今山西代县）人，鲜卑族。东平王陆俟之孙，建安贞王陆馛之子。陆凯出身名门，谨重好学，曾被选为中书学生，拜侍御中散，历任通直散骑侍郎、太子庶子、给事黄门侍郎，曾任正平太守，治理有方，号为良吏。在世期间支持孝文帝元宏改革。北魏正始元年（504 年），陆凯去世，追赠使持节、龙骧将军、南青州刺史，谥号为惠。

②《送秘书晁监还日本国》是天宝十二年（753 年）王维写给晁衡的临别之诗。日本遣唐的留学生晁衡在中国学习工作了十多年后，学成归国省亲。王维用这首赠诗表达了对这位日本朋友深挚的情谊。

（三）意气相投，岂以族群相隔

在前面我们已谈到友情的种种，心灵相通、意气相投、相互欣赏应该是友情最基本的元素，同时还包括包容性这一中华文明底色。《赠范晔诗》中的范晔（398—445 年），字蔚宗，顺阳郡顺阳县（今河南淅川）人。南朝宋时期著名史学家、文学家、官员。范晔出身顺阳范氏世家。宋武帝即位后，范晔出任冠军将军刘义康的长史，迁秘书丞、新蔡太守。元嘉九年（432 年），因得罪司徒刘义康，他被贬为宣城太守，开始撰写《后汉书》，加号宁朔将军。元嘉十七年（440 年），投靠始兴王刘浚，历任徐州长史、南下邳太守、左卫将军、太子詹事。元嘉二十二年（445 年），拥戴彭城王刘义康即位，事败被杀，时年 48 岁。范晔才华横溢，史学成就突出。著作《后汉书》，博采众书，结构严谨、属词丽密，与《史记》《汉书》《三国志》并称"前四史"。

因此，从陆凯背景和赠诗之人范晔背景看，当时南朝与北朝处于敌对状态，陆凯是鲜卑人，效力于北魏，而范晔是汉人，是刘宋王朝的臣子。两人完全是华夏大地两个敌对国家的政治人物。但两人依然惺惺相惜，不断书信来往，互相诉说对世事的感慨和文学的心得。

全诗寥寥 20 字，却将友情升华到更高的境界，完全超越了同一华夏大地上不同政权民族的界限，表现出广阔的胸襟与真挚的情谊。这件事成为南北双方文人的一段佳话。后人以"一枝春"作为梅花的代称，也常用作咏梅和别后相思的典故，并使之成为词牌名。

此外，这首诗还有以下两点可以解读。

一是尽管政权和民族不同，但南朝和北朝都认同和继承了中国文化，都以中国正朔、正统自居。尤其是北朝这种文明进程落后和文化自信不足的王朝，其心态尤为迫切。471 年，拓跋宏即位，是为北魏孝文帝。拓跋宏从小就喜欢汉族文化，直到 490 年，冯太后死，北魏孝文帝亲政后，进一步开始了大刀阔斧的汉化改革。太和十八年（494 年），孝文帝把都城由平城（今山西大同）迁到洛阳，迁都本身虽不属于制度的改革，但却是孝文帝总体改革工作中的一个重要环节。随后，太和十九年（495 年）颁布了均田令，太和二十年（496 年）改革了租调制。在文化改革上，孝文帝一方面禁胡语，规定不允许说鲜卑复合语，而须改说单音节的汉语，《魏书》记载孝文帝言："今欲断诸北语，一从正音。其年三十已上，习性已久，容不可猝革。三十已下，见在朝廷之人，语音不听仍旧；若有故为，当加降黜。"孝文帝另一方面推动改汉姓，下令把鲜卑族人的姓氏改为单姓，比如拓跋（皇族）改为元姓，独孤改为刘姓，丘穆棱改为穆姓，步六孤改为陆姓，等等。故陆凯原姓就是步六孤。此外，孝文帝推动尊孔子。孝文帝迁都洛阳后，立即下令加紧修建孔庙祭孔。

二是学界对这首诗是否安错了人名还有争议。《荆州记》载："陆凯与范晔交善，自江南寄梅花一枝，诣长安与晔，兼赠诗。"而唐汝谔《古诗解》则云："晔为江南人，陆凯代北人，当是范寄陆耳。"因此《赠范晔诗》

诗名的准确性就存疑了。若是陆凯赠范晔，如果要说得通，则要引出东晋义熙年间刘裕北伐的战事。义熙十三年（417 年），太尉刘裕攻破长安，后秦国主姚泓请降。当年十二月因刘裕留在朝内的重臣刘穆之去世，加之他急于回朝夺取帝位，便借口南方将士思归，留其次子刘义真留守长安，王镇恶辅之，但次年新年刚过，夏国国主赫连勃勃就派兵攻打长安，加之东晋留守人员因猜忌发生内乱，长安得而复失。这时范晔如果刚好跟随大军，且攻伐之地也是北魏的敌国后秦，那么长安被称为陇头也说得过去。按照敌人的敌人就是朋友之理，且陆凯所赠梅花是腊梅，那此诗名当无异议。但按照范晔的生平和祖籍来看，似乎这种异议又是存在的。但不管如何，此诗所表达的友情是跨越了政权和民族，是真正的友情。

（四）一衣带水，岂以天涯为远

中日交往源远流长，两千余年前就有徐福东渡，汉魏时期日本屡派使者朝贡请求册封。《送秘书晁监还日本国》所反映的，只是日本向中国派遣留学生学习中国先进文化的一个片段。隋唐两朝，日本派"遣隋使"和"遣唐使"达 19 次之多。608 年，日本开创了随团派留学生来中国学习的先例。这不仅仅是基于政治上的考虑，更重要的是此举通过日本留学生将中国更为先进的文化带回日本传播，以促进日本政治、经济、文化各方面的发展。在此期间，日本留学生与中国和中国人也结下了深厚的友谊，其中晁衡就是其中的一个代表。

如前面所说，晁衡原名阿倍仲麻吕（698—770 年），是中日关系史上的重要人物。他和唐朝著名诗人王维、李白、储光羲等都有过密切交往。唐天宝十二年（753 年），晁衡回国探亲，王维写诗赠别与祝福。

《送秘书晁监还日本国》全诗十二句，不拘一格，无论是写景还是写物，全篇都透露出担心和祝福。《新唐书》云："使者自言国近日所出，以为名。"中国一直以中央王国自居，加之长安地处内陆，人们对如何渡过茫茫大海到达天之尽头的日本简直难以想象。就凭几片风帆、数支橹桨，在海怪丛生、巨浪滔天的大海中航行，其中的艰险、无常让王维对友人海上航行的安危产生极度忧虑和担心。该诗最后表达了祝福和依依难舍的深情。这首诗进一步体现了王维"诗中有画"的特色，表现了友情不分民族和国别。

小　结

人类的感情极为复杂和丰富，这是因为人心能够包容宇宙，情感可以穿越时空。有人为之奋发有为；有人感受春风浪漫；有人得到心灵抚慰；有人为之消沉萎靡……如果说《西洲曲》表现了江南女子一唱三叹、九曲回肠的婉约含蓄、细腻情深风格，那么《捉搦歌》则通过景物白描和肢体语言，表现出北方待嫁女儿期盼婚姻的情愫和豪迈直率的质朴风格。《袍中诗》更反映了盛唐气象下用诗表达爱情的宫女。于一般百姓或国人而言，乡情不只是一枚小小的邮票，家和家乡永远是绝大多数人心灵的港湾，因为家和家乡总有一盏温暖你心灵的灯等待着你的归来，照亮你回家的路程。于政治人物而言，此时的乡情更多体现为诗词中去国怀乡的家国愁绪。没有友情的人生是有缺憾的。友情是真水无香、君子之交淡如水的心灵呼应；是远隔千山万水但依然念兹在兹的情感。中国历史上三千年前春秋时期的俞伯牙、钟子期"高山流水"遇知音的故事已诠释了友情的最高境界。

·后 记·

　　"我们的国家只有一个，那就是中国······中国——我们的母亲，是我们的惟一立足点。"这是曾经写过《丑陋的中国人》的柏杨在《中国人史纲（三卷）》（同心出版社，2005 年版）封底上说的一段话。由此可知，中国人对祖国母亲的眷恋和热爱是刻在骨子里的，不管我们曾经有多少抱怨。但热爱不是盲目的，我们惟有认识她、读懂她，才能更深刻地感受她曾经的荣耀和所受的屈辱。

　　"道不远人"的世界观和传统思想塑造了中国人的普遍精神，这一普遍精神引领着古代的国家治理和社会生活方式，并形成了中国这一延续了五千年的文明。通过诗词来解读中华文明，培育包括学生在内的读者认识中国、热爱中国和传承中华文明的情怀，我感觉是非常有意义的一件事。自 2020 年年初，我开始思考这本书的雏形、架构，再到随后动笔，已近五年时间，也已上了七学期的通识课。书名从最早的《讲给工科生的诗词：诗词中的中国》，改为《诗词中的中国文明历史记忆》，三稿改为《诗词中的中国文明历史文化记忆》，四稿改为《以工科教授的视角：诗词里中国文明记忆》，五稿改为《以工科教授的视角：诗词里的中国文明》，到今天定稿为《诗词里的文明：工科教授的中国诗词品读》。其间，书稿的架构、内容的取舍、讲述的方式与学生的反馈、朋友们的意见、出版社的建议以及我个人学识的局限交织在一起，多少次交流、多少次讨论已很难计数，当本书完稿之际，掩卷长思，感觉自己还在向理想前行的道路上。

"收百世之阙文，采千载之遗韵。"全书选取了95首诗词，其中，出自《诗经》8首，汉乐府4首，三国魏晋南北朝诗歌11首，唐诗44首，宋词、宋诗20首，明、清格律诗8首。通过对这些代表性诗词的解读，我努力挖掘其所反映的普遍精神和生活方式等中华文明的表现和个体的家国情怀。

"诗和远方"应该是中国人生命中不可或缺的精神标识。我有幸生在中华大地，自当有中国文化的自豪感和传承中华文明的使命感。

最后，我要衷心感谢本书多次修改过程中给予我建设性意见的学生、朋友、领导和家人，正是因为有你们的意见、建议和帮助，拙作才能够达到与读者见面的程度，再次表示感谢！

梁　波

2025 年 1 月于长青湖